It has been three years since the dungeon had been made.
I've decided to quit job and enjoy laid-back lifestyle
since I've ranked at number one in the world all of a sudden.

AREA 12 INVESTIGATIVE REPORT

VOLUME : 07

TOP SECRET

This confidential document is under the control of JDA

PROJECT : D Genesis

WRITTEN BY : Kono Tsuranori

ILLUSTRATION BY : ttl

「夜は長いよ。

一緒に楽しもう！」

JDA
Japan Dungeon Association

D GENESIS

ダンジョンが出来て3年

WRITTEN BY Kono Tsuranori
ILLUSTRATION BY ttl

07

It has been three years since the dungeon had been made. I've decided to quit job and enjoy laid-back lifestyle since I've ranked at number one in the world all of a sudden.

CONTENTS

INFORMATION

CAUTION

この物語はフィクションです。
登場する人物・団体・イベント・商品その他の名称は架空であり、
それが、どんなにどんなにどんなに似ていたとしても、実在のものとは関係ありません。

This story is a fiction.
The names of individuals, groups, events, products and other indications are fictional,
and no matter how similar they are, there are no connection with actual things.

Am Grunde des begründeten Glaubens liegt der unbegründete Glaube.

——— *Über Gewißheit / Ludwig Wittgenstein*

すべての根拠のある信念の根底には、根拠のない信念がある。

——— *確実性の問題 / ルートヴィヒ・ウィトゲンシュタイン*

序章

プロローグ

It has been three years since the dungeon had been made.
I've decided to quit job and enjoy laid-back lifestyle
since I've ranked at number one in the world all of a sudden.

PROLOGUE

SECTION :
アメリカ合衆国　ワシントンD.C.

「地震学的監視観測所、記録なし。水中音波監視観測所、記録なし。微気圧振動監視観測所、記録なし。当然、放射性核種監視観測所も――」

『記録なし』と記された書類を見ながらダルトンは、シルバーグレーの背景に赤い一本線が描かれた階級章を付けた男からの報告を受けていた。

「間違いなく爆発はしたんだな？」

あの場所で、それをダンジョンの中に設置した男が、机の向こう側で優雅に足を組んでいた。

Ｊ＝Ｄ＝マッシュフォード。

彼は特殊作戦に従事する准士官の中でもピカイチの成績を残している男で、今回の作戦のために海兵隊からＤｏＤ（ダンジョン省）へと送り込まれた男だった。

古巣では、Ｊ＝Ｄは、ジョン＝ドゥの略だとまことしやかに囁《ささや》かれていた。

「あれが壊れていなかったのなら、確実に」

彼は、はっきりとそう答えた。

あの爆弾は、多孔質の抗スライム素材で覆われていた。実験の結果通りだとしたら、爆発までの時間なら十分スライムによる分解に耐えるはずだ。

「だが報告書によれば、それが起こったと確信できる痕跡はどこにもなかった」

ダルトンは、報告書をノックするように二度叩《たた》いた後、机の上に放り投げた。

「外部の測定機による一次放射線はおろか、フォールアウトも残留放射能も、一切が検出されていない？　それで本当に爆発したのか？」

「もちろんです。何しろダンジョン内には何も残っていませんでしたからね」

報告書には、設置されたはずの原爆も、モンスターも、あってしかるべきはずの残留物も、ついでに言えばそこにいたはずの探索者たちすら、一切が消えていたと書かれていた。

だが、それこそが、何かが起こったことを雄弁に物語っていた。

いずれにしろ、この報告書が事実で再現性があるとしたら、ダンジョン内で行われる核実験は、誰にも検知できないだろう。もっとも、その事実はやってみた者にしか分からない。バレる恐れを顧みず、それを積極的にやってみる国がなさそうなのは幸いだ。今のところは。

核爆弾を作ること自体は難しくない。

この情報が開示されれば積極的にそれを行いそうな国や組織に、いくつか心当りもある。原材料にしても、プルトニウム２３９ならば、入手はウラン２３５に比べてはるかに容易だ。

頭の痛いことだと、ダルトンは小さくかぶりを振った。

「現場にいた君の所見を聞こう」

「所見と申しましても……その瞬間は特に振動も感じませんでしたし、何かが起こったのだとしても、コンテナの中でそれを認識することはかないませんでした。ただ、すべてが終わった後、もう一度ダンジョンに踏み込んだとき、生まれて初めて身近に感じられたことだけは確かです」

「何をだね？」

「神の御業《みわざ》ってやつですかね」

ふざけたような発言に、ダルトンは思わず眉をひそめかけたが、それが事実だとしたら、自分たちが欲しているものは手に入ったも同然だ。

「場合によってはＤＯＥ（アメリカ合衆国エネルギー省）やＥＰＡ（アメリカ合衆国環境保護庁）が、歓喜の涙を流すかもな」

もちろんワシントン環境局や、処理予算の大幅削減を行ったハンドラー大統領も。

コロンビア川の上流から数マイル。砂漠のように乾燥した千五百平方キロメートルに及ぶ広大な台地に、冷戦時代につくられた核爆弾たちの残滓《ざんし》が眠っている。

ハンフォード・サイト。

そこに埋められた放射能汚泥を満載した百七十七のタンクのいくつかはすでに綻び、漏れ出た放射性汚染物質がコロンビア川を汚染していた。もちろんコロンビア川に流入したそれは、川を流れる膨大な水量で希釈され、数メートル離れるだけで検出限界を下回るため、放射能による公衆衛生上のリスクは検出されていないとされている。

その後始末を巡っては、頻繁に裁判で争われている。だが、仮に裁判官が「死者を蘇らせるように！」と判決を下したところで、それになんの意味があるだろう。どんな判決を下されたところで、できないものはできないのだ。

誰もがなんとかしなければと思いながら、誰もがどうにもならないと思っている。できることは観測することだけ。そうして、今のところは安全だと言い続けることだけだ。

もしもその廃棄物を処理できる場所があったとしたら？

ＵＳＤＡ（アメリカダンジョン協会）の管轄外にあるダンジョン、もっと言えばステイツが直接管理しているダンジョンと言えば一つしかない。

「ザ・リングか」

彼は小さくそう呟《つぶや》いた。

マッシュフォードは、それが聞こえたのか聞こえなかったのかは分からないが、何も言わず、ダルトンが会見を終わらせるのを静かに待っていた。

ザ・リングは調査が保留され閉鎖されているが、単なるゴミ箱にするだけなら、常識外の化け物どもが闊歩《かっぽ》している場所へと赴く必要などない。いくつもある入り口の一つから、それを地下へと投げ込むだけだ。

ワシントン州のハンフォード・サイトから、ネバダのエリア51までは、インターステート82から、ハーミストン付近でインターステート84に。ツインフォールズから、ＵＳ93号線を使えばネバダまで十三時間だ。空輸だって考えられる。何しろエリア51は空軍基地なのだ。

ただし、もう一つ懸念があった。

「一緒に消えたはずのＤＡＤの連中は、代々木《よよぎ》で発見されたそうだぞ」

一瞬、マッシュフォードの目が微《かす》かに揺らいだ気がしたが、それは瞬く間に消え去って、鏡のような水面が広がった。

「不幸な事故でしたが——皆、生きていて幸いでした」

目の前の男が、白々しくそう言った。

爆発時間を知らされていた自衛隊やサイモンチームが巻き込まれたのだ。定刻通りに爆破が行われたはずがない。確かにオールドヒーローにはそろそろ退場してもらうつもりではあったが、まさか自衛隊を丸ごと巻き込むだなんて誰が想像するだろう。

「ハサウェイの差し金か？」

マッシュフォードは、それに応えず、単に小さく肩をすくめただけだった。

それは肯定とも否定とも捉えにくかった。何しろＤｏＤの意趣返しにしては大げさすぎる。政治の世界の悪意は、どこに潜んでいるか分からないのだ。

だがそこにどんな陰謀があったにしろ、正義の味方は、幸か不幸か退場しなかった。

「とは言え、積極的に彼らの目の前に出ることは遠慮したいですね」

まさしく神の御業と言えそうな結末だったが、これはつまり、横浜で捨てたごみが代々木から発見されたということでもある。

とあるダンジョンで消えた何かが、他のダンジョンから発見される？

それはまずい。我々の関与がはっきりするようなものと一緒に捨てたものが出てきたりしたら致命的だ。

分解されて消えてなくなるのか、他のダンジョンへ転移されているのか。

二つの可能性に、ダルトンは逡巡《しゅんじゅん》したが、結局少量で実験してみる以外の手段はなかった。

第09章

マイナー

It has been three years since the dungeon had been made.
I've decided to quit job and enjoy laid-back lifestyle
since I've ranked at number one in the world all of a sudden.

CHAPTER 09

二〇一九年 一月二十日（日）

SECTION：横浜 桜木町

「何も起こらなかったって言われても納得しちゃいそうですね」

三好《みよし》が電離箱式サーベイメーターを片手に扉を開けた津々庵《しんしんあん》は、少し雑然としていて、俺たちが最後に見た状態のままになっていた。大きな違いと言えば、アクリルの水槽に入っていたはずのクリーナーやスライムたちがいなくなっていることくらいだ。

昨夜確認したところ、鳴瀬《なるせ》さんが覗きに来た時には、すでに何もいなかったそうだ。

「いませんね」

「どっかに隠れていて爆発的に分裂してる、なんてことはなさそうだな。空間線量は？」

「いたって普通です」

電離箱式サーベイメーターの測定下限は、概ね1μ《マイクロ》シーベルト毎時といったところだ。普通の場所なら、国際線にでも乗っていない限りほぼゼロを示すと考えていいだろう。こいつが派手に動き始めたら要注意だ。

「二層で核が使われたなんて、誰も信じませんよ、これ」

「ちゃんと安全を確認するまでは油断するなよ」

ここはダンジョン外のはずだし、ダンジョンは層ごとに空間が断絶している。何しろ電波も通過できないのだ、放射線を遮断したとしてもおかしくもなんともない。確かに直後の調査では何も検出されなかったとは聞いたが、今もそうなのかは行ってみなければ分からないのだ。

「鳴瀬さんも、そういった痕跡は見つからなかったって言ってましたよ？」

「そりゃそうだが、他人の報告をうのみにして死ぬのは嫌だろ？」

「さすが上流に回る人」

そう笑いながら、三好が録画に使っていたＰＣを確認した。

「録画はずっと続いてたみたいですから、ここで何が起こったのかは確認できそうです」

「丸一日以上経《た》ってるのに、凄いな」

「今時のＨＤＤは十テラバイトを超えてますからね」

考えてみれば四メガＢＰＳなら二秒で一メガバイトだ。一時間で一・八ギガバイトなら、五十時間でも九十ギガバイトにすぎない。八チャンネルでも一テラにすら届かないのだ。

「確か、十八時十五分の少し前くらいだ。どうなってる？」

「えーっと……」

手早く目的の時間を表示して、そこからさかのぼっていた三好の手が止まった。その作業を横から覗きこんでいた俺は思わず呟《つぶや》いた。

「こりゃあ……」

モニターの中で蠢《うごめ》いていたクリーナーは、十八時十三分五十七秒十六フレームで、黒い光に還元されることもなく突然消失した。

「まるで誰かがここでカットを繋《つな》いだみたいですね」

三好は、十五フレームと十六フレームを行ったり来たりさせながら、そこで魔法のように消えてしまうクリーナーを何度も見直していた。

「これって、二層のクリーナーたちが消えたのと同じ原因で消えたんでしょうか」

「たぶんな」

「もしそうだとしたら、ダンジョン外まで影響を与える何かがあるってことですよね」

「たぶんな」

「だんだん世界が不思議空間化してきましたね！」

三好が嬉しそうに笑った。

「不思議空間は、ダンジョンの中だけでお腹《なか》一杯だ」

非日常が現実化することに、俺たちは――いや、人類全体が、徐々に慣れてきているような気がする。

「しかし、爆発予定時刻は十五分だったはずだろ。その瞬間に爆発が起こったんだとしたら、一分以上も早いってことだぞ。軍用でそんなズレ、変じゃないか？」

「事故に見せかけて自衛隊のダンジョン攻略群を始末しようとした、なんて言い出すんじゃないでしょうね」

「いや、さすがにそれは……」

あれを持ち込んだのはファルコンだということだったが、仮にそれがアメリカ政府だとしても、自衛隊のチームIを亡き者にする理由はないだろう。

「ともかくこれで懸念の一つは解決しました」

捕獲したまま地上に放置されていたクリーナーが、津々庵で分裂を繰り返し、パート2が始まったりしたら大事《おおごと》だったが、どうやらそれはなさそうだ。

「あとは――」

三好が、地下へと続く階段を見下ろした。

「いや、本当に行くのか？」

確かにここを下りさえすれば八層までは行ける。そうしてそこは百六十層相当の可能性があるのだ。もしも八層と九層をクリアできるなら、ダンジョンの向こう側へ行けるかもしれない。おそらくは世界最速最短で。

「一層や二層のモンスターの強さは、大体代々木の八倍くらいらしいですから、そのままリニアに推移するとすれば、代々木の六十四層か、七十二層換算ですよ」

「それでもボスだぞ？　十分に強そうだろ。大体そんな情報、あてになんかなるかよ」

「まあまあ先輩。とりあえずは見に行くだけですよ」

「とりあえずってな……各階層のドアは外開きなんだぞ？」

もしも中にいる何かが襲ってきたとしたら、内開きよりもタイムラグは圧倒的に小さいことになる。その代わり、くさびで止めたりできるわけだが、そんな時間が与えられるとは限らない。

「そもそも不思議だと思いませんか、先輩」

「何が？」

「こんなに簡単に下りられるはずなのに、横浜には、代々木の十八層のように立ち入り禁止区域が設定されていません」

「自己責任――いや、それならバティアン（立ち入り禁止区域にある山）だってそうか」

横浜には入ダンするのにＢ以上のランクが必要って制限はあるが、それは、ガチャダンの二層に挑むには、その程度のランクが必要だってことにすぎない。

「ただ階段を下りるだけですよ？　誰も下りたことがないなんて信じられます？」

自衛隊は何らかの車両を含む装備を持ち込んで三層まで行ったらしいが、引き返した時にこちら側の階段を下りてみなかったのだろうか？

他の探索者にしてもそうだ。誰だって深層を覗いてみたいはずなのに、ただ階段を下りる、それだけの行為を試してみた者がいないというのは、確かに違和感がある。

テンコーさんなんか、真っ先に下りて行きそうなものだが……

「下りたやつは誰も戻って来なかった、とか？」

俺は、まるで、探索者を呑み込もうとしている影のようにすら思える、階下の薄暗がりに目を凝らした。

「もしそうなら、今頃立ち入り禁止になってますよ」

現在の入ダン管理は厳密に行われている。だからこっそり入って、こっそり出るなんてことは不可能だ。今の日本でそれができるのは、横浜ダンジョンの俺たちだけだろう。こちら側の入り口だけはＪＤＡの管理から外れているからだ。だから、もしも誰かが戻って来なかったとしたら、それをＪＤＡが把握していないはずがない。つまり――

「下りるだけなら安全ってことか？　それにしちゃ情報がなさすぎないか？」

もちろん単に何もなかっただけかもしれない。だがその情報すらないというのは変だろう。

「それを確認しに行くんですよ！　ザ・冒険って感じがしません？」

「俺は安全圏から、こっそり眺めてるタイプだ」

世の中には分相応って言葉があるのだ。

「もー、ひょっとしたら大した苦労なしで、ダンジョンの秘密に迫れるかもしれないんですよ？そうしたら、世界は一気に新次元に――」

「待て待て待て三好、突っ走り過ぎだろ。そんなのは主人公の役割じゃないか。サイモンあたりに任せておけよ」

「それでサイモンさんが死んだら後味悪いですよ？」

「俺はいいのかよ!?」

「先輩は、死にそうになる前にちゃんと逃げますから大丈夫」

逃げ足なら世界最高ですし、なんて、酷《ひど》いことをドヤ顔で言っている。まあＡＧＩ（素早さ）の値で言うならその通りだろうが。

「主人公は踏みとどまっちゃうからなぁ……」

あと少しで障害をクリアできそうだろうとなんだろうと、ヤバそうなら逃げる。『あと少しで』なんて、死亡フラグでしかないのだ。

「だから、ちょっとだけ確認に行きましょう！」

「命あっての物種なんだがなぁ……」

とは言え、こいつが好奇心に負けて一人で下りた挙げ句に何かがあったりしたら、俺は一生後悔するだろう。それくらいなら一緒に行った方がましか。

俺は仕方なく頭を掻《か》いた。

「分かったよ。だが下りたとしても、わざわざ倒しに行ったりしないからな。絶対だぞ？」

「それってフリですか？」

「違うわ！」

§

「暗いな」

一通り装備を整えた俺たちは、ポリカーボネート製の盾を申し訳程度に構えながら、以前クリーナーを燃やした二層と三層の間の踊り場へと下りて、すぐ下にある三層の様子を窺《うかが》った。

「二層と違って、階段に常夜灯がありません。それに――」

三好が三層の床と壁に小さな懐中電灯の光を這《は》わせた。

「おい、間違ってもドアの中を照らすなよ」

三好は分かっていますとばかりに頷《うなず》くと、小さな声で言った。

「――フロアサインもありませんね」

本来壁には、地下三階であることを意味する、B3という文字が書かれているはずだ。

「建設途中でダンジョン化したんだから、内装が終わってなくてもおかしくないだろ」

よく見れば、床も表面の粗いコンクリートがむき出しのままになっていて、それが寒々しさを演出していた。

「やっぱ、やめないか？」

「暗闇から、何かが突然、ゴワーっと襲ってくるってのは定番ですよね！」

「お前《ま》な……」

「まあまあ、先輩。二重取りした〈生命探知〉もありますし、それに、ほら」

三好が指差した先には、かなり低い位置に金色の瞳が瞬いていた。

「グラスも俺に任せとけと言ってるみたいですよ」

確かにこの階段に、カヴァスたちが大きすぎるのは確かだし、斥候には小さい方が向いているだろう。だが――

「グラスだからなぁ……」

俺は内心の不安を押し殺しながら、三層へと進んで行った。

できるだけドアから離れて内部を覗こうとしてみたが、〈暗視〉なしでは暗くてほとんど何も見えないだろう。三好が足元を照らす小さな灯りの反射を受けて、よく知った二人組が、ドアのガラスの上で、俺たちと同じ行動をしていた。

　小さな足音を立てて、三層からひとつ階段を下りた時、突然振り返った三好が「未知の世界へようこそ」と笑った。

「ここが人跡未踏だってのは、少し信じられないけどな。いいからさっさと下りて、さっさと帰ろうぜ」

「もう、情緒がないですね」

「そんな余裕があるか」

「人生には余裕が必要ですよ？」

「そういうのは、暖房の効いた居間のソファで冷たい飲み物でも飲むときのために取っとけ」

　俺たちは軽口を叩きながらどんどん下りていった。

　四層を過ぎ、五層を過ぎる。

〈生命探知〉にはなんの反応もなかったし、〈暗視〉で見える範囲にも何もいなかった。先頭を歩くグラスも特に何も気にしていないようだった。

　七層を過ぎ、八層に到達したとき、俺ははたと足を止めた。

「おい、三好……」

　そのとき俺は、薄暗い道で幽霊に出会ったような顔をしていたに違いない。

「なんで下りの階段があるんだ？」

「図面を見た限りじゃ、八層で終わりのはずです。この下に機械室がありますけど、この階段で下りられるようにはなっていなかった……はずですよ」

だが、俺たちの目の前には、上層階と同様、下へ続く階段が確かに存在していた。

「とりあえず、行ってみません？」

「お、おう」

次の層は最終フロアだ。そうしてその先にはダンジョンの向こう側が――

「……先輩、あれ」

九層へ下りた俺たちが見たものは、更に下へと続いている階段だった。

冬の寒さにもかかわらず、俺の額には汗が浮かんでいた。

「あれを下りたら、あっさりとダンジョンの向こう側へ行っちゃうんじゃないだろうな？」

「もしそうだったらどうします？」

「どうする？　って、どうしよう？」

相変わらず周囲は不気味なほど静まり返り、何の反応もなかった。もっともカマネレオンたちのように、行動しなければ二重の〈生命探知〉をかいくぐるモンスターもいないではない。

だが、アルスルズの知覚や、三好の〈危険察知〉を同時にかいくぐる強力なモンスターは見たことがなかった。

「もちろん下りますよね？」

三好がどことなくワクワクした様子でそう尋ねた。仕方がない。ここまで来たら、毒を食らわば皿までというやつだ。

俺たちは顔を見合わせて頷きあうと、その階段を下り始めた。

§

「なあ、三好」

「なんです？」

「これ、一体どうなってるんだ？」

かれこれ三十層は下りたはずだが、相も変わらず階段は下へと続いていた。ただ、もしも横浜が本当に九層のダンジョンなのだとしたら、この状況を説明できる仮説はある。

次のフロアから下へと続く階段を見て、俺は小さくため息をついた。

「なあ三好。俺はこれにひじょーによく似た状況を知ってるんだが」

「実は私も、自分がドローンになったような気がしていたところです」

そう言って三好は、工事現場によくあるカラーコーンを取り出して、この層の床に置いた。以前農園で使うかもと購入しておいたやつだ。

「さて、コーンを見に行くか」

そうして階段を下りた先には、予想通り色鮮やかなコーンが置かれたままに立っていた。

「つまりここは――」

俺は上へと繋がる階段――今しがた下りてきたはずのそれ――を見上げながら言った。

「三層ってわけか？」

「それならいいですけど、もしも階段を上がった先にカラーコーンがあったらどうします？」

なにそれ、怖い。

「泣くしかないな」

もしもそうなったとしたら、覚悟を決めてボスを倒しに行くしかないだろう。

だが、幸いなことに、俺の覚悟は空振りに終わった。

SECTION :

代々木八幡　事務所

「まさか横浜の階段が、あんなことになってるなんて、誰が想像する？」

シャワーを済ませた三好が、まだ夕方だというのにパジャマみたいな室内着で出てくると、そのまま、ぽすんとソファの向こう側に座った。

「あれに気が付いた人がゼロってはずないと思うんですけど、調べても出てこないんですよね」

膝の上でノートＰＣを抱えていろいろと検索していた三好が、首を傾げる。

三層だと思われる場所から階段を上がると、そこは無事に二層だった。壁には燦然《さんぜん》と輝くＢＦ２の文字があったのだ。俺たちは三層のコーンを回収すると、すぐに横浜を後にした。

「確かに不思議だが、一応報告はしておこうぜ。何はともあれ、横浜の現状が確認できて、やっと落ち着いたって感じだ」

検索することを諦めた三好はノートＰＣを閉じると、テーブルの上に置いた。

「で、先輩どうします？」

「何を？」

「これですよ、これ」

そう言って、彼女は〈収納庫〉から、昨日整理したデータを取り出して、テーブルの上にどさどさと並べた。

「これかぁ」

俺は、腕を組み、んーっと目を瞑《つぶ》って天井を仰いだ。

「どうしました？」

「どうしただって？」

俺は腕をほどいて三好と向かい合うと、両手を広げて言った。

「いや、だってお前、タイラー博士だぞ、タイラー博士。最終ページが出てきた時点で予想はしていたが、冷静に考えたら無茶苦茶だろ？」

あっさりそれを受け入れている自分が、自分でも信じられない。

こうしてみると、フィクションの海に頭まで浸《つ》かっている日本人は、こういう状況を受け入れる準備が整っているのかもしれない。単にリアリティがなくて実感に乏しいだけかもしれないが。

「人間の再構成ですからね。しかも完全な記憶の再現付き。ある意味不老不死ですよ」

「あの手法ならインスタンス化された時点で時間は経過していくはずだ。状態が上書きで保存されているとしたら年は取るだろう。少なくとも実体化している間は」

ハードウェアの完全な再構築で、すべてを再現するなんて力業だからな。もっとも、そういう問題じゃないことはよく分かっている。

「あそこで俺たちは、ダンジョンができた原因や、ダンジョンの向こう側の連中の目的について聞かされた」

「でもそれって、言ってみれば一方的な宣言みたいなものですよ」

「もちろん嘘《うそ》や誤謬《ごびゅう》がないと断言はできない。ま、それを踏まえてだな、俺たちには考えなきゃいけないことが、少なくとも四つある」

　三好がソファの上で、胡坐《あぐら》をかきなおして、指を立てた。

「まずは、アメリカに三年前の真相を伝えるかどうかってことですよね。話の流れもありますし、鳴瀬さんには伝えておく必要がありそうですけど」

「そうだな。だが、アメリカはな……こないだのこともあるし、サイモンには話をしておかなきゃと思うんだが……」

「どうしたんですか？」

「ＤＡＤは大統領直轄の機関だろ？　上に伝わるとヤバくないか？」

「ＣＩＡあたりに口封じが命じられますかね？」

　三好が面白そうに言った。いや、そうなったらお前もターゲットなんだぞ……

「暗殺は、禁止になったはずだったんだがなぁ」

　七〇年代に、二度暗殺されかかった大統領によって、その行為が禁止されたが、その後撤回されて、今では再び可能になっているらしい。

「だがまあ、さすがにそれはないか」

　俺は苦笑しながら頭を掻いた。

「考えてもみろよ、ダンジョンの中でタイラー博士に会って真相を教えてもらった？　誰が信じるんだ、それ」

いずれ色々な不思議が解明された後ならともかく、現時点ではただの狂言だ。にもかかわらず、暗殺なんて手段を取ったら、それが事実だと言っているようなものだ。エージェントが送り返されている現状を鑑《かんが》みてもリスクが高すぎるだろう。

「今回は、映像どころか、証拠になるものが、なんにもありませんからね」

「三十一層のドアもすでにあるとは思えないだろ。賭けてもいいくらいだ」

三好は少し考えてから言った。

「一応間接的な証拠っぽいものはあるんですけど」

「どんな？」

「私たち、三十一層から一層へ飛ばされましたよね？」

「ああ」

「だから退出時間が、最後にサイモンさんたちと会ってからそれほど経っていないんですよ」

「ちゃんと調べれば、時間的な整合性が、まるで取れていないことが分かるわけか」

いくらなんでも、三十一層から数時間で地上に出るのは無理だ。だがそれは、転移魔法を疑われることはあっても、タイラー博士と会って云々という証拠にはなり得ない。

「まあ、私は、先輩が言えば、サイモンさんは信じそうな気がするんですけどね」

「俺はいなかったことになってるんだから、三十一層の経験を語れるわけないだろ」

「入ダンして私たちに起こった不思議でもいいじゃないですか」

「そんないい加減な……うーん、保留！」

　俺は、目に見えない何かを横に放り投げた。

「んで二つ目が……デミウルゴスの目的を伝えるかどうか、か？」

「誰にです？」

「そこなんだよ……ＪＤＡとか日本政府？　あとは社会？」

「社会って……マスコミなら一時的に食いつくかもしれませんけど、どう贔屓《ひいき》目に見ても、使い捨てのネタ扱いですよ」

　これをまともに取り上げるマスコミがあるわけないか。

　ワイドなショーに至っては、専門違いのコメンテーターと呼ばれる人たちが、適当に自分の感想風に局の意向を並べ立てておしまいだろう。

「匿名掲示板にでも投稿するか？」

「それこそ頭のおかしな人扱いされて終わりですよ」

「だよなぁ」

「それに、誰に向かってでもいいですけど、ダンジョンの向こう側にいる何かの目的は、人類に奉仕することだって主張するんですよ？」

「どこの新興宗教だって話だよな。もしも俺がそれを玄関先で聞いたら、にっこり笑ってドアを閉めるよ、確実に」

「検証不可能なダンジョンの目的を堂々と語っている時点で『お前、何者だよ』って感じです」

　教祖様を目指すなら別だが、普通の人にはハードルが高すぎる。

「うーん……保留！」

俺は目に見えない何かを、さっきとは逆の方向に放り投げた。

「三つめは、判断の件か？」

「私たちが強いられる、重要な判断ってなんでしょうね？」

「それなんだが……さっぱりだ」

「今までの二つだって、十分重要な判断を要求されてますよね」

「わざわざ意味深に言うからには、もっと別の何かなんだろうけど……」

「それって、その時が来ないと分からないやつでしょうか」

「うーん……保留！」

俺は目に見えない何かを、今度は上に放り投げた。

「三連続保留で、結局なんにも解決していませんよ」

「言うな、分かってる。……つか、状況の方が異常なんだよ！」

俺は目の前に散らばっている、俺たちが書いた資料の山をバンバンと叩いた。

「先輩。私たちって、ほんの小さな一個人にすぎませんよね」

突然三好が膝を揃《そろ》え、改まって妙な言い回しで話を始めた。こういう時のこいつは、大抵ろくなことを考えていない。

「あ？　ああ、まあそうだな」

「そんな私たちに、こんな、『人類全体でどーすんだよ』級の話をされても、途方に暮れるしかありません」

「で？」

「だから、人類全体を考えられる人たちに丸投げしましょう！　つまりそれを信じようと信じまいと、後はあなたたちの勝手でーすってことで」

こいつ……最近コンサルを使いまくってるだけのことはあるな。

丸投げは確かに魅力的だ。何しろ自分でゼロから考えたり悩んだりする必要がない。

難しい判断は、人類全体のことを考えられるような誰かに任せればいいのだ。俺たちは、それを伝えようという努力はした。それを信じるかどうかは、伝えられた側の問題だ。後は野となれ山となれってやつだ。

「とは言え、あまりに無責任な気も……」

「先輩、大きすぎる責任は、大勢の人間の肩に載せて曖昧にしちゃうのが人類の叡智《えいち》ってものなんですよ。公務員メソッドってやつです」

「お前、最近言動が際《きわ》どいぞ」

「ちょっとストレスが溜《た》まってるんですかね？」

パジャマっぽい格好で腕を組み、こくこくと頷きながら、ソファの上で胡坐をかく女。

ストレスとは無縁に見えるのは気のせいだろうか。

「じゃ、アメリカへの通知問題はサイモンに丸投げして、後は知らんと」

「そうそう。目的問題は、鳴瀬さんあたりに丸投げして、後は知らんと」

「証拠も何もないけれど、とりあえず体験談という形で報告したら、我々に課された義務はそこで終了。後は信じるなり信じないなり好きにしやがれってことか」

「暗殺の危険もなさそうですしね」

「話の裏付けが俺たちの体験だけで、社会がそれを信じる要素がゼロだからな。積極的にそれを広めたりしない限り、そんなことにはならないだろ。ただし――」

　俺は腕を組んで、背もたれに体を深く預けた。

「最終ページが世に出たら、どうなるか分からないけどな」

「話が一気に信憑《しんぴょう》性を帯びますからね」

　あれも捏造《ねつぞう》だと言われればそれまでだが、モニカがいるから謎の言語部分が本物であることはすぐに分かる。〈異界言語理解〉はあくまでも理解できるだけだから、謎言語を書くことはできない。

　つまり捏造はできないのだ。

「だが、今のところ、あれを世に出す予定はないし、結局この話には証拠がない。ちょっとしたヨタ話として、酒宴の肴《さかな》になるのがせいぜいだろ」

　サイモンや鳴瀬さんが、この話をどうするのかは分からない。だが、こうすることで俺たちは、その責任から解放されて、らくーになれる……はずだ。

「悪くないな、関係者総道連れプラン」

「プロジェクト・パブリックサーバントですよ！」

　いや、公務員計畫《けいかく》ってな……まあいいか。

「三つ目の重要な判断も、同じ方法が使えるといいんだけどな」

「いけそうな気がしてきましたよ！」

「そして最後が、コルヌコピアの謎、か？」

そう言って座り直したところで、玄関の呼び鈴が来客を告げた。

「誰か来る予定なんかあったっけ？」

俺の問いに首を振った三好が、玄関を確認すると、そこには斎藤《さいとう》さんが立っていた。

§

「ＣＭ？」

「そうそう。なんだか突然、オファーが殺到したらしくって」

彼女は昨日も事務所を訪れていたはずだ。連日やって来るってことは、何か重要な話があるのかもしれないと思っていたのだが、いきなりＣＭの話が始まって面食らった。

「よかったじゃん。って、わざわざそれを伝えに来たわけ？」

「そんな、邪険にしなくてもいいでしょ。それがさー……」

話を聞くと、どうやら同時に大手三社から一度に引き合いが来たらしい。しかも広告代理店の頭越しに直接彼女を指名したらしく、代理店としても非常に困った挙げ句に、すべてのオファーを携えて来たそうだ。

「困った挙げ句？」

「そりゃ困ると思うよ」

何しろ大手三社はすべて同じ業界に属する、三ケミと触媒、それに新越だったらしい。

「なんだそりゃ、偏ってるな」

ダンジョン関連化学業界のトップスリーと言ったところだろう。もっと単純に、ダンジョン関連企業のトップスリーと言っても過言ではない。武器や防具とは消費される数が違うからだ。

「いきなりモテ期がやって来るのはいいんだけどさ。これってどう考えても――」

斎藤さんは、ちらりと台所で飲み物を準備している三好を見た。

「――将を射んと欲すればってやつだよね」

彼女がダンジョンで活躍している女優だってことは、すでに広く知られているし、先日は、アーチェリーでも何かやらかしていたらしいから、アンテナが高い広告業界の人間にキャッチされるのは分からないでもない。

だが、老舗ともいえる企業から、直接名指しでオファーを出されるような立場には、まだまだ程遠いはずだ。

それでも彼女に価値があるとしたら、それは三好と友人だってことだろう。

「射るのはアルテミス様の役目じゃないの？」

「だよねぇ」

いやそこは照れながら「やめてよ」とか言うところだろ！

「三ケミはともかく、触媒と新越のＣＭは珍しいよな」

「そうなの？」

そもそもコンシューマー向けの製品をあまり作っていなかったから、ＴＶＣＭが不要だったということもあるだろう。それでも触媒は、以前台湾やフィンランドの渋い映画監督をフィーチャーしてＣＭを作ったりしていたが、今ではラジオで耳にするくらいだし、新越に至ってはほとんど目にしたことすらない。

それが突然スポンサーに手を挙げるというのは、いかにも、いかにもな感じだ。

「いっそのこと全部断るとか？」

「とんでもない！　この馬はチャンスを逃さないよ！」

「うん、まあそうだろうね」

その図太さが斎藤さんの斎藤さんたる所以《ゆえん》だろう。

「え、何、その感動のなさ」

「だって、師匠騒動と違って、俺、本質的に関係ないだろ？」

「ちょっと酷くない？　可愛い弟子が困ってるんだからさー」

「困ってるって、何を？」

「どこと契約するか」

何言ってんだ、こいつ。

どこでもいいのなら、条件のいいところと契約すればいいだけじゃないのか？

「契約書に、三好の紹介が含まれてるとか？」

「まさか」

さすがにそこまで露骨なことはしてこないか。

「条件は？」

「似たり寄ったりかな」

「なら、どこと契約しても――いっそのこと全部引き受けたら？」

いずれも日本を代表するダンジョン企業だ。騙《だま》されるなんてことはないだろう。

しかし、もしもそんなことになったら、日本の化学業界の顔になれるな。

「雑誌のグラビアじゃないんだから、ＣＭでそんなことできるわけないでしょ」

競合企業なんだよ、なんて彼女はぶつぶつと言っていた。

「だめなのか？」

「同じ俳優が、同時にアサヒビールとキリンビールのＣＭに出て、両方で『うまい！』とか言ってどうすんのよ」

「あー、ＣＭ（注1）はイメージだもんな……」

それで代理店が困った挙げ句にって話になるわけか。

普通ならどれか一つに絞ってオファーを出すところだろうが、相手は業界のトップスリーだ。どこを優先しても角が立つ。それならいっそのこと全部のオファーを出して相手に選ばせようってことだろう。契約書には、同一事業のＣＭには出ない程度の縛りは書かれていてもおかしくない。

「で、選ばなきゃいけないんだけど、これってどんな会社なの？　芳村《よしむら》さんたちって化学畑だったんだよね？」

「そういうのってプロダクションが選ぶんじゃないの？」

「一応どこやりたいって訊《き》かれたから」

　プロダクションも困ったってことか。

「どんな会社って言ってもなぁ……まあ、売り上げで言えば最大手は三ケミだな。下手すりゃ倍くらい違う」

「へー、じゃあそこがいい？」

「だが、ダンジョン関連商品で今のところ一番成功しているのは触媒だ」

　ＪＤＡと共同開発とはいえ、パウダーはすでに伝説のヒット商品だ。

「へー。じゃあ商品ＣＭになるのかな？」

「美しい女優は、排泄《はいせつ》なんかしないんじゃないの？」

「へ？」

「伝説のヒット商品って、パウダーだぞ」

　俺が含み笑いをしながらそう言うと、「変態」の言葉とともにクッションの弾が飛んできた。

「パウダーのイメージキャラになるのは、ちょっとヤダ」

「他にもいろいろと開発してるよ」

俺は苦笑しながら、一応フォローした。

「で、新越は？」

「利益率や、総合的な技術力なんて観点で見れば――」

「うんうん」

「ま、控えめに言っても業界ナンバーワンだな」

ついでに言えば、株の時価総額でもぶっちぎりだ。

「えー？　一番売り上げが大きいのが三ケミで、一番成功しているのが触媒で、一番技術力があって利益率が高いのが新越ってこと？」

「もちろん領域にもよるだろうけど、大雑把《おおざっぱ》に言えばそうだよ」

俺が一通りの説明を終えると、斎藤さんは余計に分からなくなったような顔で困っていた。

「どこを選んでも一長一長ってことかぁ」

「いっちょういっちょう？」

「え？　だって『短』ないじゃん」

「変な日本語を作るなよ」

（注1）　ＣＭはイメージ

もちろん、時期が違えば別の企業のＣＭに出ている俳優は普通にいる。
この当時キリンビールのＣＭに登場していた堤真一は、以前アサヒビールのＣＭに出演していたし、唐沢寿明は、サントリーのＣＭに出演していた。

「だってさ、『どんぐりの背比べ』も『千篇一律』も、ネガティブな雰囲気があるじゃない。女優は悪口を言わないの」

「そういう問題じゃ……って待てよ。俺、結構ディスられてる気がするぞ」

「えー、リスペクトしてますよー」

「嘘つけ」

俺は笑って、さっき投げつけられたクッションを投げ返した。

「決められないってことはどこでもいいってことだろ？　条件も同等なら、あみだやサイコロで運に任せるってのは？」

「うーん……よし！」

彼女は何かを決心したように顔を上げた。

「師匠の言う通り、運を天に任せて、サイコロで――」

そう言いながら、机の上にあった白い紙に、三社の名前を書いてそれぞれを丸で囲んだ。

その時、ピルリと頭の上から声が聞こえて、一つの丸の上にロザリオが舞い降りた。

「え？　え？　何この子。可愛い！」

「えーっと……アメリカンロビン？　のロザリオだ」

「なんで疑問形？」

「見た目は確かにアメリカンロビンなんだけど、本当のところは分からないんだ。何しろダンジョンの中から付いて来たんだ、こいつ」

正確には謎のベニトアイトだの魂の器だのから生まれたのだが、ダンジョン産と言っても間違いではないだろう。

「ええっ？　アイスレム君たちのお仲間ってこと？」

「たぶんな。ただ、アルスルズと違って、ロザリオは届け出がな……」

アルスルズのときと同様、一般の探索者がダンジョン産の鳥を飼った前例などなかったから、WDAにも当然規定そのものがなかった。したがって、渋谷区の規定に従い、適切に手続きをしなければならなかったのだが……これが、捨て猫を飼うようなわけにはいかなかったのだ。なお、猫は、特に登録申請等の手続きが不要な稀有《けう》な動物だ。

調べてみたところ、アメリカンロビンは、特定外来生物には含まれていないし、ワシントン条約の附属書にも記載はないし、鳥獣保護管理法に基づく輸入規制の対象にもなっていなかった。しかし、厚生労働省の届出対象動物のリストには含まれていた。つまり、単純に届け出手続きさえ済ませれば簡単に飼えると思っていたのだが――

「まさか届け出用紙に、原産国とか輸出国及び積出地なんて項目があるとはなぁ……」

そこに、『代々木ダンジョン』なんて書いたら大騒ぎになりかねない。

犬の場合、届け出に書くのは犬の特徴や飼われている住所くらいなものだが、日本にいない鳥の場合は、伝染病の関係か、原産国や輸出国の記載が必要だったのだ。

「勝手に窓から飛び込んできたことにするとか」

ロザリオの前に指を差し出しながら、斎藤さんがテキトーな様子でそう言った。

「現在、日本の野鳥は飼育が完全に禁止されていますから、それだと飼えないんですよ」

　アメリカンロビンは基本的に日本にはいないことになっているが、例えばＢＩＲＤＥＲの二〇一四年六月号には、北海道の滝川市で観測されたことが掲載されていた。当時、日本では二例目のことだったらしい。だから、絶対にいないとは言い切れず、そして日本の野鳥を飼うことは法律で禁止されているのだ。

　何しろ、野鳥っぽい鳥を飼っているだけで通報されちゃう時代だ。

「鳥が犬以上に難しいとは思わなかったよ」

「いざとなったら、自由に外へ出られるようにして、『飼ってるんじゃありません。ほら、ツバメの巣と一緒ですよ』理論で武装するしかありません」

「まあ、かごに入れてるわけじゃないし、鳥が自由意思で巣を作ってるなら仕方がないよな」

　俺と三好が、うんうんと頷きあっているのを見て、斎藤さんが吹き出した。

「ふふっ。なんだか、幸運の青い鳥みたいじゃない？」

「青い？」

　レッドブレストと呼ばれている通り、ロザリオの胸は赤というかオレンジ色だ。しかしよく見れば、グレーの羽は青みを帯びていた。元がベニトアイトだからだろうか。

「青いと言われれば、青いか」

「幸せは気が付かないほど身近にあるってことですね」

「青は単に存在しえない理想の象徴じゃなかったか？」

メーテルリンクが書いた当時、ヨーロッパに青い鳥はいなかったと聞いたことがある。

「ますますロザリオっぽいじゃないですか」

三好の言葉に、そう言われればそうかと、俺は妙に納得した。

「そう言えば、ブルーバードって、警察官の俗語じゃなかったっけ？」

「つまりロザリオはダンジョンがよこした監視員ってことですね」

「凄くありそうな気がしてくるから、やめろ」

顔をしかめた俺に、ひとしきり笑った後、彼女はテーブルを覗き込んだ。

「じゃあ、彼女の言う通りにしようかな」

ロザリオが舞い降りていたのは、新越の丸の上だった。

「新越か、まあ妥当じゃ――」

「新越？　あ、そうだ。ちょっと気になる項目があったんだ」

「気になる項目？」

「ほら、これ」

そう言って契約書を取り出すと、それを開いてある項目を指差した。

そこには、取って付けたように、スポンサードするバラエティー番組への出演という内容が書かれていた。

「ＴＶの出演依頼みたいなものだろ？」

特に気になる理由が分からない。女優志向だから、バラエティーが嫌だとかか？

「これ、なんとなく『ダンジョン探検隊』っぽくない？」

「ええ？」

あれのスポンサーを新越がやる？　しかもここまで書くってことは冠っぽいが、メリットがあるのか？

「契約じゃ仕方がないけど、毎回師匠に付いてきてもらうわけにはいかないよね。どうしよう」

「タイミングさえ合えば、アイスレムをお貸しできますよ」

ＴＶ出演させて有名にするわけにはいかないが、本当に命の危険がある場合なら仕方がないだろう。もしもバレたら、アルテミス様の眷属《けんぞく》扱いで乗り切——れるわけないか。

「ほんとに？　鬼軍曹が一緒なら大丈夫かな」

スライムによる特訓以来、すっかり鬼軍曹扱いされてしまっているアイスレムだが、あれでなかなか仲はいいらしい。

「じゃ、新越にしようっと」

契約書を仕舞った彼女は、居住まいを正すように膝を揃えた。

「それで、本題なんだけどさ」

「本題？」

昨日からうちを訪れていたのは、ＣＭの件を相談したかったからじゃなかったのか。

「私、ちょっと芳村さんに謝らないといけないことがあるんだ」

「謝る？」

なんだかデジャヴを感じる展開に嫌な予感がした俺は、思わず眉根を寄せて身構えた。

「そうそう。私、芳村さんがこれだって、管理監の人に教えちゃった」

「これ？」

差し出された携帯の画面を見ると、そこにはＷＤＡのワールドランクリストが表示されていた。彼女はその一番上をきれいに手入れされた爪の先で指し示していたのだ。

「ん？　ええ⁉」

ど、どうして斎藤さんがそれを知ってるんだ？

「な、なんの話？」

「まーたまた。今更何言ってんの！」

バンッと背中を思いっきり叩かれたかと思うと、左手を取られて引っ張られた。

「こんな変わったピンキーリングをしてる人が二人もいるはずないでしょ」

「ええ？」

俺の左手の小指には、民族的な文様が刻まれたンガイの指輪がはまっている。

そういえばファントムになっても、指輪は装着したままだった。最初は、どうせ手袋をするからと気にしていなかったが、剣の柄《つか》が滑るからと手袋を外してもそのままだったのだ。

「ま、そういうワケでー、師匠、バレバレだよ！」

「い、いやだって、俺のキャリアでそんなことあり得ない――」

「だって、私、師匠のキャリアなんか知らないもん」

「も、もんって――」

そうか、彼女には前提となる知識がないから、見た通りに素直に解釈しちゃうのか。

その時、飲み物を持ってきた三好があっさりと言った。

「あれ、バレたんですか？」

「み、三好！　お前な！」

「いや、だって先輩、斎藤さんですよ？　ここでごまかした方が、あちこち首を突っ込んできて悪化しますって。ここは素直に認めて口止めした方がマシですよ」

「ま、マシってなぁ……あー、もうしょうがないな」

「じゃあ、あの時のマントの人って、やっぱり芳村さんだったの？」

「そうですよー。もう、こうですから、こう！」

三好が居間で、シリウス・ノヴァ！とやっている。やめてください、お願いします。

「先輩がやっていると思わなければ、なかなか格好いいでしょ？」

「そうね」

斎藤さんが調子に乗って、シリウス・ノヴァ！と真似《まね》をした。こいつはプロだけあって再現性が高い。俺は、目頭を覆って、もう勘弁してくれとばかりに天を仰いだ。

「そうそう、新作があるんですよ」

「新作？」

「見ます？」

「見る見る！」

「おい、こら」

こいつはしばらく弄《いじ》られ——

「って、待て。鳴瀬さんに教えた？　彼女、それを信じたのか？」

もしも真に受けていたら、今頃上司の四角い人に報告しているかもしれない。

「んー、どうだろ。驚いてたけど」

そりゃそうだろう。斎藤さんと違って、鳴瀬さんには事前の知識が腐るほどある。仮に彼女にそう言われたとしても信じられるはずがない——と、いいな。

「丁度そのとき、カヴァス君が出てきて、うやむやになったんだよね、その話」

「どうするよ、三好」

鳴瀬さんに訊かれたとしても、そんなわけないじゃないですかとシラを切ることはできる。まさかＤカードを見せろとは——言われたらどうする？　拒否したら、それは認めているも同然だ。

「まあ、こうなった以上、認めて口止めするしかなくないですか？」

「だが彼女はＪＤＡの職員だぞ。職責ってものがあるだろう」

俺たちの専任管理監として知り得た事実は上司に報告する義務があるはずだ。

「どうせ信じがたい内容なんですから、そこはヨタ話だと思ったということにして報告しないってのはどうです？」

「いや、どうですと言われてもなぁ……それを判断するのは彼女だし」

「先輩が真摯《しんし》に頼めばやってくれますよ」

「え？　そんな関係だったの？」

「いや、違うから」

そんな関係って、どんな関係だよ。

「まあまあ、そんな話はともかくですね」

三好が珍しく助け舟を出してくれた――

「じゃーん、これです！」

――と思った俺がバカでした。

「おおー！」

その後、俺とキメイエスの戦闘をきゃいきゃい言いながら見ていた二人は、おもむろに、「メタトロニオス・ピラー！」と笑いながら真似を始めた。

だめだこいつら、なんとかしないと。

SECTION：

福岡県　福岡市　箱崎九大前

　ワンショルダーのボディバッグを肩にかけ、顔を隠すようにマフラーで覆っている痩《や》せた男が、指定された古い喫茶店のドアを開けた。

　アーバンミュージックが流れる、やや薄暗い店内では、やる気の薄い声が好きな席に着けと彼に告げた。まばらな客たちが、ちらりとこちらに視線を向けたが、特に気にする様子もなく、すぐに自分たちの世界へと戻っていった。

　きょろきょろと何かを探すように席を見渡す男の目が、部屋の奥で小さく手を挙げている、小柄でややふくよかな男の姿を捉えた。

「どうもどうも。ご足労いただきまして」

　ふくよかな男は、嘘くさい笑みを満面に浮かべながら痩せた男を出迎えた。

「急いでくれ、三十分くらいしかないんだ」

　痩せた男は、ボディバッグから、何かのパックのようなものを取り出すと、テーブルの下でふくよかな男の方にそれを突き出した。

「いらっしゃいませ」

　ふいに横から聞こえてきた女の声に、痩せた男は、びくりと体を震わせて、テーブルの横に立っている、表情の乏しい女の顔を見上げた。

その様子を見たウェイトレスは、なにかやばい取引でもやってるんじゃないでしょうねと、内心眉をひそめたが、生来の鉄面皮でそれを押し殺しながら新しく来た男の注文を待った。

客の面倒に首を突っ込むと、ろくなことがないのだ。

「昼はまだでしょう？　そうだな、ホットサンドのセットを一つ。飲み物は何にしますか？」

「そんなもの！　……あ、いや。じゃ、ホットコーヒーを」

喫茶店に入店しながら、注文などどうでもいいとばかりの態度に、訝《いぶか》しげな視線を投げ掛けられた男は、気を取り直したように最も無難な飲み物を注文した。

「かしこまりました。ホットサンドセットワン、ブレンドで。少々お待ちください」

ウェイトレスが注文を取って去った後、ふくよかな男は哀れむような目つきで痩せた男を窺《うかが》いながら言った。

「落ち着いてくださいよ。おかしく思われて困るのはあなたの方でしょう？」

「時間がないんだよ！」

痩せた男は、泣きそうな顔とかすれた声で小さく叫びながらそう訴えた。

「分かっていますよ」

わざとらしい笑みを張り付けたふくよかな男は、その細い目を見開くと、急に雰囲気を変えて低い声で言った。

「たった三十分で、あんたの過ちが帳消しになるんなら、安いものだろ」

「ひっ……」

一瞬で本性をひっこめた男は、机の下で受け取ったパックを目の前に取り出すと、その蓋を開けて、中の基板を詳細に調べ始めた。

痩せた男が、おびえた視線を正面の男に向けてしばらくした頃、さっきのウェイトレスが戻って来て、ぞんざいにホットサンドを置いていった。

「冷めますよ？」

ふくよかな男は、こちらを見もせずにそう言った。

「あ、ああ……」

痩せた男が、半分にカットされたホットサンドを震える手に取ったとき、店のスピーカーから、ジェイ・ショーンのストールンが流れはじめた。

繰り返される、stolen（盗まれた）のコーラスに責められているような気分になりながら、“It's crazy but I'm going insane”(注2)のフレーズに、まったくだと暗い笑いが口をついた。

しばらく基板を確認していた男は、満足そうに笑って顔を上げた。

「大丈夫そうですね。ではこれを」

男が取り出したのは、渡したパックとそっくりなアイテムだった。

「大丈夫なんだろうな？」

「あらかじめ詳細な写真を頂きましたからね」

この機器は、Dカードを取得しているかどうかを調べるものだ。だから、動作しない機器とすり替えても、使用される者がDカードを取得していないという結果だと認識されるはずだ。

動作チェックはすでに終わっているから、特別なことがない限り、もう一度調べるということもないだろう。見た目が完璧でありさえすれば、しばらくは気が付かれないはずだ。

「市販の開封防止シールで助かりましたよ。なんともずさんなことだ」

元のようにわざとらしい笑みを顔に張り付けた男は、楽しそうに言った。

「これも皆、あなた方が急がせてくださったおかげでしょうな。しかも部品はすべて市販のもので、配線の隠蔽《いんぺい》もまったくありません。非常に助かりましたよ」

「それは俺のせいじゃない」

「もちろんですとも。ではこちらを」

ふくよかな男が何かを差し出すと、痩せた男はそれをむしり取るように奪い取った。

「コピーは？」

「この商売は信用が第一ですから。あなたも、羽目を外されるのは、ほどほどにされるのがよろしいかと思いますよ」

「くっ……お前らが！」

「お時間がないのでは？　ここのお会計はサービスしておきますよ」

怒りで顔を赤くした痩せた男は、渡されたパックを素早くかばんに押し込むと、残ったホットサ

（注2）　フレーズ

『狂ってる、だけど俺もすぐそうなる』

ンドには目もくれずに立ち上がり、まるで深い水底から空気を求めて一秒でも早く水面に上がろうともがくように、足早に出口へと急いだ。

　スピーカーから流れだす声に、『もう一度やり直せたら』と言われたが、それは無理だと自分でも分かっていた。

SECTION :

代々木八幡　事務所

「こんばんは……」

終業時間を大幅に過ぎて——もっとも今日は日曜日なのだが——からやってきた鳴瀬さんには、いつもの覇気が感じられなかった。

「お疲れですねー」

出迎えた三好が、苦笑しながら彼女のコートを受け取ると、鳴瀬さんは「はぁー」と、大きなため息をついた。

「センター試験の対応で、職員が駆り出されている状況で、あの事件でしょう?」

彼女は眉をひそめて口をへの字に曲げた。

「しかも、皆さんが消えて大混乱になっていたところへ、セーフエリアです」

日曜日だからまだしもだったが、この事が広まれば問い合わせが殺到することは間違いない。

今日はそれに対応するために、自衛隊から送られてきたマップを基に、現在の協賛企業数を考慮しながら区割りを行ったのだ。

幸い発見したのはしがらみのない自衛隊だ。もっとも、偶然とはいえチーム丸ごとで来ていたＤＡＤだけは、ちゃっかりと広めの領域を確保して権利を主張していたが、全体としては、大した問題にはならなかった。

「たまたま横浜の騒動とセンター試験のバックアップで、ほとんどの職員が休日出勤していたおかげで、ぎりぎり対応できましたけど、普通の週なら完全にアウトでしたね」

彼女には珍しくソファに深く腰掛けて、背もたれに体を預けた。

「大変ですね。で、報告なんですが――」

「もうちょっとねぎらってくれても良くありません？」

鳴瀬さんは笑いながら体を起こすと、バッグからタブレットを取り出した。

「それは四角い人にお任せしますよ」

「まず、芳村さんの横浜残留の件ですが――」

彼女は資料を見ながら、そう切り出した。

「お二人の横浜への公式な入ダン記録は、最初に私が行った一回で、それ以降の出入りについて、正確な記録はありません。ですから、その点で芳村さんが代々木に転送？されていないと主張することはできるのですが、問題は――」

これですねと、見せられたのは、代々木の入退出記録だった。

「昨日遅く、お二人のＩＤの退出記録が残されていました」

鳴瀬さんは、リストの当該部分を指差した。

「問題は、お二人の入ダン記録がないってことなんです」

エラーチェックコードを走らせると、真っ先に引っ掛かったそうだ。

自衛隊やＤＡＤはまだ帰還していないから、整合性がとれていない記録は俺たちだけだろう。

横浜みたいな例外はさておき、完全に管理されている代々木で、入退出記録を残さずに出入りすることは不可能だ。もしもできたとしたら大問題になるだろう。

例えば、犯罪者がそれを利用してダンジョンに逃げ込めば探しようがないし、俺が言うのもなんだが、WDAのライセンスカードなしでDカードを取得されたら、管理されていない超人が誕生してしまう。

「それってなんとかなるものですか?」

「なんとかと言われましても……記録を削除したところで削除履歴が残りますし、履歴の操作はシステムの管理者にしか許されていません」

そもそも管理課の一般職員に許されている権限は、基本的には閲覧だけらしい。

「そもそも、どうしてこんな面倒なことをする必要があるんです?」

その疑問はもっともだ。

転移したのが俺たちだけだと言うのならいざ知らず、今回は他にも転移した人間が大勢いる。俺が三好と一緒に代々木に転移していたとしても、特に隠さなければならないことがあるとは思えないだろう。

「えーっと……」

「昨日、私、斎藤さんに、ちょっと信じられないような話を伺ったんですけど」

俺が言いよどんでいるところへ、追い打ちをかけるように鳴瀬さんがそう言った。

いくら、一般的なダンジョン界隈の常識を持った鳴瀬さんが、あの話をまともに受け取るのに抵抗があったとしても、現状、状況証拠たちが大声で合唱しているようなものなのだ。

「は、はぁ」

なんて返事をしようか迷いつつ、曖昧な相槌《あいづち》を打っていると、彼女はまるで世間話をするような調子で、核心を突いてきた。

「昨日回ってきた報告書で知ったんですが、謎の人物が、自衛隊のピンチを救ったそうですね」

インナーワールドの俺は、額から滝のような汗を流しつつ、頭を抱えていた。

「ＤＡＤの関係者でも自衛隊の隊員でもない誰かさんは、突然現れたかと思うと、自衛隊が直面していたピンチをあっという間に解決して、全員の見ている前で空気に溶けるように消えてしまったそうです」

「へ、へー、そうなんですか」

「三好さんもその場にいらっしゃったようですが、聞いてません？」

「あー……」

聞いていないというのは簡単だが、もしも三好がそんなシーンに出くわしていたとしたら、戻って来た途端に、こぶしを握り締めて、目をキラキラさせながら、「先輩、先輩！　なんかすごい人がいました！」と力説していたに違いない。

「そ、そういえば、そんな話を聞いたような……」

俺たちのやりとりを聞きながら、にやにやしていたに違いない三好が、ダイニングからコーヒーを運んで来てテーブルの上に置いた。

「先輩。カミングアウトのチャンスですよ、チャンス」

「カミングアウト？　って――」

鳴瀬さんは、ガバッと体を起こし、机の上に両手をついて身を乗り出した。

「じゃあ、あれは本当の話なんですか⁉」

彼女に詰め寄られた俺は、のけぞりながら引きつった笑顔を浮かべると、諦めたようにため息をついて、ポケットからスキルがマスクされた市販のケースに入ったＤカードを取り出した。

「うそっ……」

そのカードにある名前とランキングを見た鳴瀬さんは、呆然《ぼうぜん》とした様子で小さくそう呟いた。

「これ、本物ですよね？」

それを聞いた三好が小さく吹き出した。

「ほら、私と同じ感想でしょ？」

「お前は、さらに『どんな卑怯《ひきょう》なワザを……』とか言ってたぞ」

「あ、それ、ちょっと思いました」

それを聞いた鳴瀬さんが、小さく笑いながらそう言った。

「ええ⁉」

「だって、芳村さんがＷＤＡカードを取得されたのは、去年の十月の頭ですよ？　まだ、丸四か月も経っていません」

鳴瀬さんは、自分を落ち着かせるように、三好の持ってきたカップに口を付けた。

「三年前からずっと潜っている人たちをごぼう抜きにして一位なんて、何か特別なことでもしていなければ、絶対に無理だと思うんですけど」

「ほら、先輩」

　みんな同じことを考えるでしょとばかりに、三好がどや顔で腰に手を当てた。

「それに……ファントムがランキングされたのは、芳村さんがＷＤＡカードを取得される前なんですよ？」

　彼女は何かを探るように、上目遣いで俺を見た。

「一体何をされたんです？」

　ダイニングから自分のカップを運んできた三好が、そのまま体をソファに滑り込ませると、それに口を付けつつ人差し指を立てた。

「それはもう裏庭にダンジョンができちゃったから物置を建ててごまかしたとか、机の引き出しを開けたらダンジョンがあったとか、もしかしたら異世界帰りの勇者様の可能性も——」

「そんな訳あるか」

「だって、そのうち話す、なんて言っておきながら、まだ聞いてませんよ」

「あったな、(注3)そんな話。すっかり忘れてた」

　それは、俺が初めて三好に、Ｄカードを見せた時のことだ。

　Ｄカードを持っているのに探索者登録をしていない理由を尋ねる三好に、昼休みが終わってしまうから、そのうち話すと約束したままになっていた。

「まだ、聞きたいなら、せっかくだから話してもいいけど」

「そりゃあ、聞きたいですよ。ねぇ？」

三好の言葉に、鳴瀬さんも真顔で頷いた。

そうして俺は、去年の秋に起こった騒動の顛末《てんまつ》を話し始めた。

§

「――と、言うわけなんだ」

俺はその顛末を話し終えると、カップの底に残っていた冷えたコーヒーを一息に飲み干した。

途中から難しい顔をして聞いていた鳴瀬さんが、「それって……もしかして九月二十七日の話ですか？」と訊いてきた。

「え？　えーっと……どうだったかな」

「先輩にご飯を奢《おご》ってもらったのは九月最後の出勤日でしたから、その前日は二十七日ですね」

三好が持ち前の優れた記憶力でそう言った。もっとも食事に紐《ひも》づいていることだけ、特別優秀な

（注3）　そんな話
九月二十八日。一巻六十四ページ（初版）の最後の行で、そのうち話すと言っている。

のだが。

「じゃあ、あれは……」

「鳴瀬さん？」

「その日、十四時半ごろ、新国立競技場青山門付近でダンジョン震が観測されました」

「え？」

「観測者は私。その日は丁度監視セクションへヘルプに入っていたんです」

俺と三好は、やはり記録されていたのかとばかりに顔を見合わせた。

「計測が確かなら深深度級で、ダンジョン深度は代々木の約五倍でした」

「五倍!?」

「そういや、鉄筋を落としてから音が聞こえてくるまで、二十秒近く経ってた気がしたな」

「あの辺の現場でしたら、鉄筋は大規模建築用ですよね」

「鉄筋はＤ41っぽかったな。まあＤ38も、ぱっと見には同じに見えるが」

Ｄ41は公称直径が41ミリちょっと、Ｄ38は38ミリちょっとの鉄筋だ。Ｄｘｘと呼ぶときはｘｘ部分が大まかに公称直径だと考えていい。

「四センチくらいってことは……二十秒近いなら千メートルは確実にありますよ」

三好は当時の俺と大体同じ計算をして言った。空気抵抗係数も鉄筋じゃかなり小さいし、質量はかなり大きい。

「計測が確かなら、深度は千四百メートル以上でした」

　俺はその深度に驚いたが、ふと疑問を口にした。

「しかし、たとえ裂け目ができていたとしても、ダンジョンのフロアってそれぞれが別空間だろ？　そうでなくても、落ちた鉄筋は、単に一層に刺さるだけじゃないか？」

「それはたぶん生成ルールのせいですね」

「生成ルール？」

「ほら先輩。先日シカゴ大のなんとかいう先生の仮説を話したじゃないですか」

「ああ、ダンジョンのコアである最下層のボスが、Ｄファクターの発生源とかいうやつか」

「そうです。あれって本来は、インディアナ州の廃教会跡にできたダンジョンの生成過程の記録が主体のコラムだったんですよ」

　偶然観測されたそれによると、ダンジョンの生成は、まず地上になにかドリルのようなものが打ち込まれて穴ができる。いわゆるダンジョン針と呼ばれるものだ。

　穴が完成すると、最下層にコアとなる物体——大抵はモンスターだが——が生まれて、その後、最下層から順番にフロアが生成されていくように見えたそうだ。

「ドローンの消失具合から、フロアが生成された時に、各層が別の空間になるのではないかと結論付けられていました」

「もしも、どのダンジョンも同じような速度で掘り進められるのだとしたら、深いダンジョンほど、ダンジョン震が長いことも説明できますね」

　鳴瀬さんが感心したように言った。

「ダンジョン生成時に、ドローンを突っ込ませることができたって、どんなタイミングだよ」

「運がよかったと、ご本人も書かれてましたね」

「つまり、俺が落とした鉄筋は、丁度縦穴が開通してコアモンスターが発生した直後、各層が作られる前に運動エネルギー弾として、そいつの頭の上に落下したってわけか」

だが、それで、代々木の五倍の深度を持ったダンジョンボスを倒せるだろうか？

百キログラムの物体が時速六百キロでぶつかったとしたら、運動エネルギー自体は、大体百三十八万七千七百ジュールくらいだ。一ＴＮＴトンは、四億二千万ジュール弱だから――

「一本当たりのエネルギーは、一ＴＮＴトンの千五百分の一以下だぞ？」

「それが作用する面積が違いますよ」

爆発は球状に広がるが、この場合は、わずか半径二センチの円だ。確かに単位面積あたりのエネルギーは相当に大きいと言っていいだろう。

「それにこれだけの深度ですからね。生まれたのは、きっとドラゴンか何かで、ついでに生まれた直後は脱皮した後みたいに柔らかかったに違いありません」

「あのな……」

「Ｄ41なら十メートルでおよそ百キロ、立派な『神の杖』じゃないですか。それがトレーラー一台分？　そりゃ普通じゃないモンスターでもやられちゃいますって」

「そう言われればそうかもな」

最初の一発がヒットすれば、何かを考える暇もなく次々と致死レベルの物理攻撃が雨のように降り注ぐのだ。できたばかりの深深度ダンジョンで、いきなりそんな攻撃が発生するなんて考えもしないだろう。

「そんなダンジョンのボスをソロ討伐したわけですから、バカみたいな経験値が得られるのも無理はありません。そりゃ、誰にも知られず突然一位になっちゃうわけですよ」

　納得したようにそう言った三好を横目に、俺は鳴瀬さんに言った。

「ま、そういう訳なんですよ」

「よく分かりました。去年の深深度ダンジョンのミステリーも解決しましたし」

「そういやあれって、どういう扱いになってたんですか？」

「あの後メンテナンスが入ってましたから、おそらく機器の誤動作ってことになったんじゃないかと思います」

　おそらく問題は見つからなかったと思いますけどと、彼女が付け足した。

　そりゃ、ご愁傷さまだ。

「それで、入ダン問題の件ですが――」

　突然姿勢を正した鳴瀬さんが、ＪＤＡ職員のように話し始めた。いや、職員なんだけど。

「昨日、自衛隊から連絡があったのは、二十二時三十一分のことです」

「？」

　入ダン記録の問題と何の関係があるのかと、俺は首を傾げた。

「その連絡を受けて、我々は、横浜と代々木の間で起こった現象が入退システムに与えたかもしれない影響を調べるために、それを二分間停止してチェックしたことにしました」

　まさか。

「その間に行われた入退は、ダンジョン管理課の職員が、手作業で行ったんです」

「まさか――」

「ですが、何しろセンター試験に重ねて、横浜の騒動ですからね。関係各所への連絡書類作成だけでも、ダンジョン管理課はパンク気味。そこで、一般の事務業務がない某専任管理監が、入退管理を一時的に委任されたってわけです」

　彼女はそう言ってにっこりと笑った。

「たまたまその二分間に入退室した人は手作業でメモされ、メンテナンス終了後、その内容は会員管理セクションのシステム管理者の手によってログに追記されました」

　くー、さすが専任管理監！　俺たちにできない事を平然とやってのけるッ！

　そこにシビれる！　あこがれるゥ！

「鳴瀬美晴《みはる》」

「はい？」

「おぬしも悪よのう」

「山吹色のお菓子、要ります？」

　そう言って三好が、タブレットを彼女に差し出した。

「なんです？」

小首を傾げながらそれを受け取った鳴瀬さんは、そこに書かれた内容を見た瞬間固まった。

「こ、これ……」

そこに書かれていたのは、〈収納庫〉の詳細だったのだ。

「セーフエリアも発見されたことですし、そろそろ必要でしょう？」

「それはそうですけど……これ、本当なんですか？」

書かれていたのは、とても信じられない内容だった。

容量が質量依存ではないかという考察はともかく、それが最低二百トンはあるというのは驚きだ。

しかも——

「時間遅延って……」

鳴瀬さんは、あり得ないものを見るような目つきで、資料を眺めていた。

「それ、すんごく使いにくいですから覚悟してください」

「は？」

現代のデバイスは、ＰＣだろうとスマホだろうと内部に時計を持っている。そのため、収納したとたんに時間がずれるのはとても面倒なのだ。実際、俺はめったにスマホを〈保管庫〉に入れなくなった。

「取り出すたびにＮＴＰ（注4）サーバーに接続しなきゃ使いものにならないんですよ」

「それはそうかもしれませんが、もっと他に使い道が——」

「意外とないんですよね、これが」

電子デバイスは先述の通りだし、冷たいものや熱いものは保温ポットで事足りる。総菜類や生鮮食料品が少し長持ちするが結局は傷むし、ものによっては冷蔵庫の方がましだ。スキルオーブの寿命を四十八時間に延ばせるのが利点と言えば利点だが、俺たちには必要のない機能だ。

結局二分の一遅延が威力を発揮することはあまりなかった。経過時間を縮めることができる、二倍速の方がまだしもだろう。

「そうですか」

「それから、そこにある通り、性能はＩＮＴに依存するかもしれません。書かれている内容は、あくまでもＩＮＴ16のときのものですから注意してください」

「分かりました。ありがとうございます」

「じゃあ行方不明だった先輩はどこにいたことにします？」

「そうだな……」

横浜で爆発があったはずの時間は、十八時十五分だ。

その後、代々木の入ダン時間は二十三時前ってことになるだろうから、約五時間、一体どこにいたのかってことになるだろう。ついでに言えば、どうしてそんな時間に代々木に入ダンしたのかも分からない。怪しさ満点だ。

「冷静に考えて、どこにいたとしても、入ダンすること自体が滅茶苦茶怪しいですよね」

「まあ、そこは『天啓を得た』とか言っとけばいいだろ。なにせ神様のやることだからな」

「雑！　じゃあ、横浜の爆発の余波？で、一階で気絶していたとか？」

「鳴瀬さんたちが、クリーナーの確認に来たんじゃないか？」

「一人でしたし、入り口の水槽のところ以外は、ざっと見渡しただけですから」

「きっと、段ボールまみれの部屋の奥で倒れてて、見えなかったんですよ」

「そんなんでいいのかよ……」

「どう考えても、先輩の神様の方が酷いと思いますけど」

「……まあ、いいか」

誰にも否定できないという点で、神様は便利だ。

それに、どうせ横浜から東京へ戻る公共交通機関にあるカメラには映っていないから、犯罪捜査並みに調べられれば強く疑われる可能性はあるが、そもそもないことは証明できないのだ。

ここは日本で、グレーは白と同じだし、罪を犯したわけでもない人間のプライバシーを探るかのごとき調査を表立って行うことはないだろう。

「そうだ、鳴瀬さん」

「はい？」

「横浜の階段って、一体どうなってるんですか！」

（注4）　NTPサーバー
Network Time Protocol Server.
正確な時刻を様々な機器に対して配信するサーバー。

鳴瀬さんは、何かに思い当たったように、ああといった顔をして笑った。

「もしかして、既知の話なんですか？」

「もちろんです」

あれは一部の探索者にはよく知られた現象らしかった。

そりゃまあ、本当に八層へ直接乗り込めたりしたら、事故が起こりまくっているだろう。そうすれば、バティアンの地下よろしく立ち入り禁止地域に指定されていることは間違いない。

「言うと止められると思うんでしょうね。皆さんこっそりと下りられるんですよ」

眉をハの字にしてそれを聞く俺たちに、鳴瀬さんがおかしそうに話し始めた。

「そうして真実を知るが、吹聴するとこっそり下りたことがバレるから言わない？」

「別に何かのルールに違反しているってわけでもないんですけど」

ＪＤＡはもちろんそれを把握しているが、特に実害があるわけではないし、重要な話でもないので何もしていないそうだ。

「横浜の新人が罹《かか》るはしかのようなものでしたね」

まだ横浜に人がいた頃、階段の前で不審な行動をしているパーティを、経験済みのパーティが生温かい眼差《まなざ》しで見守るという風景がよく見られたとかなんとか。

「そりゃまた……」

全寮制プレップスクールの通過儀礼かよ。どうりで秘密が守られるはずだ。

「まさかお二人が同じことをされるとは」

「いやもう三十層まで下りましたからね！」

俺たちはひとしきり笑い合った。

「それはともかく、いくつかご報告があります」

「はい」

「少し困りそうな話と、頭を抱えそうな話と、信じられないくらい困るに違いない話があるんですが――」

「……あの、私、帰ってもいいですか？」

本来彼女がここに来たのは、横浜の後始末を相談するためだ。そこで頭を抱えそうな報告を受けるなんて考えてもいなかっただろう。

「まあまあ、先輩。そんなことを言われたら鳴瀬さんだって引きますよ」

三好が右手の人差し指を振りながら言った。

「ここは、『聞いておかないと取り返しがつかなくなって、後で死ぬほど後悔する話』くらいにしておきましょう」

「その方がよっぽど脅《おど》してるだろ……」

俺は苦笑して、鳴瀬さんに視線を向けた。

「まず、少し困りそうな話なんですが――」

「それ、続けるんですか？」

俺たちの微妙な言い回しに、彼女は諦めたように肩を落とした。

「ほら、三好」

「ええっと、我々は、例のスライム対策に使用したアイテムを発売することにしました！」

「ええ？　確かに、あの耐スライムスーツと水鉄砲――マキロガンでしたっけ？――のことは、いずれお訊きしたいと思っていましたが……」

　鳴瀬さんは、いきなりすぎませんかという雰囲気を漂わせていた。

「だってあれ、今頃は、自衛隊もファルコンも分析しまくってますよ？」

「それは……まあ」

　薬液そのものはまとめて渡したから、そこからサンプルを抜き取ることくらい誰にでもできたはずだ。むしろやっていないと言われた方が驚きだろう。

「ＨＰＬＣ（高速液体クロマトグラフ）にでも掛けられたら、すぐに物質は特定されると思いますから、今のうちにＪＤＡさんにお願いして広く知らしめちゃおうと思いまして」

「お願いって……まさか商務課で？」

　ダンジョン管理部商務課は、一般にギルド課などと呼ばれているように、いわゆるフィクションにおける冒険者ギルドの業務から、冒険者の管理を除いた部分を扱っている課だ。当然、専売契約などを結ぶ場合は商務課との話し合いになる。

　だが――

　大きく頷く三好を見て、鳴瀬さんは眉間に手を当てた。

「そ、それはありがたいのですが……今ですか？」

塩化ベンゼトニウムはどこからでも手に入る。だが、三好が申請したのは用途発明（注5）だ。勝手にこの物質をスライム対策に使用すると、特許に引っ掛かることになる。

本来なら特許使用の交渉をするわけだが、立派な法務を持った大企業ならともかく、そうでなければかなり面倒なことになるだろう。

だが、スライム対策用の液体として商務課が発売したものなら、最初からライセンス問題は解決されていて面倒がない。価格にもよるだろうが、物質が特定された後でも商務課から購入する者はそれなりに多いに違いない。しかも今回は――

「できれば生産までお任せしたいんです」

「生産⁉　って、液体をってことですか？」

ＪＤＡに化学工場などあるはずがない。科学物質を生産しろと言われても現状では不可能だ。

「いえいえ。違います」

そう言って三好は、どこからともなく取り出したタブレット上に表示された企画書を、彼女の前に差し出した。

「Ｄカード取得セット『ダンジョン始める君』？」

（注5）　用途発明

発明の種類の区分。既知の物質の、新しい用途を見出したことによる発明のこと。この場合は、塩化ベンゼトニウムがスライム退治に効果があることを見出したこと自体が発明であり、特許の対象となる。

俺は思わず心の中で額に手を当てた。

やはりこいつのネーミングセンスは壊滅しているよな。もっとも俺のセンスもどっこいどっこいなので文句は言いづらいのだが……

「さすがにマキロガンでは販売できませんよ。でも、いい感じでしょう?」

「そ、そうですね……」

「いや、鳴瀬さん、無理しなくていいですから」

「え、えーっと。駄菓子屋的センスが、いい感じで大きなお友達を惹《ひ》きつける、とか?」

それを聞いて三好が不満そうに口を尖《とが》らせた。

「とかってなんですか、とかって。そもそもそれって褒めてます?」

そこに書かれていたのは、小型で発射口が精緻に作られた水鉄砲と、肉叩きのようなトゲの付いた小さなハンマーをセットにした、スライム退治セットの企画だった。

本当はもう少し独占していたかった気もするが、いつかは公開しなければならない情報だ。横浜の件で、問い詰められることは間違いないから、先にオープンにしてしまったほうがいいだろうという判断だ。

国家や組織なら、それをうまく利用して有利なポジションを築こうとするのかもしれないが、俺たちにそんなポジションは不要だし、面倒なだけだ。

代々木の一層に人があふれるのは少し困るが、三好と検討した結果、スライムの撃退方法を公開したところで、それはないのではないかという結論に達した。

もちろん最初はお試しの人たちで賑《にぎ》わうだろうが、スライムにドロップはない。

経験値のためにスライムを叩き続けている俺たちですら、修行と感じてしまうくらいに単調でつらい戦いだから、普通の人ならすぐに飽きてしまうはずだ。

残るのは、せいぜいがＤカードを取得しようとする人くらいなものだろう。

ドロップするオーブの情報を公開すれば別だろうが、さすがにそれは無理と言うものだ。何しろ、どうやってそのことを知ったのかを説明できない。

大きな問題があるとしたら、代々木でＤカード取得ツアーをやっている業者に恨まれることくらいだろうか。

「それを使えば、親子で入ダンして、小さなお子さんでも安全にＤカードを取得できるようになるんです！」

現在のＤカード取得業者は銃やクロスボウを使っていることが多く、危険もある上、ガイド以外に護衛も複数付いているからそれなりに高価だ。それに低年齢の子供を参加させるというのは、価格はともかく難しい。だがこのセットなら別だ。

「まあ、そうかもしれませんが……」

「大丈夫ですよ。何しろ代々木の一層にはスライムしかいません。もしもくっつかれたところで、ぴゅっと一発、水鉄砲の攻撃ではじけ飛びます。横浜でご覧になったでしょう？」

「それはそうですが……」

三好の言う通り、このセットなら小学校に上がる前の子供でもハンマーが振るえさえすれば、遊び感覚でＤカードを取得することができるはずだ。

「そういう言い方だと、まるで子供の玩具《おもちゃ》みたいだな」

「だって玩具ですもん、これ」

まあ、水鉄砲は確かに玩具だな。

「いえ、そういう問題ではなくてですね……」

頭痛を堪《こら》えるように額を押さえる鳴瀬さんに、三好が小首を傾げて言った。

「代々木を擁する東京なら、かなり売れると思いますけど」

というより、こいつはほとんどあの一層を擁する代々木専用みたいなものだ。販売するとしたらやはりＪＤＡのダンジョンショップが妥当だろう。ご当地アイテムと言ったところか。

ダンジョンショップは適切な装備を売るという建前で作られたＪＤＡの出先機関で、ダンジョン管理部の商務課が運営主体になっている。販売が開始されればＪＤＡにもそれなりに旨味がある商品になるはずだ。

「いえ、そういう問題でもなくてですね――」

ヒット商品間違いなしのこれは、生産までやった方が利幅が大きい。本来なら喜ばしいことだが、今のダンジョン管理課は、試験対策に横浜問題のダブルパンチをくらったところへ、畳み掛けるようにセーフエリアの発見だ。おそらく職員は、皆ゾンビのような状態だろう。

そこに大型商品の生産と販売？　課が違うとはいえ、部内で人員は融通されているらしいから、下手をしたら死人が出かねない。もっともゾンビは最初から死んでいるが。

だが、悪魔は容赦なく畳み掛けた。

「それに、増えてるんでしょう？　未成年のＷＤＡカード取得者」

「それはそうなんですが……」

「講習を受けた未成年者のＤカード取得が問題になる前に準備した方が――」

「ううっ……」

講習者の数を見れば、近い将来、未成年のＤカード取得問題が起こることは容易に想像できる。確かにこれがあれば、その危険を大幅に減じることは間違いないだろう。

鳴瀬さんは観念したように、がっくりと肩を落とした。

「分かりました。明日、上と相談してみます」

「それで、鳴瀬さん。改めてご相談なんですが、Ｄカードを取得したい人って知りません？」

「はい？」

実は『ダンジョン始める君』には、確かめなければならない大きな問題があった。

それは、水溶液を他人が詰めてもＤカードが取得できるのかという問題だ。

Ｄカードの取得には、モンスターを独力で倒すという厳密なルールがある。例えば、拳銃の場合、銃弾を込めたのが他人だっただけで取得に失敗することはよく知られた事実だ。

ならば、水鉄砲の弾たる水を詰めるのが他人だったなら？　最初から詰められている液体を利用してスライムを倒した場合、それでＤカードが取得できるのだろうか。

俺たちはその点をまだ確認していなかった。残念ながら、Ｄカード未取得で、かつ取得したいと考えている知り合いがいなかったのだ。

「罠《わな》と違って、武器を自分で作る必要はないし、ナタやツルハシのテーピングを他人が行ったらＮＧかというと、そんなことはないそうですから大丈夫だとは思うんですけど」

「つまり、それも確認してほしいということですか？」

「ＪＤＡにＤカードを所有していない職員もいるんじゃないかと思いまして」

以前、市ヶ谷勤務のダンジョン管理課の新人は、研修も兼ねて関東近縁のダンジョンに派遣されると聞いたが、Ｄカードの取得は義務ではないようだ。

「多少は。ですが、どうせ発売される製品の確認は行いますから、その際に分かりますよ」

「ああ！」

そりゃ、委託製造されるような製品のチェックはやるだろう。なら大丈夫か。

「なら、お願いします。もしもダメならご連絡ください」

「分かりました」

現実問題として、『始める君』の売り上げは大したものにはならないだろう。本格的に動くのは、おそらく液体そのもののほうだ。ただの塩化ベンゼトニウム水溶液だとはいえ、濃度のこともあるし、しばらくは商務課経由で仕入れた方が安全だし安心だ。本格的に使用する前のテスト用途として、これ以上のものはないだろう。

話が一段落したところで、カップに口を付けようとしたら、残ったコーヒーは完全に冷たくなっていた。

「新しいの淹《い》れます？」

俺が頷くと、三好はソファから立ち上がって、キッチンへ向かった。

「で、次が、頭を抱えそうな話なんですが」

「はあ……」

鳴瀬さんは嫌そうに相槌を打った。

「ダンジョンでタイラー博士に会いました」

「……はい？」

それを聞いた鳴瀬さんは、眉をひそめて、話の内容が理解できないかのように首を傾げた。

「タイラー博士……って、あの最終ページの？」

「はい」

「三年前ネバダで死んだことになってる？」

「そうです」

「それって、タイラー博士が生きていたってことですか⁉」

鳴瀬さんは、目を見開くと、思わずといった感じで身を乗り出した。

「うーん。それはどうだろう」

「は……い？」

そこで、俺は、彼に会ったときの状況を説明した。

鳴瀬さんは、きょとんとして、理解できているのかいないのか、まったく分からない表情でそれを聞いていた。

「つまり、ダンジョンが？　博士を？　作り出した？」

「まあ、それが一番正確な表現だと思います」

キッチンから新しいコーヒーの香りが漂ってくる。

しばらくの沈黙の後、鳴瀬さんが可哀想《かわいそう》なものを見るような眼差しで言った。

「芳村さん……横浜の騒動は大変でしたし、きっとお疲れなんですよね」

いやいやいやいや、どっかの不思議な事件を取り扱う捜査官じゃあるまいし。

俺は慌てて、妄言でも冗談でもないことを力説した。

「じゃあ、本当に？」

俺は、こくりと頷いた。

「って、それ、もしかして映像があるんですか？」

「一応録画はしていたんですが――」

「それじゃ！」

「それが、なんにも映ってなかったんです」

「……ええ？」

鳴瀬さんがあからさまに肩を落とした。つまり他者を説得するための証拠は、何も存在しないってことだからだ。

「とにかく俺たちはそこで、三年前にネバダで起こった事件の顛末を聞かされたんです」

その、ＳＦ小説もかくやと言わんばかりの物語を、彼女は呆然としながら聞いていた。

以前サイモンから聞かされた話の大部分は正しかった。だが、まさかその裏付けを、行方不明になった本人から聞かされることになるとは思いもしなかったが。

「……ネバダで行われた実験の結果、どことも分からない世界と繋がって、その世界の何かが実験場にいた二十七人を分解し、そこから人類について学んだ結果、ダンジョンが作られたってことですか？」

「要約すればその通りです」

二十七。

それは奇《く》しくも新約聖書を構成する書の数と同じだ。もちろん偶然だろうが、ダンジョンがそれに何かの意味を持たせようとすることは十分にありうる。

「で、それは、言ってみれば旅客機とＵＦＯが衝突したようなもので、不幸な事故だったと」

「そのようです」

「そして、この事実を公表するかどうかを一任された？」

「政治的な駆け引きが大嫌いなんだそうです」

「そういう問題ですか、これ……」

「で、これってＪＤＡとか日本やアメリカの政府とか？　まあそういった組織に伝えるべきでしょうか？　というご相談でもあるんです」

鳴瀬さんは片手で眼球を揉《も》むと、「伝えるとか伝えないとか言う以前の話ですよ」と疲れたように言った。

「当然どうやって知ったのかを聞かれるはずですけど、ダンジョンの中で何年も前に死んだ人に出会って聞いたって言うんですか？」

ヨタ話にしても限度というものがある。これをまともに信じる人はいないだろう。

「まあ、そうなんですよね」

「伝えられるわけないでしょう？　ただの中傷と取られてもおかしくありませんし、納得させるだけの証拠もありません。少なくとも私の立場ではどうにもなりません」

「ですよね。仕方がありません」

あまりにもあっさりと引き下がった俺に、鳴瀬さんは不安な様子を隠さずに訊いた。

「どうするおつもりです？」

「まあ、なるようになりますよ」

俺があっけらかんとした様子でそう言うと、鳴瀬さんは疲れたように深い息を吐いた。

「確かに頭を抱えました。それで、信じられないくらい困るに違いない話ってなんです？」

「タイラー博士に会った話と、関係するんですが」

そう切り出すと、鳴瀬さんはあからさまに嫌そうな顔をして、眉をひそめた。

「まず、俺たちは、ダンジョンの向こう側にいる何かにデミウルゴスという名前を付けました。俺たちの意識からダンジョンを作り出しているからです」

「イデアを現実に再構築する存在でしたっけ？」

「そうです」

「もしくは、ダンツクちゃんでもＯＫですよ。タイラー博士はこっちがお好みっぽかったです」

三好が新しいコーヒーを注いだカップをテーブルに置きながら言った。

「女の子っぽかったし、可愛い名前の方がいいですよね」

三好の話を笑みを浮かべながら聞いていた彼女は、すぐにそれを引っ込めた。

「女の子っぽかった？　それって、向こう側にいる何かとコンタクトしたってことですか？」

うーん。あれをコンタクトと言っていいのだろうか……心象風景という言いぐさを信用するなら、精神的なコンタクトと言えるの、か？

「それはなんとも言えないんですが、とにかく俺たちは、そこで、デミウルゴスの目的を聞かされたんです」

「この世界にダンジョンを作った理由、ってことですか？」

俺は黙って頷いた。

「デミウルゴスの目的は――」

「目的は？」

ごくりと鳴瀬さんの喉が鳴る。三好は面白そうな様子でカップに口を付けつつ、上目遣いでこのやり取りを見ていた。

「――人類に奉仕したいそうです」

「……はい？」

　一体お前は何を言っているんだ？　と、目を点にした鳴瀬さんが訊き返した。

「人類に奉仕したい？」

「大体そんなニュアンスでした」

「意味が分かりませんけど」

「意味は……まあ、言葉通りなんじゃないかと思いますが」

「人類に奉仕したい何かが、二十七人の人間を分解しちゃうんですか？」

「いや、それは順序が逆でして……」

「魔法みたいな世界を瞬時に作り上げられる何かが、人類に望むことが『奉仕させろ』？　って、意味が分からないのですけど」

　うーん、それを言われると、俺にもよく分からないからなぁ……

「でも、意図を聞けているということは、コミュニケーションが取れたということですよね？」

「それもどうかなぁ……」

「ええ？」

　鳴瀬さんは、ますます訳が分からないという顔をして、眉をハの字に曲げた。

「ううーん。もうぶっちゃけちゃうとですね、彼女——じゃないかもしれないか——それは寂しがり屋で、構ってちゃんで、人類に奉仕したくてたまらない、M体質のメイドさんみたいな存在なんですよ」

「先輩が説明を放棄した！」

三好が目をグルグルさせて、ボスンとソファに背を預けた。

「ええー？」

「信じようと信じまいと構いませんけど、俺たちはそういう情報を受け取った。だからＪＤＡに報告した。あとは好きにしてください、と、そういうわけなんです」

「あの、状況が全然分からないんですけど」

「だから、さっきから説明している通りなんですよ。いいですか、鳴瀬さん」

「はい！」

「この際、常識は捨てましょう」

「はい」

「俺たちはダンジョンの中で、ダンジョンが再構成したと思われる、死んだはずのタイラー博士に会って、三年前に起こったことと、彼が考えるダンジョンの向こう側にいる存在――つまり彼の創造主ですね――についての話を聞いたわけです」

「ええと……」

「それが俺たちがダンジョン内で見た幻だろうが、現実だろうが、この際そんなことはどうでもいいんです。俺たちにとってはリアルだとしか思えませんでしたけどね」

「はぁ」

「で、俺たちとしては、その内容があまりに重要そうなものだったので、探索者の義務としてＪＤＡに報告しました。だから、この後その情報をどうするのかは、鳴瀬さんなりＪＤＡなりの判断に委ねられたってことですね」

「え……ええ⁉」

　何一つ証拠のない妄言のような内容を丸投げされ、頭を抱えかけた鳴瀬さんに、三好が言葉を掛けた。

「鳴瀬さん。ＪＤＡって自衛隊に連絡できますよね？」

「え？　ええ、まあ」

「チームＩでも、そうでなければ、ＤＡＤのサイモンさんたちでもいいんですけど、三十一層で私と最後に会った時間を聞いてみてください。セーフエリアが発見される少し前ですから、みんな覚えているはずです」

「……この異常に思える退出時間と関係が？」

　セーフエリアに時間を取られたとはいえ、自衛隊やサイモンたちが戻って来るのは早くても明日だろう。にもかかわらず、三十一層にいたはずの三好は、まさにセーフエリアが見つかったのと、ほとんど時を同じくして代々木を退出していた。

　ただそれだけでは不思議だと思うだけだろうが、三好が向こうにいた時間を誰かが証言すれば、その異常さが浮かび上がるだろう。

「私たちはタイラー博士と会った後、なんというか……そこから一層へ転移させられたんです」

　だからその時間が、何か異常なことがあった間接的な証拠になるだろう。

「直接的な証拠にはならないでしょうが……とにかくそうしてみます」

そう言って鳴瀬さんは疲れたようにソファに沈みこんだ。

「どうです？　信じられないくらい困りそうでしょう？」

「何を勝ち誇ってるんですか。今のところ、Ｄパワーズさんの悪ふざけにしか見えませんよ」

「ええ？」

「一体、課長にどう伝えれば……」

そう言って何かを考え込んでいた彼女は、突然顔を上げると、「とにかく少し考えてみます」と、立ち上がってコートを手にした。

§

「それじゃ、今日はありがとうございました」

「いえ、こちらこそ。いろいろ驚きの報告を頂きまして」

玄関先で、苦笑交じりに鳴瀬さんがそう言った。

すべては重要な情報だ。

だが、そうだからと言って、それをどう取り扱えばいいのかは、いまだに分からない。

「そうそう、六条《ろくじょう》さんの件ですが――」

「はい」

「今週中には、二十一層に向かおうと思います」

「え⁉　まだ十日くらいしか経っていませんけど……もうそんなレベルに？」

一体どんな絡繰《からく》りがあるのかと、彼女は探るように目を細めた。

「確かにちょっと急ぎすぎではあるんですが……」

何しろ、狩られているゲノーモスの数を考えても、〈マイニング〉がドロップするのは時間の問題だ。今この瞬間にドロップしていたとしてもおかしくない。

「センター試験も終わりましたし、ＪＤＡは〈マイニング〉の使用制限を真剣に検討した方がいいと思いますよ」

「急ぎ検討します。ありがとうございました」

彼女は、丁度到着したタクシーに乗り込むと、リアガラス越しに手を振って帰っていった。

§

鳴瀬さんを乗せたタクシーが角を曲がるのを見届けた俺たちは、アプローチを引き返した。

「今週って本気ですか？」

「まあな」

「いくらなんでも早すぎませんか？　彼女たちのポイントってどうなってるんです？」

「それなんだが――一言で言うと、滅茶苦茶だ」

俺は玄関の扉を開けながら、そう言った。

「はい？」

二人はブートキャンプの翌日から、六条さんの時間に合わせて積極的に潜っていた。

横浜騒動のために、十八日からドゥルトウィンを貸し出していないから、最後に会った時の数値しか知らないが、その値は控えめに言って異常だった。

「二人分だし、ドゥルトウィンの状態もあるだろうから、さすがに一人の時ほど効率は上がらないようだけれど、それでも一時間当たり、百二十匹前後は倒してる計算だったな」

「それって……一人当たりですか？」

ある程度想像はしていたが、現実はそれを軽く凌駕《りょうが》していた。以前話していた、半月どころの騒ぎではないのだ。

「たった五日だぞ？」

にもかかわらず、彼女のＳＰポイントは、60ポイント以上溜まっていたのだ。

「以前、斎藤さんが74ちょいのとき千四百位の前半だったから、たぶんフォースは確実だ」

アルスルズを利用したスライム叩きがいかに異常かよく分かる数字だ。五百五十時間も同じことを繰り返せば、俺と同じようなポイントを取得できることになる。もしも一日八時間集中して叩いたとしたら、大体二か月とちょっとだ。

「アルスルズとスライム対策があれば、超人が量産できますね」

「してどうするんだよ」

「うーん……世界最強のチームでも作ってみます？」

「バカ言え」

いかにも面倒に巻き込んでくださいと言わんばかりの場所へ、自分から突っ込んでいくような自殺願望は俺にはない。

「それに、促成栽培の超人は、リアルの経験値が低すぎて怖いよ」

「死んじゃうんじゃないかって、ですか？」

人は死ぬ。いつか必ず。

だが、ダンジョンに潜るということは、それに自ら近付くことと同じだ。

「それもある」

近付き方を間違えたやつは、必ずそれに捕らわれる。上手く逃げ切るには経験が必要だ。

「ともかく、下層に行ける下地は整ったってことだろ。後はリアルの経験値をどうにかしなきゃならないんだが、こればっかりはどうにもなぁ。そもそも、俺らにも大してないから……」

「リアルな経験値どころか、常識を疑われる始末ですもんね」

ドリーに泊まりながら、野営の常識を身に付けることは不可能だ。

しかもドリーの後には、ダンジョン内基地モジュールのイグルー一号《ワン》が控えていて、そろそろ完成するらしい。〈収納庫〉が知られたからってやりたい放題だな、こいつ。

「ダンジョンの常識を学ぶ、講習会みたいなのはないのか？」

「ダンジョンの体験会ならカゲロウがやってますよ」

カゲロウは、代々木では渋チーと並んで有名なチームだ。

もっとも、渋チーが一パーティなのに対して、カゲロウはインカレが母体となった関係上、一種のクランを形成していて、そういう活動にも積極的らしい。

「ＪＤＡは？」

「まだ引退するようなベテラン探索者がいませんし、あと十年くらいは無理じゃないですか」

引退したベテランが教官に再就職するなんてのが定番だが、この職業ができてから三年しか経っていない。探索者じゃなくなった人もベテランとは言いがたいだろう。

「うーん」

「先輩、先輩。我々は、ちゃんとした探索者としてのキャンプを、せめて一度くらいは、経験しなきゃダメじゃないでしょうか？」

「それは、そうだな」

ブートキャンプが開催されれば、普通の探索者との交流も増えるだろう。

ＪＤＡには、すでに〈収納庫〉が知られているから、多少の無茶も許容範囲だが、あまり大っぴらにするのも余計なものを引き付けかねず、はばかられる。

「普通の探索者っぽいことも多少は経験しておかないと、ボロがでちゃいますよ」

「それは確かに一理あるが……普通の探索ってどんな荷物を持っていけばいいんだ？」

「ほら、先輩。我々ときたら、その程度のことすら知らないんですよ」

初めの頃に〈保管庫〉を手に入れてしまった関係で、必要不必要を考えず、とにかく何でもかんでも全部持ち歩いているからなぁ……

持てる範囲で取捨をしろと言われると、なかなか難易度が高い。

「自らの無知を自覚することで、真の認識へと至ろうって話？」

「真実の知への扉を開きに、買い物に行きましょうってことです」

「買い物？」

「ダンジョンの中じゃ無知を自覚しようとするまいと、準備ができていなければ死ぬことに変わりはありませんから」

「買い物って、どこへ？」

「そりゃ、ダンジョンのことを教わるんですから、代々木のショップが妥当でしょ」

二十一層へ行くとしたら、六条さんや三代《みしろ》さんと数日間は潜る必要がある。普通の装備も必要になるだろう。

「そうだな。じゃ、なるべく早く行っとくか」

「ですね」

「で、三好君。最後の封筒、あれは一体なんだったんですかね？」

鳴瀬さんがタクシーに乗り込むとき、三好が何か封筒のようなものを渡していたのを見ていた俺は、嫌な予感に襲われながらそう尋ねた。

「あ、バレました？　そりゃあもう、先輩の雄姿を編集したやつですよ」

「やっぱりか……」

俺はがっくりと肩を落とした。

あの映像は近々消去せねばと思うけれど、マスターは三好の〈収納庫〉の中だからなぁ……

「鳴瀬さんは、まだファントム様を見たことがないはずですからね。一応共有しませんと」

共有ってなんだよ、共有って。

「いや、あるんじゃないの。ほら、テンコーさんのチャンネルで」

「ああ！ でもまあ動いているとまた違いますからね。シリウス・ノヴァ！」

「ぐっ……」

くるんと回った三好が、ウィンクしながらカップを片付けた。

こいつは俺の黒歴史を喧伝《けんでん》して回る悪魔か何かか？

「それよりも、無事押しつけられて、よかったじゃないですか」

「そんな、はっきりと言うなよ。しかし、この件を政府あたりに報告するのは難しいぞ」

「鳴瀬さんなら、レポートにまとめて上司に丸投げするでしょう、きっと。何しろ先輩の悪い影響をもろに受けてますからね」

「悪い影響ってな……」

元会社員の立場から言わせてもらえれば、実際、上司の使い道はそれくらいしかない。部下よりも能力があるから上司なのだ。手に負えないことは丸投げすればいいのだ。

俺は、この報告がどんな波紋を広げるのかは分からないが、根拠も証拠もない以上、すぐに、どこかのファイルキャビネットの奥に放り込まれて永遠の眠りにつくだろうと軽く考えていた。

報告者がＤパワーズだという事実は、俺たちが考える以上に大きな影響力を持っていたのだが、このとき俺たちは、それを露程も想像していなかった。

「そして、最後はコルヌコピアの謎ですね」

「コルヌコピアねぇ……」

盛りだくさんすぎていい加減集中力がなくなってきた俺は、タブレットを掴《つか》んで、ソファにごろんと横になった。

コルヌコピアは、豊穣《ほうじょう》の角だ。

ゼウスの育ての親であるアマルテイアに捧げられた山羊だか羊だかの角で、彼女に望みのものを与える力を持っていたらしい。そして、巨大な富の象徴でもある。

「先輩が取得したアイテムで、角っぽいものって――」

「ハウンドオブヘカテの角くらいだな」

「なんだかイメージじゃないですよね」

ソファの上で胡座をかいた三好は、難しい顔をして腕を組んだ。

「山羊でも羊でもないし、果物や花で満たされてもいない」

「それに、それでお金持ちになれる感じがしません」

収穫や感謝祭と関連付けられるアイテム。

望みのものを与える力――

「俺たちはスキルオーブを取得して、言ってみれば富を得たわけだ」

俺は寝ころんだまま、天井を見上げ、それを指差しつつ言った。

「そうですね」

「なら、スキルオーブを得る力が、望みのものを与えられる力と言えるのかな」

「つまり〈メイキング〉ってことですか？」

「他に思い当たる節がないだろ」

俺は、胸の上に置いてあったタブレットを再び取り上げると、コルヌコピアをネットで検索して、もう一度その説明に目を通した。

豊かさの象徴。

望みのものを与える力。

ディオニューソスを育て、後にハーデースの象徴に――

そのとき俺は、その言葉に強く引っかかるものを感じた。

――ハーデースの象徴？

「三好」

「なんです？」

「ネイティブ言語での表示って、実は個人的なものだと分かったじゃないか」

「はい」

「〈メイキング〉って、最初は五月の王だと思ってたよな」

「まあ、普通に国語審議会の答申に従えばそうなりますから」

「のちにそれは、素材とか製造の意の『メーキング』のことだろうと考え直された」

「文化審議会国語分科会(注6)激怒案件でしたね」

「だが、どうやらそれは、間違いのようだぞ」

「え？」

「これはたぶん――」

俺はがばっと跳ね起きると、ソファに座り直して三好の方を向いた。

「――冥王だ」

三好はそれを聞くと、半開きの口で間抜けな顔をした。ポカーンってやつだ。

「冥王？」

「そうだ」

「だから、冥キング？」

「たぶんな」

「個人ネイティブ表示にも程がありますね」

彼女は頭を左右に振りながらそう感想を漏らした。

確かにトランプの13の例を取り上げるまでもなく、俺は王よりキングを使うことの方が多いと思う。そして、冥には対応する適当な英単語は、実はないのだ。

なぜ漢字じゃないのかは分からないが、冥キングという表記はネイティブとして使わないからだろうか。王が優先され、全体がそれに引きずられた結果なのかもしれない。いずれも単なる想像でしかないが。

「地下世界であるダンジョンは、冥王が支配する場所ってことでしょうか？」

冥王ハーデースは、冥府が地下にあるとされていたため、地下の神ともされている。

「もしかしたら本当に冥界と言えるのかもしれないぞ？　何しろ俺たちは、そこで死者と話をしたんだからな」

「その死者さんは、それをコルヌコピアだと言いました」

「そうだな」

「もしも本当に〈メイキング〉がコルヌコピアだとしたら、それって、最終的には望みのものを与える力――つまりＤファクターを自由に操作するスキルになったりするんでしょうか？」

「望むだけで？」

「望むだけで」

「なんでも自由に作れるわけ？」

（注6）　激怒案件

実は、平成三年の国語審議会の答申に基づく内閣告示第2号には、「二重母音を長音で表す」などというルールは書かれていない。eiに関する長音の記述はないのだ。それが書かれているのは、ＮＨＫ「ことばのハンドブック」や新聞の外来語表記のルールだ（だから、マスコミでは、main がメーンと書かれていた時期がある）。ここは三好の思い込みだ。

「なんでも自由に作れるんです」

俺たちは、辿り着いたあまりの結論に呆然となった。

それが正しいかどうかは分からない。

しかしそれは、圧倒的なリアリティで、俺たちの上にのしかかっていた。

二〇一九年　一月二十一日（月）

SECTION :

千代田区永田町　内閣総理大臣官邸

「非難決議案？」

井部《いべ》は激高する川野《かわの》外相に、関心がなさそうな返事をした。

執務デスクの向こう側で、彼は机に手をついて身を乗り出しながら怒りをあらわにしていた。

川野と一緒に来室した、内谷《うちたに》国家安全保障局長や、外務省の秋庭《あきば》武雄《たけお》事務次官を筆頭とする外務省の面々は静かにソファに腰を下ろしていた。

「当然でしょう！　我が国の領土で核が使われたんですよ⁉　ロシアやスイスに行っている場合ですか！」

昨日、横浜騒動にどうにかケリがついて胸をなでおろしていた井部は、ロシア・スイス歴訪のため、午後には夫人とともに政府専用機でロシアに向けて出発する予定だった。

「いや、場合も何も……調査報告書はご覧になったのでしょう？」

「それは……見ました」

川野は悔しそうにそう搾り出した。報告書には、空間線量に異常はなく、フォールアウトも残留放射能も、一切が検出されなかったとあったのだ。

何も検出されなかったのなら国民にとっては良かっただろうと、井部は内心苦笑した。

「それで、どうやって核が使われたと証明するんです？　これじゃ、まるで――」

井部は言葉を選ぼうとしたが、結局はストレートに発言した。

「――ただの言いがかりだ」

そう突き放された川野は、言葉に詰まりながら、外務省の面々をちらりと見たが、彼らが割って入る様子はなかった。

「しかし、代々木から生還した自衛官の報告では、確かに爆発に巻き込まれたようだと……」

「だから、それをどうやって証明するんです？」

証明ができない訴えは、言いがかりと同じだ。外務省の面々もそこは十分理解しているだろうから、こんな決議がなされるのは避けたいだろう。

ハンドラー大統領もこうなることを予想していたから、民主主義にあるまじき秘密主義で、議会の頭越しにトップへと連絡をしたのだ。その内容はともかく。

政治家は理想に燃えることも重要だが、それ以上に正面からは解決できない問題を解決するために清濁併せ呑む器量が必要だ。もちろんそれを盾にした勘違いも多いのだが。

もしもその判断が間違っていたら？

露見した時戦犯として裁かれるか、単にただの人に戻るだけだ。

「しかし……」

彼は純粋に憤っているのだろうが、これに賛成して存在感を示したいだけの議員も多い。

安保理の決議なら加盟国に対して法的拘束力も発揮するだろうが、たかが一国の議会が出した非難決議など何ほどのものでもない。しかもそれが言いがかりめいたものであるならなおさらだ。

むしろ我が国の国際的な立場を傷つけかねず、おまけに二国間の関係も悪化させるとあっては、百害あって一利なしだ。わずかなりとも利があるとしたら、ちっぽけなプライドを少しだけ満たせるくらいなものだろう。そんな行為に加担するわけにはいかない。

「それに巻き込まれたとされる人たちの中には、ＤＡＤのトップエクスプローラーたちもいたそうじゃないですか。アメリカがそんな貴重な人材を犠牲にしてまで他国を助ける方が、むしろあり得なさそうに思えますよ」

そう。今回の事件は、どうにも胡散臭《うさんくさ》い。

横浜に件《くだん》のモンスターがポップしたこと自体は偶然だとしても、その後の展開の筋道が、なんというか――不透明だ。

いかに世界の危機のように見えたとしても、いきなり核を持ちだすのも変だ。

実際に、次世代装備研の試作焼夷《しょうい》グレネードは効果的だったと聞いた。自衛隊には間尺に合う装備がなくても、米軍には、もっと穏便で効果的な装備があったのではないだろうか。

今回の事件には、まるで核を使わせることそのものが目的だったような節すらある。

だがそれは誰の目的だ？

アメリカと日本の関係にひびを入れたい国はいくつか考えられるが、その国がアメリカ大統領に働きかけるのは難しいだろう。では誰が？

「とにかく、この状況で非難決議など出せるはずがありません」

その言葉に、外務省の面々は小さく頷いていた。

「ぐっ……」

「しかし総理」

内谷国家安全保障局長が、声を上げた。

「一部のマスコミが、不発弾処理に関する手続きの異常性を取り上げていますが」

「所詮は陰謀論が大好きな人たちでしょう？　放っておけばすぐにすぼみますよ」

井部は話は終わりだとばかりに、宣言した。

「いいですか、桜《さくら》木《ぎ》町《ちょう》の地下で発見された、非常に危険な状態の不発弾は、第１０２不発弾処理隊の献身的な働きによって安全に処理されました。手続きの簡略化は不発弾の状況の悪さが原因で、関係各所にはお騒がせして申し訳なかった。それがすべてです」

十時十四分、総理の宣言を受けて川野たちは全員が退出していった。

井部は、次の打ち合わせまでの間、アメリカの意図について考えていた。

「もしも、本当に核が爆発していたとしたら――」

ダンジョンには、爆破のエネルギーを吸収する能力や、放射性物質を分解する能力があることになる。

もともと、ダンジョン内に置かれた、ダンジョン外の物質は、いつの間にか除去されることはよく知られた事実だ。ダンジョン内に破棄された放射性廃棄物が、なんの痕跡も残さずに除去されるとしたら？

福一の処理も、もんじゅの後始末も、すべてが安易に解決してしまう可能性が――

「まさか、その確認が目的で――いや、いくら何でもそれはないか」

こんな際どいことをやらなくても、ごく少量の放射性廃棄物を利用した実験で、現象はいくらでも確認できるだろう。

もっとも大量に持ち込んだ場合どうなるのかは、やってみなければ分からないが。

彼は頭を振ってその考えを追い出すと、ロシア・スイス歴訪の資料を開いて頭を切り替えた。

SECTION :

荒木町　鳴瀬美晴宅

　昨夜、帰宅してシャワーを浴びた彼女は、髪をバスタオルでくるんだままコンロにケトルをセットして椅子に腰掛けると、一人で見ろと念を押された封筒を取り出した。

「なんだろう？」

　封を開くと、中には一枚のメモリーカードが入っていた。

　中身を確認するためにノートＰＣの電源を入れ、封筒をテーブルの上に置くと、なにか小さく硬いものがあたる音がした。

「あれ？　まだ何か――」

　封筒の中には、何か小さな硬いものが入っているようだった。

　彼女がそれをひっくり返すと、中から結構な大きさのダイアが一つ転がり出てきた。

「ええ!?」

　それは美しいラウンドブリリアントにカットされた、結構な大きさのダイアだった。

「はぁ……もう、こんなの裸で封筒なんかに入れないでよ」

　彼女は思わず頭を抱えながら、ティッシュを折り畳んだ上に、そのダイアを置いた。

「これってやっぱり、鑑定しろってことでしょうね……」

　仕方なくメモリーカードの中を確認すると、そこにはいくつかのテキストファイルと、動画が含まれていた。テキストファイルの中には、動画の説明とともに「以前話した、ダイアがドロップしちゃったからよろしくお願いします」などという白々しい内容が綴《つづ》られていた。

ケトルが、笛を吹くような音を立て始める。

取り出したヘレンドのエデン・ローズドラジェは、大学の頃からのお気に入りだ。翠《みどり》にはリボンが少女趣味と揶揄《やゆ》されたが、可憐《かれん》で美しいことに変わりはない。

淹れるのがティーバッグなのが少し締まらないが、夜中に洗い物を増やしたくはなかった。

紅茶を持って椅子に座り直すと、単に三十一層という名前が付けられていた動画ファイルを再生した。そこには——

「え？　これって……」

美晴のノートの画面には、世界のトップチームの一つであるはずのチームIが呆然と見守る中、全然違うゲームをしているようにすら見えるマントの男が、一人で無双する様子が映っていた。

「これが芳村さん？」

思わずこみ上げてくる笑いをこらえながら、美晴は一人、その映画のような映像を楽しんだ。最後に格好良く決めて消えたところで、あまりの演出に思わず爆笑してしまい、お隣の住人から壁ドンを貰いそうな有様だった。幸いそうはならなかったが。

いくつかあった映像を、すべて見終わった彼女は、少しもったいないなと思いながら指示にあった通りにメモリーカードから削除して、カードそのものを破棄した。

必要になれば三好さんが提出してくれるだろう。提出用の映像を。

「一位の件は、報告しなくてもいいよね。どうせ信じられない内容だし」

　美晴は、紅茶を飲んで一息入れると、〈マイニング〉の使用に関する上申書と、斎賀《さいが》向けの報告書を書き始めた。

〈収納庫〉の性能の話までならいざ知らず、タイラー博士の件や、ダンジョンの目的の件は、どう考えても自分の手に余る。いや、余りまくる。

　こういうものは悩んでいないで、さっさと上にあげるに限ると芳村から学んだ美晴は、自分の主観を一切交えず、事実だけをレポートに記した。

　そうして、眠りの浅い夜を過ごした美晴は、気が付けば昼前という事態に、慌てて身支度を整えてＪＤＡへと向かっている。

「あの人たち、絶対私を過労死させようとしているわね」

　美晴は、小さなあくびを噛《か》み殺しながら市ヶ谷の改札をくぐり抜けて、そう呟いた。

SECTION :

市ヶ谷　ＪＤＡ本部　ダンジョン管理課

十一時になろうかという時間に訪れたダンジョン管理課は、さしずめ戦場のようだった。

「ええ？　昨日でセンター試験の件は終わったんじゃ……」

「あら、さすがは専任管理監様。重役出勤お疲れさまです」

そう同僚にからかわれた美晴は、どうしてこんなに忙しそうなのかを尋ねた。

「それがさぁ、セーフエリアが見つかったじゃない？　ほとんどはその権利問題の調整ね」

「そんなの法務の仕事でしょう？」

それだって、ベースはＤパワーズの横浜の件でできあがっているはずだ。

「違う違う。そこへ行く前の区割りとかよ」

「それこそ、昨日やっておいたじゃない？」

昨夜行った区割りで、協賛企業分はそれなりに間に合うはずだ。

問い合わせがあっても参考資料としてそれを送り返すだけだし、多少の問題は、少々の手直しで済む程度には調整されていた。

「それがさ、営一《えいいち》がやらかしたんだわ」

「営業一課が？　何を？」

セーフエリアの発見は、昨日の今日にもかかわらず、瞬く間に関係者の間に知れ渡った。その結果、ダンジョン開発協賛企業としての申し込みが殺到したらしい。

「殺到って……今日の始業から？」

「まあね」

「そんなの。区割り数は決まってるんだから、制限すれば……って、もしかして、それを全部引き受けちゃったわけ⁉」

「そっ。そりゃ向こうの成績は上がるんだろうけどさ」

「面積は決まってるんだから、全部に割り振れるわけないでしょう？」

「営業としては、そんなことはこっちの仕事らしいよ？　おかげでうちの課、昨日から引き続き、死《し》屍《し》累《るい》々《るい》よ」

　なんといっても、分単位で協賛企業が増えていくのだそうだ。

　調整をしてもしても、後から大口だからという理由で営業からスペースを要求される始末だ。そんな調整が終わるはずはない。

　大手企業は意思決定が遅い傾向が強い。

　つまり後から協賛企業として参入する会社が大口である可能性は割と高かった。しかも、どうやら大口を得るために担当が安請け合いをしているらしい。

「第一、協賛企業であることと、区画が割り振られることの間に関係はないでしょう？」

「本来ならね」

　すべての協賛企業は、あくまでもダンジョン開発に協賛しているだけで、それイコールセーフエリアの区画を貰える企業となるはずがない。

セーフエリアの区画を借りられる要件に、協賛企業である必要があるという項目はないのだ。もちろんある程度の優遇はあるかもしれないが、それは、かもしれないという程度の話だ。

「それにしたって、結局どっかで打ち切るしかないんじゃないの？」

「だから、それをうちでやれって言ってるのよ、向こうは」

営業としては、割り振られるはずがないと分かっていながら、入手できるかもしれませんよと安請け合いをした。だから割り振られなかった場合、管理課がそれを拒否したから仕方がないということにしたいらしかった。

とにかく今期の成績が上がりさえすれば何でもいいと考えている節まであるそうだ。

「さすがにそれは……」

「課長のとこ行くんでしょ？　ちょっとご注進申し上げといてよ」

「一応言ってはみるけど」

「よろしくね！　じゃ、また」

同僚が忙しそうに去っていく姿を目で追いながら、美晴は小さくため息をついた。

§

　美晴が開いていた課長の部屋のドアをノックすると、顔を上げた斎賀が、机の隣の椅子を親指で指し示した。

「来たな、連中どうしてた？」

「元気でしたよ。小麦《こむぎ》さんの件で、二十一層へ行くと言ってました」

　それを聞いた斎賀は、眉根を寄せながらペンを投げて椅子の背もたれに体を預けた。

「もうか？　まだ一週間と少ししか経ってないだろ」

　完全な初心者を一週間で二十層へ行けるようにする？　そんなノウハウが？

「一体、ブートキャンプってのはどうなってるんだ？」

「それともまた違う感じでした」

「本当かよ……」

　斎賀は難しい顔をして、何かのデータを呼び出した。

「先週、ＤＡＤのサイモンチームがブートキャンプを受講したのを知ってるか？」

「はい。テスト的な開催だったと伺っています」

「その結果がこれだ」

「なんです、これ？」

　斎賀の指差したモニターには、国外の組織が、組織的に代々木に入るために提出するメンバーリストが表示されていた。

「どうやら、ＤＡＤのサブチームがこぞって来日するようだな」

「ええ？　それって、ブートキャンプを受けにですか？」

「タイミングを考えれば、他に理由があるとは思えんな」

提出されたのは横浜騒動よりもずっと前だ。だからそれ関連ではないだろう。

もしも〈マイニング〉が目的なら、もっと前に提出されているはずだし、他にトリガーになりそうなイベントはなかったはずだ。ブートキャンプの会場はゲートの内側だから、受講しようとすれば代々木への入ダン手続きが必要になる。

「連中、一体、どんな結果を出したんだ？」

「個々の結果については、個人情報ですから……」

「いかに管理監とはいえ、知る由もないか」

斎賀は残念そうにそう呟いた。

「だが、驚愕《きょうがく》の結果が出たことだけは確かだ。でなきゃ、いかに代々木が、世界で最も攻略の進んでいるダンジョンだからといって、ＤＡＤのサブチームがこぞって来日するなんて事態になるはずがない。本番はいつからだって？」

「一月二十六日がプレオープンで、二月から正式オープンだと伺っています」

「すぐにプラチナチケットになるはずだ。今のうちに、関係各所からの圧力対策にＪＤＡ枠なんてのを押さえておいた方がいいかもな」

「本気ですか？」

「可能ならな」

そう言って斎賀はリストを閉じた。

「それで、わざわざ管理監殿が出向いて来たってことは、何かあったのか？」

「あったなんてものじゃありませんよ」

「あー」

センター試験と横浜騒動のダブルパンチが終わったかと思った途端、また何か始まるのかと、斎賀は顔をしかめた。

「そんな顔しないでくださいよ。じゃあまずはいい話から報告します」

「悪い話があるってことじゃないか」

「〈収納庫〉の詳細が分かりました」

「何？」

それは待望の情報だった。

橘《たちばな》部長から、売るも使うも君に任せるなどと言われて早十日、価格から考えても、状況から考えても、なるべく早く決断しなければならなかったが、使うにしろ売るにしろ、詳細不明のままでは判断が難しかったからだ。

「それで？」

「収納制限の対象は、おそらく質量で、現状二百トンまではテストされたそうですが限界には達しなかったそうです」

「二百トン⁉　連中一体何を収納したんだ……」

容量よりも先に、そこを心配するとは課長もたいがい苦労性ねと、美晴は内心苦笑した。

「重量がはっきりと分かるものですよね……鉄道車両とかでしょうか？」

以前の客車に書かれていた形式番号は、一文字目が重さを表していて、軽い方から「コホナオスマカ」の七文字があった。それぞれ二十二・五トンから五トン刻みだ。一番軽い「コ」が二十二・五トン未満で、一番重い「カ」が四十七・五トン以上となっていたそうだ。

だが、残念ながら今の山手線を客車が走っているはずがない。

「山手線の車両は、大まかに言って一両三十トン前後だが……普通は連結されているから、仮に収納するチャンスがあったとしても、二百トンって区切りにはならないだろう」

山手線は十一両編成なのだ。

「なら……船でしょうか」

排水量（排水トン数）は、その船の重量に等しい。二百トンの船なら重量も二百トンだ。

問題は――

「そこらの漁船や客船だとしたら、公開されているのは総トン数だぞ」

総トン数は、言ってみれば重さではなく船全体の容積だ。

「排水量で表記されている船というと、積む荷物などに変動が少ない軍艦系だな」

ただし二百トンと言うとかなり小さい。海自の船で言えば、はやぶさ型のミサイル艇が大体二百トンだが、配備されているのは、舞鶴・佐世保・大湊だ。

「海自の基地で船を消すのは、いくらなんでも無理だと思いますけど……」

「やらかしてないといいな」

「やめてくださいよ……」

「ともかく二百トンが保証できるというのは朗報だ」

現代の大型ロケットの打ち上げ能力は、平均的に四トン～十トン前後だ。

世界最大の打ち上げ能力があるアメリカのデルタ4ですら、最大で十三トンだから、二百トンがいかに有用かよく分かる。

橘が引き合いに出していた、ＩＳＳ（国際宇宙ステーション）の全質量は三百トン～四百トンだから、下手をすると地上で完成させたそれを、人間一人を運ぶ労力だけで軌道に送り込めるかもしれないわけだ。

ＩＳＳ建設にかかった総費用は二〇一〇年の時点でも千五百億ドル。建設のために飛ばしたシャトルは三十六回で、費用は一回当たり十四億ドルだと言われている。

つまり資材を持って行くだけで五百億ドル以上が掛かっているわけだ。四百五十億円など屁のようなものだろう。

橘さんの考えも荒唐無稽とは言えないなと、斎賀は部長との会話を思い出していた。

また、ダンジョン探索でも、戦車くらいなら簡単に持ち込めることになる。

一〇式なら五十トンもないし、各国の主要三・五世代戦車なら、最大級でも六十五トン程度だから、他の機材を合わせても三台くらいなら楽勝だ。攻撃ヘリなら十トンもないから、さらに大量に持ち込める。移動できる人間基地のようなものだ。

もっとも、セーフエリアが見つかってしまった現状、ＪＤＡで運用する価値も大きく跳ね上がっていた。資材の運搬は必ず必要になるからだ。

「なお、性能はステータス計測デバイスで言うＩＮＴに依存する可能性があるそうです。これは、ＩＮＴ16のときの値だとおっしゃっていました」

「ＩＮＴ16？　かなり高いな」

ステータス計測デバイス関連で公開された情報で、各ステータスは、普通の人間で10程度になると聞いている。もっとも長く探索者をやっている者なら、その程度のＩＮＴは普通にいるのかもしれないが。ともかくこれを使用した人間のＩＮＴが16だということだけは確かなのだろう。

「それともう一つ」

「まだあるのか？」

「内部は、外部とは時間の流れが違うそうです。ほぼ二分の一だと仰っていました」

「時間の流れが……遅い？」

それを聞いた斎賀は、思わず息を呑んだ。

「あの人たちは、いまいち使い勝手が悪いなんて言ってましたが――」

「そんなわけあるか」

例えば四十八時間しか寿命のないワクチンを未開の土地に運ぶのに、倍の時間の余裕があるのとないのとでは難易度に雲泥の差ができる。収納されている何かの寿命が二倍になるというのは、決して馬鹿にならないのだ。

「例えばスキルオーブだって、四十八時間の寿命があれば、より必要なところへ届けられるようになるだろう？」

　もっとも、それでも三日間のオークションを開くことはできないのだが。

　斎賀は、難しい顔をして腕を組み、しばらく考え込んだ。

「課長？」

「いや、こいつは参ったな……」

　宇宙開発機関に売り飛ばしても、ダンジョン探索組織に売り飛ばしても、それぞれ違った大変革が起きるだろう。だが本当にそうするべきだろうか？

「――なあ、鳴瀬」

「はい？」

「やっぱ、お前が使わないか、これ」

「え……ええ!?　無理ですよ、無理！」

　美晴は両手を突き出して、ぶんぶんと左右に振った。

「もっと適切な人がいるでしょう？　ほら、坂井《さかい》さんとか――」

　坂井典丈《のりたけ》はダンジョン管理課管理セクションの主任だ。管理セクションは事情があって斎賀が直接指揮しているため係長というポジションがなく、代わりに主任が置かれていた。

「坂井に三十二層まで行けと言うのは酷だろう？」

「私だって無理ですよ!?」

「うーん、お前の場合はなぁ……ま、考えておいてくれよ」

「考えたって、無理なものは無理ですから」

美晴は素早くタブレットを操作すると、〈収納庫〉の諸元を含む今回の資料を、斎賀のパーソナルフォルダへと転送した。

「詳細は、他の資料と一緒に、課長のフォルダへ送りました」

斎賀はすぐに自分のパーソナルフォルダを確認すると、送られてきたアーカイブファイルを展開した。

「またいろいろとあるな――って、上申書？」

また面倒じゃないだろうなと渋い顔で、ちらりと美晴の顔を見て、そのファイルを開いた。

タイトルは――

「〈マイニング〉の使用制限について？」

そこには、以前Ｄパワーズから聞いた、〈マイニング〉が各層の鉱物を決定するためのメカニズムについての仮説が書かれていた。

「おい、これ……ドロップする鉱物を選択できるって、何かの冗談か？」

「一応最後に、Ｄパワーズが試した実例を記載してあります」

斎賀は急いでそちらに目を通した。

「ダイア……いや、なんだよこれ」

そこに記載されていた場所の情報を、斎賀は思わず二度見した。

「横浜の一層だと?」

「三好さんたちの話だと、横浜の一層は二十層よりも下の扱いなんだそうです」

「そんな馬鹿な」

「奇しくも宮内さんの仮説は正しかったということですね」

「それで借り上げたフロアから、たまたまダイアがドロップしたって?」

「経緯はそこにある通りです。要はダンジョンに何をドロップしたいのかを伝えること――イメージが重要だそうです」

「ダンジョンに伝えるって……もはや何がなんだかって感じだな」

まるでダンジョンそのものに意思があるようなことを聞かされて、斎賀は混乱した。

「その件は、後で詳細をお話しします」

あのデミウルゴスが奉仕したがっているという、頭がおかしくなりそうなアレだ。今すぐここで話すのは色々とまずいだろう。

「とにかく、Dパワーズによると、適当な人員に適当にドロップさせると、全フロアで鉄がドロップする可能性が高いそうです」

「本当なら確かに問題かもしれないが……しかし、どうする?」

「その是非がどうであれ、起こってしまえば取り返しがつきませんから、当面、許可のない〈マイニング〉所有者の未確定層への侵入を禁止するしかありませんね」

「今のところ〈マイニング〉所有者は限られているだろうから、それは可能だと思うが……」

「もし、他の国のダンジョンも地球の資源と考えられるのでしたら、ＷＤＡへ報告された方がいいとは思いますが……」

「信じるかな？」

「通知だけしておけば、最初の二つの層あたりで鉄ばかりドロップした時点で、信じざるを得なくなると思いますよ」

　斎賀は少し考えていたが、すぐに決断した。

「よし、こっちはＪＤＡの研究成果みたいな顔をして、ＷＤＡへ報告だけは上げておこう。さすがに一パーティの推測というだけでは相手にされないだろうからな。それでいいか？」

「一応聞いてはみますけど、たぶん全然問題ないと思います。あの人たち、自由と名誉なら圧倒的に前者って感じですから」

「後は——対スライム用薬剤の販売？」

　斎賀は顔をしかめた。確かに横浜から報告は受けていたが、たった二日でこんなものが出てくるとは思っていなかったのだ。

「こりゃまた面倒な……」

「課長。世界が待望していたアイテムですよ」

「タイミングが今じゃなけりゃ、諸手《もろて》を挙げて喜んだろうな」

　ダンジョン管理部としては、セーフエリアの騒ぎが終わるまで棚上げしておきたい案件だが、そうもいかないところが面倒な所以だ。

「しかも『ダンジョン始める君』の製造だと？　そんなプロジェクトを立ち上げられるわけないだろ。網刈《あみかり》さんに丸ごと渡して反応を見るしかないな。うちはセーフエリアで一杯一杯だ」

網刈抹《こな》畝《ほ》は商務課の課長だ。

ＪＤＡ立ち上げ時の面接では、真壁《まかべ》常務が履歴書にある名前を見て「商務課にピッタリじゃないか」と一発採用したらしい。どうやら彼は、その名前を「もうかりまっせ」と読んだのではないかという一種の伝説が、まことしやかに囁《ささや》かれていた。

「セーフエリアと言えば、営一の件、どこかで歯止めを掛けないとまずいですよ」

「あれなぁ……」

斎賀はため息をつきながら、網刈に渡す資料を分離した。

「協賛企業に必ず割り振らなければならないなんてルールはないんだ」

何しろ協賛企業の受付は、セーフエリアの存在が知られる前から行われているのだ。そんな条件が付いているはずはない。

「営業は、協賛企業になればスペースが貰えるみたいなことを仄《ほの》めかしていたらしく……それ自体には苦情を入れておいたが、今のところ他にできることはないな」

向こうのスタンスとしては、うちはうちの仕事をしているんだから、そちらはそちらの仕事をしてくれということらしい。ものは言いようだ。

「いっそのこと区割りだけやって、割り振りは入札で行っては？」

「うーん……」

「割り振りについての希望や問い合わせを、営業がこちらに丸投げしているみたいですから、早々に方針を決めておかないとスタッフが死んじゃいますよ」

　方針が決まっていないことへの応対は、そうでない場合の何倍も神経をすり減らす。何しろ具体的なことが言えないのだ。相手からすればのらりくらりと言を左右しているようにも見えるだろうし、かと言って「分かりません」の一本やりでは向こうの怒りは増すばかりだ。

「分かってる」

　斎賀は少し考えてから、美晴に言った。

「坂井を呼んでくれ」

　美晴は小さく頷くと、すぐに席を立った。

§

　ダンジョン管理課主任の坂井典丈は、昨日までダンジョン管理課の代表として大学入試対策委員会に出席し、主に機器の調達を任されていた。

　センター試験は終わったが、使用した機器の後始末も終わっていないうちにセーフエリア騒動に巻き込まれて忙殺されているところへ、美晴と打ち合わせていた課長からの呼び出しだ。

　Ｄパワーズ関連だとしたら、リース契約の「ＪＤＡは精一杯その管理を厳しくして、第三者に開示されない努力をする」という例の意味不明な一文に関する話だろう。だが、使われた機器の確認すら終わっていないのだ。ヤバいったらない。

「お呼びですか?」

だが、そこで彼が聞いたのは、予想とまったく異なる話だった。

「坂井、セーフエリアの割り振り作業をやり直すぞ」

「ええ!　正気ですか!?」

思わず坂井がこぼした台詞を聞いて、美晴は小さく吹き出した。上司に向かって正気ですかは、普通ならあり得ないだろう。

もっとも、昨日から苦心してきた割り振りを、今更やり直すなんて正気の沙汰じゃないことだけは確かだ。次々ともたらされる協賛企業の勝手な言い分を盛り込み続ける作業も、同じようなものだが。

「心配するな、区割りそのものを全バラシするわけじゃないさ」

斎賀は、驚愕しつつも怒りをあらわにした坂井を手で制しながら言った。

「現在調整した区画を、特別区画と一般区画に分類して、一般区画は全部入札で決める」

突然のシンプルなルール化に坂井は面食らった。今までは、なんとか協賛企業の不満が最小になるように割り付けようとしていたからだ。

「そ、そりゃ楽かもしれませんが……大丈夫ですか、それ?」

坂井は不安そうな顔で、天上を見上げた。営業部は上階にあるのだ。

「どのみち今のままじゃ破綻するだろ」

斎賀は、死屍累々と言った様子の課内を見渡して言った。

「舞い込む企業案件に引きずられ、これ以上細かい区割りを行っても仕方がない。Ｄパワーズじゃないんだ。いかにセーフエリアとは言え、一坪の区画を割り当てられても意味はないからな。ダンジョン管理課は十分に頑張ったよ。だが物理的に無理なものは無理だ。心配するな、こいつは俺の権限で実行する。お前らに責任はないから、何か言われたらこちらに回せ」

本来の仕事は分譲地を売る不動産屋みたいなものだ。戸数の限られている超人気物件は、早い者勝ちか、オークションか、そうでなければ抽選にするしかない。

「協賛企業には、家賃の優遇措置――いや、一般区画の入札に参加できるのは協賛企業のみってことにしようじゃないか。同じ協賛企業どうしで争う分には、公平な措置だろ？」

「それはいいかもしれませんが、絶対に区画が必要な組織もあるでしょう？」

国の研究所やＪＤＡの施設、自衛隊などがそれにあたるだろう。後は、どこからかは分からないが、特別な許可を得てくる組織なども出てくるに違いない。

「そりゃ特別区画で処理するのさ」

特別区画は一言で言えば利権だ。

「どんなに公平なことをやろうとしても、しがらみってやつは必ず絡まってくる。特別区画はごり押ししてきそうな政府やダンジョン庁用に複数区画を確保しておけ。その先にぶら下がっている連中への配慮は、それぞれの組織に任せればいいだろう。俺たちの負担はなくなるし、連中も利権を握れて万々歳だろ？」

　そうして話を終えた坂井は、営業から下りてくる無理難題を解決するめどが立ったからか、入室した時とは別人のようにすっきりした顔で、自分の席へと戻っていった。

　美晴は、その様子を、さすがは課長、やるときはやるのねと感心しながら眺めていた。

「どうした？」

「いえ、さすが課長だなと」

「お前は俺の上司か？」

　斎賀は、その言い草に苦笑を浮かべたが、特に気分を害したりはしなかった。

「さて、話はそれだけか？」

「あ、えーっと……」

「おいおい、まだ何かあるのか？」

「課長――」

「な、なんだよ……」

　美晴は、ものすごく小さな声で、斎賀の耳元まで寄ってから囁いた。

「――国家の機密を聞く気、ありますか？」

「はぁ？」

　いきなり国家の機密などという話をされて面食らった斎賀は、眉根を寄せて訊いた。

「まずだな、なんで鳴瀬がそんな話を知ってるんだ？」

「なんと言いますか、あそこにいると、色々なものを目にすることになるんですよ」

確かにアメリカのトップエクスプローラーが足しげく通い、裏のマンションは世界中の諜報機関の巣になっていて、にもかかわらず誰も侵入に成功したことがない場所だ。

寺沢《てらさわ》から聞いた話じゃ、内調あたりに世界中の諜報員が次々と届けられ、本国へと送り返されているらしい。

一説によると、ＷＤＡによる独立国家の設立のための事務局なんて、冗談とも本気ともつかない内容が、まことしやかに囁かれ始めているとも聞いた。

「はぁ……なんということだ。いつの間にか、部下もＶＩＰの一人になっていたのか」

「そんな大層なものじゃありませんけどね」

「そいつを知らないと、その先の話ができないってわけか？」

「ご慧眼《けいがん》、痛み入ります」

「で、なんだ？　それを知ると、命の危険でもあるのか？」

斎賀は冗談めかして言ったが、美晴は至極真面目な顔で「かもしれません」と小さく囁いた。

「……冗談だろ？」

斎賀はちらりと腕時計を見て、そろそろ昼休みの時間だということを確認すると、椅子に掛かっていたジャケットを羽織って、「行くぞ」と席から立ちあがった。

「どこへです？」

「どこでもいいよ。どうせすぐにお昼だ。昼飯でも食いに行こう」

この話は歩きながらの方がいいんだろとばかりに、頭を振ってドアを指し示した。

ここが現在も盗聴されている可能性はゼロではない。美晴は小さく頷いた。

これまでの話は、センセーショナルだとはいえ、いずれは公開される話だが、これからする話は、墓の下にまで持って行かなければならないかもしれない話だ。確かにその方が都合が良かった。

「上司におごってもらうなんて久しぶりです！」

「お前、今年は俺の何十倍稼いでると思ってるんだ……」

「え？」

「えって……お前、もしかして、専任管理監の給与体系を知らんのか？」

「へ？　普通に給与ですよね？　十一月分から多少は増えてたみたいでしたけど」

「それはそうだが、賞与部分が特殊なんだ……じゃあ、冬のボーナスも確認してないのか？」

「確かその時期は、〈異界言語理解〉の大騒ぎの真っ最中で、もうぜんっぜん余裕なんかありませんでしたけど、さすがに口座くらいは見てますよ」

「少なかっただろ」

「そうでしたっけ？」

十二月のボーナスは、さすがに昇進から一か月だから、従来と大差なかったように思えた。

「お前は、十一月五日付けで専任管理監になっているから、十二月のボーナスは、そこまでの計算で算出されていたはずだ。つまり他の者より一か月以上算定ベースが短いんだ」

「はぁ」

「でな、専任管理監の賞与は基本的に歩合なんだよ。ちなみにＪＤＡの場合は年度で〆て、四月払いだ」

「歩合？」

「まあ、専任がつくようなパーティはほとんどないから知らなくても仕方がないか。いいか？　専任管理監の賞与は、そのパーティがＤＡにもたらした収益の一・六パーセントだ」

「いってんろくぱーせんと？」

「ＷＤＡ規定なんだ。専任がつくようなパーティは、大抵百万ドル前後の収益をＤＡに与えているパーティだ。一万六千ドル前後がボーナスというのは妥当な線だろ？」

　アイテム売買だけでＤＡに百万ドルの収益をもたらすということは、一千万ドル分のアイテムを売却するということだ。デパートの外商よろしく、担当が付いてもおかしなところはない。

「か、課長……まさか……」

「そうだ。お前が担当しているパーティは、〈異界言語理解〉の手数料だけで四百十六億ほどの収益をＪＤＡにもたらした」

「え……」

「因《ちな》みに、今年度のＤパワーズがダンジョン管理課にもたらした収益は――」

　斎賀は手元のＰＣで何かを呼びだした。

「たった三か月で、四百五十二億千六百八十六万だとさ。お前の歩合は、大体七億二千三百万だな。生涯年収どころじゃないな、こりゃ」

「ええ⁉」

「もっとも給与所得者じゃ最高税率は免れないし、職員としての給与だから、法人にするってわけにもいかないぞ。そこはご愁傷さまってところだな」

「こ、困ります！」

「そうは言っても、税制はどうにもならんだろ。年度末締めの四月払いってのは、翌年の確定申告のための猶予期間を取った、まあ一種の温情みたいなものだろう。せいぜい節税に励みなさいっていう」

「違いますよ！　困るのはそこじゃなくて――」

「なんだ？」

「――だ、だって、たまたま専任になっただけで、それほど大したことはしていないのに、こんな収入になっちゃったら、やっかみで会社に居づらくなりませんか⁉」

「いや、普通は、他人の給料なんか分からないだろ。……だが、ＷＤＡ規定はオープンだし、あいつらはあまりにも有名だからなぁ」

「課長ぉ～」

「しかしこれはＷＤＡの規定だから、どうにもならんぞ。宝くじに当たったことを素直に喜んでおけよ。それに鳴瀬は専任管理監に相応《ふさわ》しい仕事をしてるだろ。〈異界言語理解〉だって、他の誰があいつらに協力させられるって言うんだ」

　そう言って斎賀は肩をすくめて見せた。

「少なくとも俺には無理だな」

「かちょぉ……」

そしていい笑顔を浮かべて言った。

「だから、ＪＤＡ枠の件はよろしくな」

「……感動して損しました」

「ま、鳴瀬君ならなんとかしてくれるだろ」

「みんなに虐《いじ》められそうで不安なんですけど」

冗談めかしてそう言ったが、心の中では結構本気だった。

とは言え、今のところそんな感じはなかったし、そもそも数時間前と比べて変わったのは、自分がそのことを知ったという、ただそれだけなのだ。

「多少は噂《うわさ》に上るかもしれんが、そんなに酷いやつはうちの課にはいないと思うがなぁ」

「課長、会社には他の課もあるんですよ」

「まあ、そりゃそうか。その場にいないやつはどうしたって悪者にされやすいからな」

「ですよね……」

自宅勤務が普及しない理由の一つでもある。

ただ一緒にいるということが、人間の行動や精神に与える影響は馬鹿にならない。

「そうは言っても、〈異界言語理解〉のオークションがあったのは十二月で、今はすでに一月も半ば過ぎだぞ。今まで何もなかったんだとしたら、杞憂《きゆう》だと思うがな」

「それはそうですけど……」

知るということが精神に与える影響はとても大きい。

何事もなく同じ生活をしていても、誰かが自分の悪口を言っていると知っただけで、世界は激変するものだ。

美晴は心配しても意味のないことには拘泥しない主義だったが、さすがにすぐに気持ちを切り替えることは難しかった。なるべく普通でいよう。そう心に決めること自体が普通ではないのだが、今のところはそうするしかなかった。

「じゃ、行くか」

「課長」

ダンジョン管理課の部屋を出たところで、美晴は斎賀に改まって声を掛けた。

「なんだ？」

「課長のコネで、個人の節税に積極的な税理士を紹介してください」

ＪＤＡと契約している税理士や社会保険労務士は知っているが、税理士の中には個人の節税に積極的でない人もそれなりにいる。誰がそうなのかは、調べてみないと分からないが、上司が知っているなら紹介してもらった方が楽だ。それに斎賀は――

「……わかった。調べておく」

――意外と面倒見がいいのだ。

SECTION:

四谷　外濠公園

　ＪＤＡのビルを出た二人は、寒風にコートの襟を寄せた。

　二人は黙って四谷方向に折れると、市ケ谷濠《いちがやぼり》を左手に見ながら、しばし無言で歩き始めた。高力坂《こうりきざか》を上り始めたところで、美晴は斎賀を誘って外濠《そとぼり》公園へと折れた。芳村と以前話した時、人がほとんどいなかったことを思い出したからだ。

　あのとき座ったベンチの付近には、先日同様人影がなかった。

　そのベンチに並んで腰かけると、美晴は斎賀にタブレットを差し出した。

「課長、まずはこれを」

「これは？」

「今回の報告の残り――お送りできそうになかった部分です」

「送れなかっただ？」

「さすがにそれが漏れるのはちょっと……」

「……国家の機密ってやつか」

　本気だったのかよとげっそりしながら、それでも彼はそのタブレットを受け取った。

「じゃあ、私は何か買ってきますから、一通り目を通しておいてください」

「あ？　ああ、分かった」

§

美晴は近くのドトールで、ジャーマンドッグとミラノサンドを一揃い購入し、ラテとココアのMを受け取ると、足早に外濠公園へと戻った。

「お待たせしました」

美晴が、ベンチの中央に買ってきたものを並べると、端に座っていた斎賀はタブレットを膝の上に置いて、憮然《ぶぜん》とした面持ちで腕を組んだ。

「課長？」

「鳴瀬。何か言うことはないのか」

「え？　えーっと。お疲れさまです？」

斎賀は、カーっと息を吐くと、「まあ、座れ」と、ベンチの反対側を指差した。

「はあ。あ、これどうぞ」

美晴はそう言って、彼にココアを差し出した。

「おまっ……なんで知っている」

「以前注文してらっしゃるのを見ました」

「これだから観察力のあるやつは……」

斎賀は、見た目はゴツくて左党っぽいが、知る人ぞ知る隠れ甘党だ。

ドトールはココア、スタバはホワイトモカキャラメルスチーマーなのだ。課員がいるときはコーヒーなのが美晴には少しおかしかった。

彼女は笑いながらそれを斎賀に渡すと、自分はラテを取り出した。

「どれでもお好きなのをどうぞ。私も失礼しますね」

そう言って、早速自分のジャーマンドッグをほおばった。

ドトールのジャーマンドッグは、シンプルな見た目だが、とてもコーヒーによく合う味だ。

美晴は学生時代からこれが好きで、大学近くにあった聖坂《ひじりざか》の終わりにあるドトールにはよく行ったものだった。禁煙席は少し落ち着かない場所にある店だったが、テイクアウトが多かったので、あまり気にもならなかった。

斎賀は、適当にミラノサンドのＣを手に取ると、それを口に入れた。

先日新しいメニューになったばかりのＣは、ホタテやあさりのエキスを使った濃厚な海老グラタンにカマンベールチーズがあしらわれていた。

「で、こりゃなんだ?」

彼は膝の上のタブレットを拳で軽くノックして訊いた。

「最初の報告書は、『さまよえるものたちの書』の最終ページの翻訳です。内容に鑑みて、三好さんたちが公開しなかった唯一の碑文なんです」

「公開しなかった? ヒブンリークスでか?」

斎賀はココアをベンチの上に置くと、膝の上のタブレットを取り上げた。上部には碑文の画像が、下部には対訳が表示されていた。

「『地球の同胞諸君に告ぐ』とはまた煽《あお》ってくるな。後半は文字が違うようだが……」

「それはクリンゴン語だそうです」

「クリ……スタートレックのか？」

地球のＳＦ映画に登場する架空の言語で、ダンジョンの碑文が書かれている？

「そうです」

「しかし、そんな碑文が発見されたなんて、聞いたことがないぞ」

クリンゴン語で書かれている碑文が発見されたりしたら、本物か偽物かの争いだけでもセンセーショナルな話題になることは間違いない。

「それ、三好さんたちが、さまよえる館から持ち出した碑文なんです」

「なるほどな」

それならあいつらの胸三寸で公開を避けることも可能だろう。

三年前、ネバダで行われた実験とダンジョン出現を関連付けるような記述だけでも問題だが、挙げ句の果てに、もっと詳しい話をマナーハウスの書斎で聞かせるだと？

「で、このマナーハウスってのはどこにあるんだ？」

「おそらく、モントレー湾を臨む丘に立っていた博士の母方のマナーハウスです。ただ、八九年の地震で被害を受けた後、売却されています」

「調べたのか。それで？」

地球の同胞諸君に告ぐ

「外見が、さまよえる館とそっくりなんだそうです」

斎賀は、碑文に書かれたサインを見て小さくため息をつくと、手にしていたサンドを齧った。

さすがに男の人は一口が大きいなと、美晴は妙なことに感心していた。

「で、その常人には信じがたい話を、ダンジョンの中で――」

斎賀はあまりの内容に一瞬言いよどんだ。

「――当人に会って、本当だと教えてもらった？　三年前に死んだ男に？」

「公式には行方不明です」

救出に携わった当事者たち全員が、そこにいた人間の生存は絶望的だと感じたとしても、公式記録上は行方不明扱いになっていた。

美晴の報告書に書かれていたDパワーズの言い分は、タイラー博士たちが行った実験の結果、どことも分からない世界と繋がって、その世界の何かが実験場にいた二十七人を分解・調査して人類について学んだ結果、ダンジョンが作られたという話を聞いたというものだった。

「つまり、ダンジョン発生の原因がアメリカだってのは確定事項なのか」

「彼らの言い分を信じれば。もっとも、あくまでも事故だということですが」

「で、アメリカはその事実を摑んでいると思うか？」

「以前、芳村さんたちが、サイモンさんに聞いた話だと、その可能性が高いそうです」

「サイモンに聞いた？」

ここまで踏み込んでしまえば、隠しておく意味はない。美晴は以前食事をしながら聞かされた話をかいつまんで斎賀に説明した。

「オフレコだそうですよ」

「そんな話を聞かせるなよ……」

どんな事故を起こしたら地球にダンジョンができるのか、斎賀には見当もつかなかったが、それが公知になった際の影響は容易に想像できた。

「そりゃ、公にできないわけだ……」

しかもそれを証言したのが、その場にいた本人で――本人か？　本当に？

現実にはすでに死んだはずの人間とダンジョンの中で出会う？

それがモンスターと同様、ダンジョンが作り出した偽物で、人類を分断させるために送り込まれた尖兵《せんぺい》でないとどうして言える？

「課長？」

「あ、いや……」

さすがに考えすぎかと、斎賀は小さく頭を振った。

ダンジョンを作り出したのが誰にしろ、隔絶した技術を持った相手だ。本当に敵対的ならこれほど迂遠《うえん》な手段を取る必要があるとは思えなかった。

確か、ザ・リングは、アメリカで唯一軍が管理しているダンジョンだ。空軍基地のど真ん中にできたダンジョンだからだという理由だったはずだが、本当にそうだろうか？

重要なことは、このヨタ話を信じるなら、それがすべての契機になったダンジョンだということだ。つまり、そこには異世界へのゲートが確実に存在していることになる。

しかも、ザ・リングは既存設備をベースにできたダンジョンだ。つまりその階層は既存設備の階層に依存している。

確か地下百二十メートルに建設された大型加速器だったはずだから、おそらくは単純に一層からなっているはずだ。もっとも全長は百二十キロメートルもあるそうだが……

ＷＤＡの全リソースを集中させれば、深度のあるダンジョンの百二十八層以降で、あるかないかも判然としないゲートを目指すよりも、ずっと早くそこに到達できるのではないだろうか？

もしかしたらアメリカが軍の管理下に置いたのは、世界のどの国よりも早く、超科学を持った何かに接触することが目的なのかもしれない。

だがアメリカ最高の探索者たちは代々木にいるし、その次のグループも、大挙して代々木に来ようとしている。

そうしてダンジョンに関する限り、隠し玉は絶対にあり得ない。ＷＤＡＲＬ（世界ダンジョン協会ランクリスト）がある限り、人員をごまかすことは不可能だ。

「どうにもちぐはぐだな」

「何がです？」

「いろんなことがさ。で、あまっさえ、こりゃなんだ？」

「なんだと言われましても……」

そこにはＤパワーズ曰く、デミウルゴスの目的が簡潔に書かれていた。

「ダンジョンの向こう側にいるやつらの目的が、人類に奉仕すること？　で、そのためにダンジョンは作られたって？」

「はい」

「どこのファーストコンタクト系侵略ものSFの『承』部分だよ……」

「それを信用すると掌クルンされて、人類大ピンチの『転』に突入するわけですね」

「そうでなきゃ新興宗教だな。彼《か》の道のりの向こうには、幸い住むと人の言う、ってやつだ」

「まあ、そうですよねぇ……」

「それはともかく、こいつは――」

端からはみ出しそうになるグラタンを包み紙で押さえながら、斎賀がさりげなく言った。

「――異星人だか異世界人だかと……コンタクトしたってことか？」

もしも本当だとしたら、間違いなく世界初のコンタクトだろう。

アメリカ？　あの国がそんな存在と先にコンタクトしていたとしたら、それを戦略に組み込まないはずがない。おそらく世界情勢は大きく変わっていただろう。それがない以上、仮にそんなプランがあったとしても、まだ途上だということだ。

「女の子っぽい何かだったそうですが、コンタクトしたのかどうかは何とも言えないそうです」

「なんだそれは？」

彼女の言うことがまるで理解できなかった斎賀は、思わず顔を上げたが、視線の先にいる美晴も同じくらい困惑した様子で、すまなそうな表情を浮かべていた。

「で、これ、奉仕してもらったらどうなるんだ？　対価は？」

「分かりません」

「仮にこの目的が本当だとしてだな、こちらの意思はどうやって伝えればいいんだ？」

「分かりません」

　まあそうだよな、と斎賀は苦笑した。

「それで――お前、俺にこれをどうしろって言うんだ？」

「嫌ですね、課長。それが分からないから、課長に押しつ――んんっ――お任せしたんじゃないですか」

　花が咲いたような笑顔の彼女を見て、斎賀は思わず苦虫を噛み潰した。

　どこでそんな上司の使い方を――まあ、そんな場所は一つしかないか。こいつを専任にしたのは早まったかなと、彼は少しだけ後悔した。

「しかしこれなぁ……報告するとしたら、ダンジョン庁か？　ＷＤＡをはじめとする国際機関にこのまま報告したりしたら相当追及されるぞ」

　何しろ、ダンジョンの中でダンジョンの向こう側にいる何かに再現された、すでに死んだはずの男に出会って教えてもらったと書かれているのだ。正気を疑われることは間違いない。

「それに証拠がありませんからね」

　そう言って、何かを考えるように黙り込んだ美晴を、斎賀は促しもせずにただ見ていた。

　冬型の気圧配置で強い寒気が流入した日だったが、ニュースでは、東京で梅が開花したと言っていた。平年よりも早いそうだ。

「例の横浜の事件ですが、三十層の自衛隊から連絡があったのは、二十二時三十一分でした」

　突然の話題に、斎賀は首を傾げた。

「それが？」

「その直前に、チームIは三好さんと会っているにもかかわらず、彼女が代々木を退出したのは、それからわずか一時間後だったんです」

　三十一層から一層までを一時間で走破することは、普通なら不可能だ。

「三十一層から直通のエレベーターでも発見したのか？」

「課長」

「冗談だ。しかし連中のことだ、転移魔法のスキルを習得していたとしても今更驚いたりはしないが……もしかして、全能のデミウルゴス様に送ってもらったとでも言うのか？」

「その通りです」

「ホントかよ……」

「どうやってという点においては、三好さんも分からないそうで、気が付いたら一瞬で一層だったそうです」

「だが、それは不思議ではあっても証拠にはならないぞ。転移魔法のスキルが発見されたという方が、よほど現実的だな」

　斎賀は自分が言っている言葉の意味を考えて、心の中で苦笑した。転移魔法が現実的なんて発言をする日が来るとは思いもしなかったのだ。

「そうなんですよね。あ、一応それに会う方法は聞き取りしました」

「報告書にあったか？」

「書けませんよ、こんなの」

美晴は軽く肩をすくめた。斎賀は聞きたいような聞きたくないような複雑な気分だったが、最後は職責に負けてそれを尋ねた。

「……で、どうするんだ？」

「まず、さまよえる館に行って、そこで働いている人たちのお手伝いをします」

「手伝い？」

「うまくすれば魂っぽいアイテムをドロップしますから、その後、魂の器というアイテムを手に入れて、ドロップした魂っぽいアイテムを魂の器に入れることで、隠された庭に招待されるかも、だそうです」

「魂っぽいってなんだよ？　魂の器ってどうやって手に入れるんだよ？　あと、『かも』ってなんだよ！　突っ込みどころがありすぎて、突っ込みようがないだろ！」

さまよえる館に行くのは、困難とはいえ可能だろう。

だが、働いている人たちの手伝いってなんだ？　以前公開された映像じゃ、目玉の大軍だのガーゴイルだのが大挙して襲ってきていたが、何をどうやって手伝うというんだ？

斎賀には、想像もつかなかった。

「確かにこんなことが書かれていたら、余計に信憑性が損なわれそうだ。方法自体が疑わしい上に、再現がほとんど不可能とくれば、胡散臭いことにかけては、ダンジョンの目的以上だな」

「はい」

「ただ、仮にこのまま報告したとしても、証拠を出せとは言われない気がするけどな。正気を疑うなんてボロクソにけなされて、検討する価値もないと、こき下ろされてスルーされるだけで」

「どうしてです？」

「報告したのがＤパワーズだからだよ」

　証拠を出せと凄んだあげく、もしも本当に証拠が出てきたとしたら、大事になりかねないってことは、こき下ろす側もよく分かっているだろう。

　何しろ相手は、スキルオーブのオークションなんて非常識なことを始めた連中だ。本当に証拠がある可能性もあるし、わざわざ言われるまでそれを提出しないということは、そこには必ず何かの理由があるはずだ。

「つまり、Ｄパワーズなら、実は証拠もあるんじゃないかと考えるってことですか？」

「まあな。お前、ここ三か月で、あいつらの周りで何人の外国人が強制送還の憂き目にあったか、知ってるか？」

「いえ」

「俺が知ってるだけでもかなりの数だ。直接的なヒューミントはほぼ全滅、まさにアンタッチャブルってやつだな。実際あいつらの評価は国外の方がはるかに高い。インド・ヨーロッパ方面では、魔法使いなんて呼ばれていて、すでに半分伝説だし、そうでなくても向こうじゃ立派にＶＩＰ扱いらしいぞ？　ただし『危険な』って修飾詞が付きかねないんだけどな」

「それって、三好さんたちを国家がガードしてるってことですか？」

美晴はＤパワーズの周辺で、そういう人間をあまり見かけたことがなかった。せいぜい謎の田中くらいだ。

斎賀は小さく首を振った。

「まあ、何かしらはやっているだろうが……大抵は当局へ直接電話が掛かってくるんだとさ。邪魔だから持って帰ってくれって」

「え、三好さんたちからですか？」

斎賀は口をへの字に曲げ、肩をすくめて眉を上げた。

「そんな状況だから、各国もわざわざ藪《やぶ》をつついたりはしないだろう。そもそも、証拠もなしに、こんなバカみたいな内容を報告するやつがどこにいる？」

「そりゃそうですね」

斎賀はちびりとココアに口を付けて、まだ温かいそれを口の中で転がすと、何かを考えるように宙を睨《にら》んだ。

「しかしどうしてこう、Ｄパワーズに偏る？」

「どういう意味です？」

「いや、去年の終わりから、ダンジョン界隈の重要な発見はＤパワーズが独占しているだろ？」

「我々が知り得る範囲ではそうですけど、そもそもあの人たちは、ダンジョンに対する視点が普通と全然違いますから……」

普通の探索者は、『ダンジョンに潜って、モンスターを倒して、アイテムやオーブを取得する』を、ただ繰り返すだけだ。プロならそれが仕事だし、普通のアマチュアは狩りや冒険を楽しんでいるだけだからだ。

ダンジョン系 YouTuber たちを筆頭に、妙なことを考えたり、妙な実験を繰り返したり、妙な行動を取ったりするものもいることはいるが、そういう連中は大抵探索初心者で、絶対的な力に欠けるため深くは突っ込めない。

オーブやポーションを手に入れて、大金を手に入れた探索者もそれなりにいるが、大抵は従来の世界にそれを投資していて、赤字のダンジョンを丸ごと借り上げたりした人間は、世界中探しても彼女たちだけだと断言できた。

「なにしろ初めて芳村さんに会ったのは、自殺しそうな人がいるって通報でしたからね」

美晴は当時のことを思い出して、くすくすと笑った。

「研究者連中なら何かしらやるかもしれんが――」

「大抵はダンジョンに潜るところで挫折しますよ。下層など、とても無理でしょう」

探索者を護衛に雇えば可能かもしれないが、滞在期間を考えればまるでコストに見合わない。潜ることに大きなモチベーションがあった小麦は、非常に特殊な例なのだ。

もっとも彼女ですら、Ｄパワーズのサポートがなければ、おそらく途中で挫折していたはずだと美晴は考えていた。

一週間なら頑張れるかもしれないが、ゼロから始めて十八層で〈マイニング〉を手に入れ、さらに二十層より下まで潜るなんて、一人で挑んだとしたら何年かかるか分からないからだ。

「積極的にダンジョンに潜る連中は、それよりも大切なことがあるってわけか」

プロ探索者の目的は、端的に言えばお金だ。

剣で斬れば倒せる、銃で撃てば倒せる。そんなモンスターに向かって、剣で斬ったり銃で撃ったりしないで別の方法を考える、なんてことは普通しない。

目的はモンスターを倒すことだから、工夫をせずとも倒せるモンスターをわざわざ工夫して倒す意味はないのだ。そして倒せないモンスターに挑むのはバカのやることだ。

ネットがない時代なら、そういうおもしろ系の雑誌が登場して、編集部がやっていたかもしれないが、情報がネットに移行してからは、安易にカネを稼げるプラットフォームにばかり注力されていて、コンテンツ開発はアマチュアかバカのやることだとまで言われる始末だ。

コンテンツなしでプラットフォームが存在できるはずがないのに、開発側に、そんな意識が蔓延《まんえん》しているのは、なんとも酷い話ではある。

しかし美晴は、Dパワーズがそういう方法を見つけていることを確信していた。

実際、世界が何かを必要としたとき、彼女たちからはそれが飛び出してくるのだ。アーシャの時しかり、横浜の騒動しかり。そんなことを突然実現できるはずがない。

「あいつらのどちらかが、何か特殊なスキルを持っていると思うか？」

「と、言われましても……少なくとも三好さんは、〈鑑定〉やヘルハウンドをペットにする何かを持っていることは確実です。他にも、〈水魔法〉を始めとする、オークションに数多く出品されているスキルは持っていそうですし、以前ちらりと耳にしたところでは、〈超回復〉も所持されているはずです」

「そうして今や〈収納庫〉もか。数だけなら確実に世界一のスキル保持者だが……」

「なんです？」

「どうして彼女ばかりに集中しているんだ？　パーティメンバーは、もう一人いるだろう」

「芳村さんですか……」

彼が世界ランク一位の探索者である話は聞いた。だが、それは偶発的な事件によるもので……そう言えば彼のスキルについてはほとんど何も分からない。特殊な技能は三好さんに集中しているようにすら見えた。

彼にはまだ何か、大きな秘密がありそうねと美晴は感じた。

「いっそのことＪＤＡのルールを改変して、探索者はスキルを登録しなければならないなんてことにすれば——」

「自衛隊から待ったがかかると思いますけど」

「——ま、現実的とは言い難いか」

以前からＷＤＡでもそういう話は出ていたが、どうせスキルを悪用するような連中は素直に登録したりしないし、管理情報だとしても、何を管理するのか不明瞭だということで毎回流されてきた経緯がある。それに登録が実現したとしても、単に引き抜き行為が勢いを増すだけだろう。

「しかし、〈収納庫〉の情報を上げれば、セーフエリアの開発に協力してもらえないだろうかって話が確実に出てくるぞ。うちがそれの使い道に足踏みしている以上、避けることは難しいな」

「でしょうね」

　情報が出てきたということは、使用者がいるということだ。

　ＪＤＡの持つ〈収納庫〉の行く末が決まらない現状、すでに使用できる人間がいるのなら、とりあえずそれを利用することを考えるのは、至極当然の成り行きだ。

　それを、〈鑑定〉した結果ですとごまかすには、内容が妙に具体的すぎる。実際に使用してみたとしか思えない使用限界が記されているのだ。

「だがあいつらが、困ってる人や知り合いならともかく、そんなやつらのために、せっせと地上と三十二層を往復する姿は、まったくと言っていいほど思い浮かばないな」

「でしょうね」

「それどころか、圧力が掛かれば掛かるほど、へそを曲げることは請け合いだ。強権で従わせようとしたりしたら、何が起こるか想像もできん」

　それが酷い事態になるということだけは間違いないだろう。

「というわけだから、そのときはなんとかしてくれ」

　美晴は、斎賀の話を理解できないように小首を傾げ、笑顔のまま固まった。

「……はい？」

「いや、鳴瀬君ならできるだろう？　何しろ、あの意味不明な条件で、〈異界言語理解〉の取得に協力させた実績があるんだ」

「かーちょー。自分で意味不明な条件とか言わないでくださいよ！」

「ほら、このミラノサンドのＡ、やるから」

「私が買ってきたんですけど……」

　空はきれいに晴れ渡り、どこまでも見通せそうだったが、斎賀は、その先にやがて広がる暗雲を幻視したかのように、大きくため息をついた。

「なあ、鳴瀬」

「なんです？」

　彼はタブレットをかざして言った。

「これって、たかがＪＤＡの一課長ごときが知っていいような話か？」

「それはもう。たかが課長補佐待遇ごときが知っていることですから」

「ああ、ストレスで毛が抜けそうだ！　禿《は》げでもしたら、お前らのせいだからな」

　ガシガシと頭を掻きながら、彼は吐き出すように言った。

「いくら丸投げったって、投げていいものと悪いものがあるんだよ！」

「信頼できる上司がいて嬉しいです」

「くそっ」

「それで、どうします？」

「こいつを普通のルートで報告するのは無理だ。だから俺もどこかに丸投げしたいんだが……」

「え？　部長にですか？」

「投げるったって、橘女史や真壁常務はな……」

「優秀な方たちだと思いますが」

「切れるのは確かだが、切れすぎて情報を素材としか考えていない節がある。最大の得点を取ることだけが目的の連中に任せるには、あまりに爆弾の威力が大きすぎるだろ。下手すりゃ爆発に巻き込まれて自分たちまで滅びかねん」

　この情報を、ベネフィットを得るためだけの素材として扱うと、持って行く先によっては大きな危険がある。だが、自信も能力もある連中は、自分ならうまく立ち回れると考えるものだ。

「課長もなかなか不遜ですね」

「大きなお世話だ」

　斎賀は、残っていたサンドを全部口の中に放り込むと、それをココアで流し込んだ。

「そもそも、こんな情報、ダンジョン管理部あたりのレベルで扱ったって意味ないだろ。仮にそれが本当だとしても、だからどうしたのとしか言いようがない。こんなのはできるだけ上の方にリーチできそうなところに投げとくのが正解だ」

「ええ？」

「国家レベルの問題は、国家に任せておけばいいんだよ。落としどころは、外務省あたりが考えるだろ」

「ベネフィットを得るための素材として扱われるとまずいんじゃありませんでした？」

「そのとき爆発に巻き込まれるのは、それを利用したところだろ」

あまりの言い草に、美晴は、課長も割り切ってるなぁと苦笑するしかなかった。

「だが、うちからダンジョン庁を経由するような正規のルートじゃだめだ」

「どうしてです？」

「そりゃ、情報に一定の信憑性が発生するし、その状態で漏れ放題だからだよ。今時、正規ルートに秘密なんか存在できるわけないだろ」

「課長……」

実際のところ、このあり得なさそうな話でも、正規ルートで報告すれば、ＪＤＡの信頼を背景に、一定の信憑性が生まれてしまうだろう。しかも真っ先に政局を引っ掻き回したい連中の目に留まることになるのは間違いない。

そこでこいつがどう利用されるのかは分からないが、どういうルートを通ったところで、最後は必ず、相手に会いたいというところに行き着くはずだ。だが、相手がどこにいるのかもはっきりしない現状、そんなことは不可能だ。

唯一可能性があるとしたら、碑文のラストページに書かれていた、さまよえる館の書斎だが、碑文は公開すらされていないし、Ｄパワーズの連中が素直に矢面に立つとは思えない。

仮に公開させたとしても、クリンゴン語で書かれていることをどう説明すればいいのか分からないし、そうなってしまえばタイラー博士のサインに付随する微妙な問題から目を背けることは不可能になる。

　にもかかわらず、コンタクトめいたことがすでになされているように見える以上、会わせることに難色を示せば、ＪＤＡが間に立って何かを企《たくら》んでいると勘繰られかねない。

「仕方がないからできるだけそれぞれの情報に相応しい知らせ方を考えるよ」

「厄介払いってわけですね」

「ま、そういうことだ」

　斎賀はにやりと笑って、持っていたミラノサンドのＡを齧《かじ》った。

くれるんじゃなかったのかと思いながら、美晴は最後に残ったＢへと手を伸ばした。彼女が好きな、海老とアボカドのサンドだ。

「むぐっ。じゃあ、この件はこれで終わりですか？」

　それを一口齧って飲み込むと、美晴は斎賀に確認した。

「今のところは、な」

「じゃあ、そろそろ戻りましょう」

　美晴は急いで残りのサンドイッチを食べ終えると、スカートをはたきながら立ち上がった。何しろ、ダンジョン管理課は、今でも修羅場の真っ最中だ。いくら昼休みだとはいえ、課長が長く席を外しているのは問題だろう。

　二人はごみをまとめて、ＪＤＡビルへと引き返し始めた。

「しかしこうなると、やはりＪＤＡにも〈鑑定〉持ちが欲しいな」

確かに今のままでは、謎のアイテムや謎のオーブに対して、あまりにも無力だ。今までなら、それが常識だったから不便を感じても仕方がないで済んでいたが、すでに〈鑑定〉は世に現れ、パラダイムはシフトしたのだ。

「アイボールは十分にいるようですけど、それ以前に、さまよえる館を出現させるのが大変ですから。現状なら三好さんに頼んだ方が早いと思いますけど」

「だがなぁ、あいつら鑑定を請け負ってないだろ？　きりがないってのは、よく分かるが」

たとえ『しない』と明言していたとしても、一度引き受けさせてしまえば最後、心理的なハードルは限りなく下がる。調子に乗って依頼するやつが出てくるのは確実だ。まるでそれが当然だとでも言わんばかりに。

「意外と現場で頼まれたらしているようですよ。三十一層でも、ドロップしたアイテムの鑑定を、その場で伊織《いおり》さんたちに頼まれていたようですし」

「本当か？」

「はい。ですから、持って行き方次第じゃないかと思うんです」

「何かアイデアがあるのか？」

そう聞かれた美晴は、広報セクションと協力した、代々ダン情報局のリニューアルにＤパワーズを巻き込む案についてざっと話した。

「そりゃ面白そうだが、あいつらにとっちゃ面倒なだけだろ？　協力してくれると思うか？」

「課長、今仰ったじゃないですか『面白そうだ』って」

「それが？」

「三か月一緒にいて思ったんですけど、あの人たちの行動原理は、それなんですよ」

「子供かよ！」

あまりにストレートな表現に、美晴は苦笑しながら首肯した。

「世の天才と呼ばれる人たちは、みんなそんなものじゃないですか。それに、好奇心は人類が進歩するための原動力ですから」

「確かに俺たちにとっちゃ、天災みたいなものだってことは確かだが……あと、そいつは猫を殺すとも言うから気をつけろよ」

「九つも命がない身としては、そうならないよう注意します」

そう言って美晴は、ＪＤＡの入り口の自動ドアをくぐった。

「では、私はこれで」

「なんだ修羅場に付き合っていかないのか？」

「ちょっとＧＩＪ（日本宝石学研究所）に用事があるんです」

「ダイアの件か」

「そうです」

「なら仕方がないか。ああ、セーフエリア搬送協力の件もよろしくな」

美晴は諦めたようにため息をつくと、「事前の根回しだけはやっておきますが、期待はしないでくださいね？」と、念を押した。何しろすでに自分たちの〈収納庫〉がある以上、自分たちでやるのが筋だからだ。

斎賀はＧＩＪのＪＤＡ出張所に向かう彼女の背を見ながら、まさか高額すぎて使い道が決められないとはと、困ったように顎を掻いた。そうして、〈マイニング〉の使用制限に関する書類を作成するために、ダンジョン管理課へと足を向けた。

SECTION : 代々木八幡　事務所

「せ、先輩！」

凄い勢いで事務所のドアが弾《はじ》けたかと思うと、代々木へ行っていたはずの三好が、大慌てで飛び込んできた。

「な、なんだ？」

俺はアイランドキッチンの向こう側で、思わず作業の手を止めて顔を上げた。

そろそろサイモンや自衛隊の連中が戻って来るはずだ。もしかして何か――そんな危惧など、どこ吹く風で、三好はクンクンと鼻を鳴らしながら近付いて来ると、俺の手元を覗きこんだ。

何があったにしろ、それほど深刻な感じでもなさそうだ。

「なんで今頃蕎麦なんて茹《ゆ》でてるんです？　もうすぐ晩御飯でしょう？　それに、秋新(注7)だってもう終わってますけど」

時計の針は、十六時三十分過ぎを指している。確かにあと数時間で晩御飯だし、間食にしても少し遅いのは確かだ。それに秋の新蕎麦の季節は、どんなに頑張っても十二月までだろう。

「だってさ、ラジオから知ったかぶりの大相撲中継が流れてくるもんだから……」

「知ったかぶり？　なんでそれで蕎麦なんです？」

「いや、なんと言うか、本当はたぬきうどんなんだが……」

「はぁ？」

「まあ気にするな。お前も食う？　一応山葵《ワサビ》は真妻（注8）の太物。旬だぞ」

「食べます」

彼女は躊躇《ちゅうちょ》なくそう答えると、ダイニングの椅子に腰掛けた。

何か用事があったんじゃないのかと苦笑しながら、山葵をすってお猪口《ちょこ》を被せると、茹でていた蕎麦をザルに上げて、少なめのもり蕎麦を二つ作り、一つを彼女の前に置いた。

「いただきまーす」

「ま、間食にはちょうどいい量か」

ゾゾゾゾと蕎麦をすすり上げた三好が、ごくりとそれを飲み込んでから訊いた。

「先輩って、新蕎麦は塩や水で食べたりする人？」

（注7）秋新
秋に収穫される新蕎麦のこと。対して、夏に収穫されるものを夏新と呼ぶ。
一般的には夏新のほうがあっさりしていると言われる。

（注8）真妻
山葵の品種。
硬くきめの細かい螺旋を描く根茎が特徴の最高の山葵品種の一つ。
太物はあまり売っていない。なお、いくつかの品種があるが、No.1だと思われる。
なお、「気にするな」部分は、中島みゆきさんの蕎麦屋。

「蕎麦切りは蕎麦つゆで食うもんだ。蕎麦の味そのものを楽しみたきゃ、蕎麦がきにするよ」

もっとも食はファッションと同様、個性の追求でもあるから、自分の好みを他人に押し付けることほど愚かなことはない。そういうのはバカのやることだ。

目の前で蕎麦をすすっているバカは、自分の趣味をひたすら語るだけで、押し付けてきたりはしないのだが、饒舌《じょうぜつ》化するボタンには注意が必要だ。本当に必要だ。

「真妻《まづま》は美味《おい》しいですけど、蕎麦にはもうちょっとつんとした香りがあってもいいですね」

「乾麺だしなぁ……アリルイソチオシアネートでも落としとけ」

「そんなことをしたら、真妻ファンに殴られますよ」

「なんだよ、真妻ファンて……」

蕎麦の香りを楽しんだりはできないが、急に食べたくなった時に乾麺は便利だななどと、製造者に失礼なことを考えながら、蕎麦を食べ終えると、俺はお茶をすすりながら、三好に訊いた。

「で、何か用があったんじゃないのか？」

「あ！　そうでした！　これ！　これ見てください！」

三好が〈収納庫〉から取り出したのは、一条《いちじょう》の小麦だった。

「なんだ？　デーメーテールごっこか？」

「え、そんなに乙女っぽいですか？」

「何言ってんだ。デーメーテールは乙女というより、かーちゃんだろ？」

「先輩こそ、何を言ってるんですか。乙女座ですよ、乙女座。ほらスピカも完備！」

　三好は麦の穂を突き出して、上下に振った。スピカは乙女が持つ麦の先に位置する星だ。ところで、乙女座って、アストライアーじゃないの？　ギリシャ神話って難しい。

「あれって、大麦じゃないのか」

「時代を考えればその可能性もありますが、デーメーテールだとしたら小麦でしょう」

　ギリシャ神話では、小麦の作り方を人類に教えたのはデーメーテールだということになっているらしい。

「なるほど。しかしこうしてみると――」

　俺は、三好が動かしている小麦の先を見ながら続けた。

「――スピカと麦の穂って、エルフを連想させるな」

「なんですか、その飛躍は」

「いや、だって、スピカってギリシャ語のΣταχυς《スタキス》から来た言葉だろ？　元は、尖《とが》ったものっていう意味なわけだ」

「なんでそれがエルフなんです？」

「だって、小麦の穂って、ear of wheat じゃん。尖ったものが ear（耳）ならエルフだろ」

「エルフが尖った耳を持つのは、神話の成立なんかに比べればずっと後の話ですよ」

　エッダに出てくるアールヴ（古ノルド語でエルフのこと）に耳が尖っているという記述はないそうだ。だから、それが英語やドイツ語の文学に引用された時点で、悪戯《いたずら》好きの妖精や悪魔のイメージと交じって尖った耳が与えられたことは想像に難くないだろう。

「そもそも乙女座って、バビロニアですでに、女神シャラと穀物の穂を表す星座として知られているそうですからね。エルフの耳が尖るのに先んじること二五〇〇年以上です」

「そうか。予言って本当にあったんだな」

三好は呆《あき》れたように、天を仰いで腕を広げた。あ、そのポーズ、ちょっと乙女座っぽい。

「で、こんな話をするために、わざわざ南半球から取り寄せたのか、それ。今一月だぞ？」

「惜しい！　出所は、ダンジョンの二層でした！」

「全然惜しくないだろ！　って、二層？」

俺は一瞬唖然《あぜん》としたが、すぐに気を取り直した。

「ちょっと待て。芽が出たことを確認したのは、ブートキャンプの時だから十二日だろう？」

「そうです。でも実ってたのは、スライムに荒らされた時の生き残りでしたから」

「それだって、今年に入ってからだぞ。柳久保《やなぎくぼ》（二層に植えた小麦の品種）って、一か月も経たずに収穫できるわけ？」

「代々木の二層では、そうみたいです」

「ＪＡ東京みらいのお姉さんもびっくりだな」

「最初に芽が出るまでは普通の速度だったんですけど」

確かにそうだ。

それで、一か月後の麦踏みまでは、あまりやることもないだろうと油断していた。

「Ｄファクターがなじむにつれて、成長速度が上がったってことか？」

「私たちが、『早く育たないかな』と考えながら世話をしていたからかもしれませんよ」

「また、そういう……」

だが、実にダンジョンらしく、その考えには妙な説得力があった。

俺は、ダイニングの椅子に座り直すと、落ち着いて先月からの流れを思い出していた。そうして、一番重要な事柄を確認した。

「それで、リポップは？」

三好はいままでのおちゃらけた態度を引っ込めると、急に真剣な顔つきになり、持っていた麦をテーブルの上に置いた。

「しました」

「まじかよ……」

それは世界の食糧事情が、もしかしたら大きく変革されたのかもしれない瞬間だった。

「予想していたとはいえ、実際に体験するとまた違うな」

「一応麦の芽で試してはいたんですけどね」

俺は、改めてテーブルの上に置かれた一条の小麦の穂を見た。その穂は、未来を象徴するかのように、金色に輝いていた。

「で、これ、どうする？」

「どうすると言いますと？」

「いや、だってさ、スキルオーブのオークションだとか、ブートキャンプだとかと違って、事は食料だぞ？」

うちの会社で売り出すとしたら、収穫システムそのものだ。

念話なんてのも、社会に対して大きな影響を与えるだろうが、今回は、下手をすると人類の根幹に関わりかねない事業だし、既得権益者の懐に思い切り手を突っ込むことにもなるだろう。

「既存の大農園や穀物メジャーも反応するでしょうが、一番反発が大きそうなのはバイオメジャーでしょうね」

「種子供給システムか」

グリホサート除草剤と、その耐性を持った大豆を作り出して市場を支配したモンサントの例を挙げるまでもなく、バイオメジャーは育てやすく収穫量の多い品種を開発し、その種を大量に売って商売をしている。もしも現在の農園をこのシステムが置き換えてしまったとしたら、そういうビジネスが立ち行かなくなることは明白だ。

「ポーション類と製薬会社の関係と同じ構図ですけど、あちらは流通量の少なさで問題視されていません。ですが、こちらは……見逃してもらうには、生産量が多すぎますよね」

暗殺者がやって来るレベルだが、発表されてしまえば、仮に俺たちを暗殺したところで、こいつの普及が止まるとは思えない。

「日本の大型汎用《はんよう》コンバインの刈り取り幅は大体二メートル前後で、進む速度は秒速一メートルほどだそうです。日本の小麦の収量は十アールあたり五百キロ前後ですから、保食《うけもち》システムに小麦を植えた場合の収量は――」

「ちょっと待て。ウケモチ・システムってなんだよ」

「え？　だって日本で開発される無限食料供給システムですよ？　ここは日本っぽい名前が良くありません？」

以前からダンジョン内麦畑は、オーバル状のルートをくるくると回りながら収穫を行うコンバイン風の自動機械になるだろうと想定はしていたが、そうなると作られる作物は麦だけとは限らない。大豆やトウモロコシだって可能性はあるから、機器というよりシステムの名称にするというのも分からないでもない。だが――

「日本人が聞いても、一部のマニアにしか意味が分かんないだろ、それ」

保食神《うけもちのかみ》は、日本書紀に登場する食物神だ。古事記や日本書紀には、他にも多くの食物神が登場するが、こいつが一番字面的に分かりやすかった。

「インフィニティ・ファームとか、ラテン語でインフィニトゥム・ヴィラとか、俗な名前でいいんじゃないの？　分かりやすいし」

「和っぽい方が外国でウケますって。ボディに『保食機構』とか『保食方式』なんてボールドの明朝体で、デデーンと書かれてるんですよ。いっそのこと『保食神』とかでもいいですよね」

「あのな……」

「直会《なおらい》も考えたんですが、お供えするわけじゃないですから」

三好が腕を組んで頷きながらそう言った。

直会は、神様にお供えしたものを皆で分けて食べることだ。神との結びつきを強化し、神の加護を得るための手段でもあるらしい。

神をダンジョンに置き換えれば、ありと言えばありかもしれないが、尖兵感は、確実にグレードアップするだろう。

「とにかく十アールあたり五百キロってことは、二平方メートルで一キロってことですから、一秒間で一キロほど収穫できるわけです」

「ってことは、一日で八十六・四トンか」

「一年を三百六十五日だとすると、ざっと、三万一千五百三十六トンですよ」

それが、一台のウケモチ・システムが生み出す収量になる。

「でもって、日本の小麦の生産量は――」

三好は素早く農林水産省のページにある、麦の参考統計表にアクセスした。

「去年は、七十六万五千トンだったようですが、統計を見る限り百万トン前後のポテンシャルはあるみたいです」

「それ、たった三十台ですべてを賄えちゃうってことだぞ……」

「リポップ速度が十分速ければ、大した面積も必要ありません」

幅が二メートルの畑を持ったオーバル型のシステムだとすると、間に四メートルのスペースを入れたとしても、幅はわずかに八メートル、曲線部分の外周は両端で二十五・一二メートルだ。

リポップ時間が三十秒だとしたら、直線部分は三メートルで十分だから、一台のスペースは八十八平方メートル。多少の余裕を持っても、一アール（百平方メートル）で十分だろう。

「リポップ時間が三十秒だとしたら、わずか三十アールにも満たない畑で、日本の年間生産量が賄えちゃうわけか……」

三十アール——百メートル×三十メートル——程度の領域なら、代々木の二層でだって簡単に用意できるだろう。

そして、時間的な制約を一年に限定したとしても、収穫率は七千五百八万倍以上だ。事実上無限大と言っていいだろう。

「日本の小麦消費量は、六百万トンから七百万トンくらいですから——二百二十二台もあれば全量を賄えちゃいますね」

国産小麦の作付面積は二十一万ヘクタールといったところだ。それがわずか三ヘクタールにも満たない面積で全需要が賄える？

「下手をしたら発表しただけでバイオメジャーの株価が暴落しそうだな……」

「従来の農園だって消えてなくなるわけじゃありませんし、急には変わらないと思いますけど」

「しかし、価格競争力で勝負にならないことは明白だろ」

自動機械にすれば労働力は最小で済む。いったん稼働し始めたら、必要なのはスライム監視員くらいなものだ。除草剤や播種《はしゅ》用の種を購入する必要すらない。俺が農場主なら、価値がなくなる前に自分の農場を売り飛ばして同じ収穫が見込めるだけのウケモチ・システムを購入するだろう。

「だけど越えなければならないハードルも多いですよ」

試作機は、以前からタクボに持ち込んで開発してもらっているらしい。

タクボはシェアで日本一、世界市場でも三位の農機具メーカーだ。トラクターメーカーというイメージが強いが現在ではコンバインのシェアも日本一になっているらしい。

だからタクボに頼んだのかと思えば、単にタクボのコンバイン製造拠点が宇都宮だったかららしい。ヰセキのコンバイン製造工場は熊本で、ヤンマーの開発拠点は滋賀なのだ。

まあ、主体はレールの上に並べた穀物ブロックを対象にしたコンバインだから、新規の技術開発は不要だろうし、従来技術でどうにでもなるなら、どのメーカーでも大差はなかったはずだ。

「今のところ、機器内部へのスライムのポップ対策と、作物ブロックの作成がネックですね」

前者は機器内の空洞へマイクロカメラを設置する方式で対応しているらしいが、すべての死角が潰せるかどうかは難しい問題だ。従来の機器はそんなことを前提に作られていないからだ。いくらＣＡＤ(注9)で確認したところで、絶対に抜けがないとは言えないだろう。

それに効果の程も断定はできない。

ドリーも似たような方式らしいが、ドリーにはアルスルズが付いているから、今のところ被害がないのがその効果だと断定することはできなかった。

もっとも先日横浜で得られた知見から、ある程度の期待はできるだろう。

問題は後者だ。

ダンジョニングされた種子を播《ま》けば、作物が育つことは確認している。

だが、ウケモチ・システムに設置するためには、ラックというかコンテナというか、要は規格サイズのケースでそれを育てる必要があるのだ。つまり、そのケースは、作物が実るまでダンジョンの中で放置しておく必要があるわけだ。

「作物そのものはダンジョニングされていますから、スライムに襲われる心配はありませんけど、ケースと土はそうはいきません」

「土は、ダンジョン内のそれを集めてくるしかないだろ」

外から畑の土を持ち込めるなら簡単だが、それはスライムの捕食対象だ。土のダンジョニングを研究するにしても時間がかかるし、当初はダンジョン内の土を集めてくるのが現実的だろう。

ダンジョン内の土は、ない場所にはまるでないが、ある場所にはそれなりにある。幸い代々木の二層から九層は平原や森だから、比較的土を集めやすい。

「ただなぁ……ダンジョン外へ持ち出した土ってどうなると思う？」

「リポップするかってことですか？」

「それもあるが、何しろ対象は土だぞ？　例えば空気中の水分を含んだりしたら、その水分そのものがスライムの捕食対象にされそうな気がしないか？」

「一度外部へ持ち出したら汚染されて、ダンジョン外の物質だと認識されるようになるんじゃないかってことですか？」

（注9）　CAD
Computer Aided Designの略。
日本語だと、コンピューター支援設計と訳される。製図や製品プロトタイプをコンピューター上で行うこと。

「まあそういうことだな」

仮にダンジョン外物質だけを対象に捕食されたとしても、土そのものは、掘り返されてぐちゃぐちゃになるだろう。

「なら、ダンジョン内で作った作物ブロックを外へ持ち出したとき、その植物が呼吸や光合成をしたとしたら、ダンジョン外の酸素や二酸化炭素に汚染されるかもしれませんね」

「あー……するかな？　光合成」

緑色植物は光合成で得たでんぷんなどの栄養を、根から吸い上げた窒素と結びつけて、成長するためのタンパク質を作り出す。

だが、成長しない作物が、呼吸や光合成を行うかどうかは難しい問題だ。

どちらも中学の理科で行う簡単な実験で間接的に確認はできるが、その結果がすなわち酸素や二酸化炭素を取り込んでいないことの証明にはならないだろう。

「どうでしょう。もしもそんなことが障害になるなら、ダンジョン内でテラリウムのような密閉環境に閉じ込めるか――」

「そうでなきゃ、作物ブロックは、必ず設置するダンジョン内で作らなきゃならないだろうな」

「〈収納庫〉でも怪しいですもんね」

〈収納庫〉内の時間は遅延するとはいえ進んでいる。つまり内部に入れられた植物は呼吸を行っているはずだ。そのとき〈収納庫〉内の空気は、果たして外部のものだろうか。それともダンジョン内部のものだろうか。

「確認してみないと分からないな」

ダンジョン内の小麦を土ごと収納してダンジョンを出た後、しばらくしてからダンジョンに戻してやれば、それがスライムに捕食されるかどうかで確認することはできるだろう。

「先輩の〈保管庫〉なら、それも回避できそうですけど……」

「こそっと一か所くらいならともかく、大々的にダンジョン配便になるのは無理だろ」

「ですよね」

次に〈保管庫〉が手に入るのは三年も先だ。身代わりを作ることもしばらくは不可能だ。

「そのへんは後で確認するとして、ケースはどうするんだ？」

「ダンジョン内の木だけで作るのが一番簡単だと思うんですよね」

ダンジョニングを施すまでもなく、ダンジョン内にあるアイテムで完結するとしたら、それはスライムの捕食対象外に違いない。

「箱くらいなら作れるとは思うが、ダンジョン内の木の加工品って、本当に捕食対象外か？」

「うーん……仕方がありません、知ってそうな人に聞いてみましょう」

そう言って三好は自分のスマホを取り出した。

知ってそうな人？

SECTION：

東京都世田谷区池尻　三宿駐屯地

「おい、シックス！　電話だぞ！」

「はい？」

横浜騒動のおかげで遅れていた、企業と共同開発している国産ポーターの性能試験の予定表をめくりながら、自分のデスクへ戻ろうとしていた漆原《うるしばら》を、受付のドアから上半身を出した男が呼び止めた。

「電話って、私に？」

「退庁時間に女から電話たぁ、お前もやるな」

にやにやと笑いながら、取り次いでくれた男が保留中の電話機を目で指し示した。

「だが、デートの待ち合わせなら携帯を使えよ。持ってるだろ」

「そりゃあ、まあ……」

漆原は何を言ってるんだこいつはと思ったが、部内で一番噂好きで有名な男だ。否定したところで話が長くなるだけだし、燃やしたがるやつには、焚《た》き付けを渡さないのが一番だ。

「はい、お電話代わりま――」

「あ、キヨミー！　元気でした？」

「――した？　あ、ええっと……三好さん？」

キヨミーと呼ばれて面食らった漆原は、自分のことをそう呼んだ女性のことを思い出した。

「そうです、そうです」

「驚いたな！　あの後どうしてたんです？」

横浜でチームⅠのメンバーと共に突然いなくなったところまでは知っているが、その後は箝口《かんこう》令が敷かれたこともあって、情報から遮断されていた漆原は驚きを顕《あら》わにそう尋ねた。

「いやー、まあ、それについては色々と」

「色々、ですか」

漆原は自衛隊の技官らしく、そこに機密の匂いを嗅ぎ取った。そういう情報に首を突っ込んでもろくなことにはならないのだ。

「まあ無事でなによりでした。それで、突然どうしたんです？」

「いやー、ちょっと、お訊きしたいことがありまして」

「訊きたいこと？」

仮にも、ザ・ワイズマンの二つ名を持った探索者が、一技官に尋ねるようなことがあるのだろうかと、不思議に思いながらそう訊き返したが、次に聞こえてきた言葉は意味不明だった。

「木って食べられます？」

「はい？」

木の主成分はセルロースだ。火を通したところで軟らかくなるはずもなく、利用されるのはせいぜいが、何かに漬け込んでエキスを利用するか、シナモンのような香辛料か、そうでなければタラノキのように新芽くらいだろう。後は——

「ナノセルロースに分解して食品に混ぜるくらいのことはできるかもしれませんけど」

生来、真面目な質《たち》の漆原は、とりあえず知っていることを話し始めた。

「へ？」

「丁度、昨年の第五次環境基本計画で、社会実装に向けた用途開発の実施や性能評価、低炭素化の実証やリサイクル時の課題解決検討のための実証を進めることになっているようですが、食品にするって話はさすがに……」

何しろ、人間はセルロースを分解する加水分解酵素を持たない。つまり消化できないのだ。

「環境基本計画？」

「はい。ですけどあれは、農水省が原料供給、文科省が基礎研究をやって、経産省が製造技術の研究をやることになっているはずですから、防衛省はタッチしていませんよ。もっとも、セルロースナノファイバーの添加による樹脂材料強化の研究結果はこちらでも利用するでしょうが——」

「キヨミー、キヨミー、ちょっと待って」

漆原の回答を焦《あせ》って遮る声の後ろから、「いきなりそんな訊き方で分かるわけないだろ」と男の声が聞こえてきた。あの時にいた、芳村とかいう男だろう。

詳しく話を聞いてみると、どうやら（ダンジョン内で採取した）木が（スライムに）食べられるのかという話らしい。

ようやく納得した漆原は、それでも首をひねった。

ダンジョン内木材の研究は、ダンジョンが出現したごく初期に散々行われて、その後放棄されたジャンルのはずだ。どうして今頃そんな話を蒸し返すのだろう？

彼は三好たちのキャリアが、四か月弱だなんて想像もしていなかった。

「木が持って帰れることは確認したので、きっとどこかの研究機関がやっていると思うんですけど、発表されている実績資料にそれらしいものがないんですよ。なんかおかしくないですか？」

ダンジョン内に生えている木は、もっとも手に入れやすいダンジョン素材の一つだ。

当初は企業や大学の研究者も積極的にそれを調べていたが、研究論文としては発表されていないだろう。結論から言うと意味がなかったからだ。

学部の卒論レベルなら残っていてもおかしくはないが、何しろダンジョンが現れたのは二〇一五年の夏だ。その年の卒論にダンジョン内の研究を選ぶ学部はないだろうし、そもそも間に合わないから教授が止めるだろう。そして翌年には、すでに放棄されたジャンルだったため、研究自体がなされていない。

「三好さんは、ダンジョンが出現して間もないころ有名になった、グレン・ランバージャックの話をご存じですか？」

「木こりの谷《グレン・ランバージャック》ですか？」

彼女の返事を聞く限り、どうやらよく知らないようだ。あれが話題になったのはごく一瞬のことだったし、今ではＳＮＳはおろか、草の根サイトの掲示板ですらほとんど見かけない話だ。

「ああ、じゃあ当時の資料をお送りしましょうか？　それにお知りになりたいことが書かれていると思います」

「いいんですか！　じゃあお願いします！　アドレスは――」

「はい、はい。了解しました。では後ほどお送りしておきます」

「そうだ、キヨミー」

「はい？」

「もしよかったら、一度横浜の津々庵に遊びに来ませんか？」

「津々庵？」

Ｄパワーズが横浜の一層を借り切って、地上に怪しげな施設を作っていると、ＪＤＡから流れてきた庁内の噂でも聞いたことがある。確かそれが津々庵だったような……

誰も詳しいことは知らない施設だが、そこでは、あの耐スライムスーツや、対スライム水鉄砲のような謎のアイテムが開発されているはずだ。漆原は強く興味を引かれていた。

「いいんですか⁉　なら、ぜひ！」

詳細を聞いて、嬉しそうに受話器を置いた漆原は、今しがた聞いた連絡先のメモを破り取ると、資料を送るために自分のデスクへ引き返そうとした。

「おいおい、シックス。三好って……まさか今の、ワイズマンじゃないだろうな？」

「そうですよ。先日横浜で伝手《つて》ができまして」

「できましてって……今連絡先のメールアドレスを貰わなかったか？」

「え？　ええ、資料を送るということで――」

「そいつはヤバいぞ」

「――へ？」

「資料が送れるってことは、連絡が付くってことだろう？」

そりゃそうだろうと思いながら聞いた彼の話によると、現在、Ｄパワーズの連絡先は、関係者垂《すい》涎《ぜん》の情報らしかった。

「関係者？」

「企業・マスコミは言うに及ばず、国内外の組織や研究所、果ては政治家まで喉から手が出てるらしいぞ」

「やだなぁ、大げさですよ。仮にも企業なんだから電話番号だって公開――」

「繋がった例がないそうだ。ま、噂だがな」

続いて男はいかにそれが重要な情報なのかをとうとうと語ってみせた。

どうやら、連絡先譲る譲る詐欺や連絡先ブローカー、果ては自称マネージャーまで登場しているらしい。

漆原は、ふと気が付いて、今しがた自分がメモを取った用紙をさらに数枚破り取った。

ドアを出たところで、デスクへと向かう彼の後ろから、小さな舌打ちが聞こえた。

SECTION :
代々木八幡 事務所

「お前、本当に漆原さんを引き抜く気なんじゃないだろうな」

質問の電話の終わりに、いきなり津々庵への招待を持ち出した三好をジト目で睨みながら、俺はそう尋ねた。

「え？　そりゃあ来てくれるなら嬉しいですけど」

「あんまりアコギな真似をするなよ。ダンジョン攻略群とは仲良くしておくに越したことはないんだからな」

確かにあの人は、中島《なかじま》さんや三好と合うだろう。ケミストリーも期待できる。だが、バックボーンは日の丸だ。向こうの組織に睨まれたりしたら、ろくなことにはならないだろう。

「やだなぁ、先輩。考えすぎですよ」

「そうかぁ？」

俺が疑わし気に言った瞬間、三好のスマホが振動した。

「あ、来ましたよ！」

そう言って、三好はそのデータを俺のアドレスに転送した。

俺は小さくため息をつくと、添付ファイルを展開して、グレン・ランバージャックの資料に目を通し始めた。

「先輩、この話、知ってました？」

「ニュービーの俺が知ってるわけないだろ。どうやら入ダンできるようになった直後の、ほんの短い間だけ話題になった場所みたいだな」

代々木の二層から九層までは、ほぼ林や森や平原だ。太さを気にしないなら、木は至る所に生えている。誰も検証してないんじゃないかなんて思っていたが、やはり、それを切ってみた探索者がいないはずはなかったのだ。

その資料には、ダンジョン内で取得された木の研究がまとめられていた。

最初のうちは、研究用にある程度高値で取引されたようだ。

そこで、入り口から最も近くにある、ある程度大きな木がまとめて生えていた小さな谷に人が集まり、いつしかその場所が、グレン・ランバージャックと呼ばれるようになったらしい。まるで、ウィスキーの蒸留所でもありそうな名前だ。

「八層のターン・スピットもそうだけど、日本人って横文字好きだよな」

ターン・スピットは、豚串を焼いているジャックのいる場所のことだ。

「アメリカやヨーロッパの人だって、日本語が好きな人は多いじゃないですか。やっぱ見慣れない文字や言葉は新鮮に感じられるんだと思いますよ」

それは確かにそうだろう。

日本には、眉をひそめそうなくらい恥ずかしい単語の書かれたTシャツが氾濫しているし、外国だって、思わず噴き出しそうな言葉の入ったシャツやタトゥーは枚挙にいとまがない。

「地図によると、三代さんたちを助けたときに渡った小川の上流ですね」

「人がいなかった方向だな」

俺たちがドリーを設置するために移動した方向だから、確実に人はいなかったはずだ。夜のせいかもしれないが、現在は過疎地と言ってもよさそうな場所だ。

結論から言うと、それらの木には価値がなかったらしい。なんら特殊な特性を見せず、地上にある類似の木と本質的に違いがなかったのだ。結局、わずかな間にバブルは弾けた。

何しろ木は重い。にもかかわらず、三十センチ前後の太さを持った、長さ四メートルの杉の木の素材価格は数千円にすぎない。

わざわざダンジョンの中から、一本の木を切り倒して地上まで人力で運ぶ労力を考えれば、そんな値段ではまるで割に合わず、すぐに誰も伐採しなくなったそうだ。

「どうやらそこに、その木で作った看板が立っているそうです」

「看板？　ダンジョンの中に？」

ダンジョン内の木で作られた看板は、スライムの捕食対象にはならなかった。もちろん文字は板を削って書いてあるそうだ。

「これって、どうして大々的に発表されてないんだ？　ダンジョンの中にある人工物ってだけで大事じゃないのか？」

「そりゃ、ダンジョンへ持ち込んだ素材で作られていたら大事でしょうけど、例えばダンジョン内の石を重ねてケルンを作ったところで、ダンジョン内紀行文ならともかく、それを論文にする研究者はいませんよ」

「あー」

　ダンジョン外から持ち込んだものはスライムによって除去されるという自明なルールがある以上、それの例外を見つければ立派な論文になるだろうが、そのルールに即したものを列挙したところで大した研究にならないのは当たり前だ。石を積み上げようと、木を組み合わせようとそこにはなんの違いもないだろう。

「しかしまあ、今の俺たちにとっちゃ、ダンジョン内の木で枠を作ればスライムの捕食対象にならないって事実は重要だな」

「それがですね……」

　三好が資料のとあるページを表示して、それを差し出してきた。

「んん？」

　そこには、地上で加工した木材をダンジョン内に持ち込んだ顛末が簡単にメモされていた。

　曰く、ニスを塗ったりしたものはもちろん、単に板に加工しただけのものもスライムの捕食対象になったそうだ。

「これって地上の水分や酸素に汚染されたってことか？」

「可能性はあります」

「つまり安全を期すなら、ダンジョン内素材を、ダンジョン内で加工しなければならない？」

「おそらく」

「そりゃあ面倒くさい。ダンジョン内で加工しようと思ったら、丸ノコ盤もボール盤も何一つ使えないぞ。どうやって板に——いや、セーフエリアなら可能か」

「セーフエリアで木工なんて、誰かがやってくれると思います？」

「うーん……」

俺たちは、三十二層に下りていない。つまり、セーフエリアに関しては、発見者としての権利がないのだ。だがまあ——

「こいつを普及させたい誰かがやってくれると思おうぜ」

当面実験する分は、力業でもなんとかなるだろう。

「しかし釘一つ打てないのは面倒だな——って釘？」

「どうしました？」

「なあ、三好。もしかして……」

俺は、スーサイド・リーフテイルが泣きたくなるほどばらまいてくれたインゴットを一つ〈保管庫〉から取り出すと、それを机の上に置いた。

「これ、なんだ？」

「鉄、ですね」

「そう、俺たちがゴミ扱いしていた鉄だが、こいつだってダンジョン産だ」

「つまり——スライムの捕食対象ではないかもしれない？」

俺たちは思わず顔を見合わせて、目をしばたたかせた。それまでゴミだったアイテムが突如価値を持ったかもしれない瞬間だった。とは言え――

「一回外に出したら、表面が酸化したりするかな？」

「純鉄は錆《さ》びにくいはず……って、先輩！　例のバナジウムの純度ってどうなりました⁉」

突然三好がばね仕掛けの人形のように顔を上げて身を乗り出した。なんだよ、一体？

「そういや、まだ聞いてない」

もう一月近くが経つから結果は出ているはずだ。

「もしも、もしもですよ？　あれの純度が予想通りバカみたいに高かったとしたら、鉄もその可能性がありませんか？」

「だから？」

「そりゃあるだろうが、多少純度が高くても鉄は鉄だろ？」

「超高純度な鉄って、最先端でも６Ｎ(注10)程度なんですよ」

「先輩に分かりやすく言えば、６Ｎなら最低でも一グラムで二千円くらいするんです」

力説する三好に、どうにもぴんと来ない俺は、小さく首を傾げた。

「二千円？　……一グラムでか？」

つまり、このインゴットは一キロだから――

「み、三好君。それが本当だとしたら、これ一つで二百万円ってことになるんですけど」

「ほとんど金の半分弱ですね」

「鉄だぞ？　それが金の半額ってなんだよ⁉」

そもそも金と鉄では生産量が違う。

昨年の世界の金の生産量は三千三百トンだが、粗鋼生産量は、約十九億トンもある。五十七万五千倍以上だ。もっとも6Nは、おそらくほとんど生産されていないだろうが。

「唯一の問題は、実験室の外には需要がないので買う人がいないことでしょうか」

「はい？　それでどうして売値があるんだ？」

「そりゃ製造原価から算出したんでしょう」

「あー」

調べてみると、ＮＥＤＯ（国立研究開発法人新エネルギー・産業技術総合開発機構）の新エネルギー技術開発部が二〇〇〇年代後半に『発電プラント用超高純度金属材料の開発』というプロジェクトを立ち上げていた。

そこで作られた超高純度鉄を利用したスーパー・ピュア・メタルと呼ばれた合金は、九百七十三ケルビンにおける加重百二十メガパスカルのクリープ破断試験で、約三万二千時間伸びゼロという記録を叩き出した。

また、強度のみならず製造性、可塑性、延性、耐食性、溶接性耐応力腐食割れ特性、耐中性子脆《ぜい》化《か》特性などにも優れていて、原子炉用材料としても期待されたが、結局は採用されなかった。

（注10）６Ｎ　99・9999パーセントの意味。9が六個並ぶので6Nと呼ぶ。Nはもちろん nine のこと。

一言で言うと高すぎたのだ。

当時、市販の高純度の鉄は一キロあたり百万から二百万だったようだ。当然超高純度鉄はそれを上回る。設備を金で作るようなものだ。電力会社のほか素材や重工メーカーは採用に二の足を踏んだだろう。

結果、プロジェクト成果を急ぎ実用化させようとする政策の下、コストがかかりすぎるという理由で、二〇一一年にプロジェクト自体が終了し、試験炉なども破棄されていた。

「そんなインゴットが、ぽろぽろとドロップするとしたら、合金の研究はもの凄く進むと思いませんか？」

もしもバナジウムの倍で取引されたとしても、オリジナルのコストに比べれば百分の一だ。この領域の権威ともいえる東北大金属材料研究所が歓喜するだろう。だが――

「脱線してるぞ、三好。鉄の純度の話なんか所詮はトラタヌだ。純度が明らかになってから考えればいいだろ。今はこの鉄がスライムに捕食されないかもって話のほうが先だ」

俺たちは、ダンジョン産の鉱物を、ダンジョンの外で利用することばかり考えていたが、もしかしたら、ダンジョン産の鉱物はダンジョン内で利用するべきなのかもしれない。

無機物のダンジョニングは、研究が緒に就いたばかりで、何もかもが手探りだ。もしもダンジョン産のアイテムだけで必要なものを作り出せるのなら、無機物のダンジョニングは、もっとじっくりと腰を据えて研究すればいいのだ。

本来ダンジョン内で複雑なものを生産することは、特殊なスキルでもなければ不可能だった。だが現在では違う。

代々木にセーフエリアが登場したからだ。

「先輩、もしかしてセーフエリアってこのためにあるんじゃ……」

発見されたセーフエリアの面積は有限だ。大抵は研究施設か、そうでなければより深層へ向かうための基地が置かれることになるだろう。

だが、本来は生産工場を置くために用意された領域なのかもしれなかった。

現在、最先端の何かを作り出すためには、それを作り出すための機器を作る必要がある。

ダンジョン内で、それを一から作り出すことも、歴史を辿れば不可能ではないだろうが、あまりにも時間がかかり過ぎる。

もしも、地上の最新設備をセーフエリアに持ち込んで、必要な何かを作り出すことができるなら、ダンジョン内の開発が飛躍的に加速することは間違いない。

例えば半導体を作るための機器をセーフエリアに設置して、原材料をすべてダンジョン内から供給できるとしたら、ダンジョン内で恒常的に使える電子機器が作り出せるのだ。

〈マイニング〉のことを考えるなら、その難易度は、現地の資源を利用する宇宙開発よりも低いことは間違いない。

「地上で旧世代になった払い下げ品なら、コストも抑えられそうだしな」

「素材は〈マイニング〉でうまくドロップを操作できれば大抵のものは手に入りますよ」

「しかもひょっとしたら、純度はあり得ないほど高いって？」

「まあ、世界には物欲センサーってのがありますからね。確実に操作する方法は考えなきゃいけないと思いますけど」

　鉱物の範囲は広い。例えば石油だって鉱物資源なのだ。カット済みのダイアがドロップするのなら、加工済みの樹脂製品がドロップしてもおかしくはないだろう。もっともダンジョン外で使う資源としての用途が求められるなら、そんなものをドロップさせるわけにはいかないだろうが。

「ともかく、作物用のコンテナケースはなんとかなりそうだから、後は——安全性だな」

「それこそ私たちじゃ、ネズミ相手の調査がせいぜいで、どうにもなりませんよ」

「なあ、三好。その麦って、まだたくさんあるのか？」

「先輩。これはリポップするんですってば」

「あ、そうか」

　つまり時間さえかければ無限に収穫できるってことだ。

「なら、まとめてＤＦＡ（食品管理局）に送りつけておけば良くないか？」

「なるほど、あちらは本職ですもんね。ウケモチ・システムの資料と一緒に送っておきます！」

「しっかし、細々とした調べものや、やることが多いよなぁ……」

　俺はソファに寝転がって天井を見ながらそう言った。

「しかも技術的には中高生の自由研究レベルのものが多いですからね」

「ダンジョンに入りさえしなきゃな。……なんかこう、物性をやってた時代を思い出すよ」

「時代って何ですか時代って。たった数か月前ですよ」

「自分たちでやるのは面倒すぎるが、本当に高校生にお願いするわけにも——あっ！」

「なんです？　何か卑怯なことを思いつきました？」

「いや、だから、お前ね……まあ、いいか」

俺は諦めたように肩を落とした。

「ほら、あれだよ、斎藤さんの、ダンジョン探検隊」

「はい？」

「いや、考えてもみろよ。毎週代々木に潜ってあちこちうろうろしたところで、そんなに面白い画が撮れるはずないだろ？」

「そりゃ、風光明媚《めいび》なフロア巡りなんて企画したところで、たった三十二層ですからね」

「何クールやるのか知らないが、毎週少しずつ潜ったところで、発生するイベントの数なんか、たかが知れてる」

　俺たちみたいに、どこかの国の軍だか諜報機関だかに襲われるなんてことになれば別だが。

……考えてみれば、ハリウッド映画もかくやと言わんばかりの現実だな。

「苦し紛れに、エンカイ様に挑むわけにもいきません」

「視聴率は取れるかもしれないが、そこで打ち切り間違いなしだな」

「でもそれが？　先輩には関係ないじゃないですか」

「ほら、あれって、スポンサーは新越だろ？」

「そうです」

「なら、もう少し知的な方面に寄せるんだよ。ほら、なんとかダッシュみたいな」

「ああ」

「そこで技術的には高校生レベルだけれど、意味は画期的で、ついでに面倒くさい試験を大々的にやってもらうんだ」

成果があれば視聴者は付いてくるだろう。まるで自分たちがその発見をしたような気分になる演出ならば特に。

「だけどそれ、権利は新越かＴＶ局に持ってかれますよ？」

俺たちは別にこれで儲《もう》けるつもりはないが、結果を利用できなくなるのは困る。

「そこで賢者様の出番なんだ」

「ええ？」

「考えてもみろよ、斎藤さんのＣＭだって、北谷の共同研究だって、どう考えてもお馬さんだろ。狙ってる将は――」

「ザ・ワイズマン？」

「他には考えられないな」

「そうは言っても、いいように使われるのは嫌ですよ。私、これでも結構忙しいんですから」

「もちろんだ。だから、協力する条件を二つ呑ませるんだ」

「はあ」

「一つは、協力するのは斎藤さんにお願いされた番組のみで、それ以外には関わらない」

「ふんふん」

「もう一つは、番組内の成果はパブリックドメインにする」

「ええ⁉」

「新越がワイズマンを利用しようとするなら、それを番組内に持ち込むしかない。だが、そこで得られた知見は公開しなければならないし、しかも権利を主張できないとくれば、むやみやたらと利用されることはないだろ」

「それはそうですけど、呑みますか？　そんな条件」

「そりゃ呑むさ」

「なんでです？」

「お前にバリューがあるからに決まってるだろ」

　新越の経営陣にバカはいないだろう。こんな契約でも、いざというときのために繋がりを得ておいた方がいいと判断されるはずだ。

「だって考えてもみろよ。一見ワイズマンが我侭を言っているだけのように見えるかもしれないが、冷静に考えれば新越にデメリットなんかないだろ」

　すでにスポンサーになっている以上、三好が絡もうと絡むまいと支出に変わりはないし、得られる利益が目減りしたりもしない。そうして仮にもワイズマンとの繋がりができるのだ。

「そう言われれば……」

　ＴＶ局としても、三好が絡めば宣伝文句が増えて視聴率のアップが望めるだろう。

「デメリットどころか、メリットしかないだろ」

　そうしてちゃんとした結果を出すために、実験の大部分は、おそらく新越の手配でやってもらえるはずだ。結果が出てから放映されるまでに時差がある以上、新越の有利は揺らがないだろうが、それくらいの旨みはあってもいいだろう。

「出演はしませんよ」

「そりゃそうだな」

「これってどこへ持って行けばいいんですかね？」

「広告代理店やプロダクションに持って行くと繋がりを作られかねないから、現場に直接アプローチして、向こうから上げてもらえよ」

「なら、困った時の氷室《ひむろ》さんですね！」

　三好は嬉しそうに準備を始めたが、俺は彼がいるはずの港区に向かって手を合わせた。

二〇一九年　一月二十二日（火）

SECTION :

千葉県船橋市　習志野駐屯地

陸上自衛隊習志野駐屯地では、昨夜遅く報告を終えた君津《きみつ》伊織二尉が、早朝、降下訓練塔のあるグラウンドの周囲を軽く流していた。今日は作戦明けの休養日だ。

習志野の空は広い。

山は見渡す限り見えないし、さほど高い建物も多くはない。時折雲の切れ間から顔を覗かせる太陽が、世界に光の帯を作り出していた。そんな奇跡のような時間の中、彼女は仮面の男のことを考えていた。

「まったく。ちゃんとしたお礼も言ってないってのに」

気が付いたとき、彼はすでにどこにもいなかった。

うちの隊員は、私を置いて煙のように消えてしまったと口を揃えていたが、そんなことがあるだろうか。

隊員たちは、デスマンティスはおろか、キメイエスすらも、まるでいないかのように、歩いて私のところまで移動した様子を見て、彼がダンジョンの管理者だと言われても納得しそうになったと言っていたが――

「不思議な人……」

その場にいた人たちに手当たり次第に尋ねてみたが、あの方が誰で、どこに行ったのか、誰も知らないようだった。

鑑定をお願いした三好さんだけは、三十二層への入り口の件でごたごたしているうちに、いつのまにかいなくなっていたから話を聞けなかった。少なくとも彼女がセーフエリアに降りてきていないことは間違いない。

念のために捜索隊を出すことも考えたが、翌日それを報告したところ、無事に帰還しているから心配はいらないという返事があった。一体いつの間に帰還したのだろう。三十層のキャンプから、そういった連絡は受けなかったが……

ともかく、彼の話を聞いていないのは彼女くらいだ。今度会うことがあったら聞いてみよう。

唯一、サイモンの態度には、何か違和感を感じたが、突っ込んで聞いても肩をすくめられただけだった。

「もしかしてＤＡＤの秘密兵器か何かなのかな？」

それにしては格好がヨーロッパ寄り……というよりあれはほとんどコスプレだ。

ＤＡＤなら、もっと実用的な装備を使うだろう。残されていたマントは、そのあたりで買える普通の布で作られていて、特に先端素材などは使用されていなかったそうだ。

鋼《はがね》さんが、「これをまとって戦闘するとか、どこの傾奇者《かぶきもの》だ？」と呆れていたくらい、防御力という観点で見れば、マイナスしかない代物だったらしい。

角を曲がって、目の前に開けた長い直線で、一気に速度を引き上げる。

冷たい空気を切りさいて進む体の切れは、いつもよりいいくらいだ。足はまるで疲れを知らないかのように、以前にもまして力強く地面を捉えていた。

「やっぱり、あの置き土産のせいなのかな」

こうして走っていると忘れそうになるけれど、あのとき私、足がなかったんだっけ。

彼女のＤカードには、〈磁界操作〉と並んで、グレーアウトしているような状態で〈超回復〉の文字が刻まれていた。

以前、例のオークションで一度だけ販売されたことのあるオーブだ。その時の落札価格は、五十億円を超えていた。

調べてみたら、ＷＤＡのデータベースにも、ちゃんと記載されていた。

もっともそこには、失われた手足を復活させるような劇的な効果は記されておらず、疲れにくくなったり、小さな怪我が非常に早く治る程度のことしか書かれていなかった。

「非常に早くどころか、一瞬だったし。しかもその効果ときたら……」

伊織は、なくなっていたはずの手を閉じたり開いたりしながら、自分の体に起こったことを思い返していた。

彼女は、オーブを使った時の、あの熱いんだか気持ちがいいんだか、よく分からない世界の中で、まるで体中から集められた細胞が目に見えない手足を作り上げていくような感覚をぼんやりと思い出して、顔に血が上るのを感じた。

SECTION :
代々木ダンジョン三十二層　セーフエリア（三日前）

　セーフエリアで一泊した日、彼女は、あのとき起こったことを鋼に話していた。

「やっぱりそうだったのか」

「はい」

　彼女は、自分の右の手足が切断され失われたこと、そうしてそれが復元されたことを、鋼に訊かれて肯定した。

「服の右袖部分はきれいに切り落とされていたし、血の痕もあった。右足首も同様だ」

　鋼は、そのときのことを思い出しながら言った。

「それだけならまだしも、右手首にあったバイタルチェックデバイスがなかったからな。常識を無視すれば、切断した後、生えてきたとしか思えなかったんだ」

「体験していながら、自分でも信じられません」

　鋼は、難しい顔をして腕を組んだ。

「しかし、ランク7を常備している組織なんて、世界中を見渡しても聞いたことがない。もっとも、公開されている範囲では、という意味だが」

「仮に持っていても、そんな希少なものを私に使うことに意義を見いだせるのは、日本政府くらいですよ」

そう言ってはみたが、もし日本政府がそれを持っていたとしても、それは、もっと偉い人たちがいざというときのために取っておくだろう。いかにダブルの最上位陣とはいえ、自分は取り替えの利く二尉にすぎない。

他の組織に至っては、言うまでもないだろう。

「それに――」

伊織は、その時のことを思い出しながら、微かに頬を染めた。

「――あの方が私に使ったのは、ランク7のポーションじゃありませんでした」

「ポーションじゃなかった？」

鋼は、ポカンとした顔を向けて、「じゃあ、どうやって？」と訊いた。

伊織は、使われたのが〈超回復〉のオーブであったことを、Dカードを見せながら告げた。

「〈超回復〉って――欠損部分が復元するのか⁉」

もしもそれに、ポーションのように失われてからの時間制限がなかったとしたら……

「まてよ……」

鋼は〈超回復〉がオークションにかけられてしばらくした後、寺沢から聞いた、印欧《インド・ヨーロッパ》の社交界で語られている、おとぎ話めいた魔法使いの話を思い出した。

「まさか、あれは全部本当のことだったんじゃ……」

「鋼さん？」

「ん？」

鋼が我に返ると、伊織が不思議な顔をして、鋼の顔を覗き込んでいた。

「あ、ああ、すまん。以前聞いた話を思い出していたんだ」

そうして、鋼は伊織にその噂を語って聞かせた。

「それって、ランク7のポーションどころの話じゃないんじゃ……」

確かにランク7のポーションは、失われた部位を復元するが、それには、時間制限があった。

古傷で試して効果がなかった例と、失われてから四十八時間ほどで試して復元された例をもって、今のところ四十八時間以内なら確実だとされていた。何しろ細かくテストを行えるほど、ランク7の数は多くない。それ以上経った場合の復元は、一種の賭けと言えた。

ところが、その噂の中で回復した女性の怪我は、もう何年も前のものだという。だが、失われた部分はおろか、体にあったすべての損傷は修復され、なかったことになっているそうだ。

「本当にそんな効果があるんなら、ＷＤＡのスキルデータベースに記載されて、大騒ぎになってるんじゃありませんか？」

「時間はともかく、効果があることは確実だろう。何しろ実例が目の前にあるんだ」

鋼は、伊織を見ながら笑った。

「だが、騒ぎになっているという話は聞いたことがない。つまりＷＤＡのデータベースには、このことが書かれていないんだろうな」

「そんなことが？」

「報告者が情報として伏せた可能性が高いな。この話が明らかになったら、〈マイニング〉どころの騒ぎじゃなくなるからだろう」

「え？」

「考えてもみろ。〈マイニング〉は、所詮、鉱物資源のドロップを誘発するだけだ。ミスリルやオリハルコンが出るというのならともかく、普通の鉱物は自然界にもあるし、世の中の主流は今のところ、そちらからの採掘だ」

「それはまあ」

「だが、こいつは違う」

鋼は、Ｄカードを伊織に返しながら言った。

「もしもこいつが大っぴらになったら、それを欲する世界中の大金持ちや大企業が、探索者を雇って代々木に押しかけてくるぞ。下手をしたら、血で血を洗う奪い合いになるかもな」

Ｄパワーズは、〈マイニング〉を除いて、スキルオーブをドロップしたモンスターを届け出ていない。だが、代々木でドロップしたということだけは疑いようがなかった。何しろ自衛隊が取得したオーブのカウント数は、すべて六〇未満だったのだ。仮に取得されたのが横浜だったとしても、そんな値はありえない。

SECTION: 千葉県船橋市　習志野駐屯地

「鋼さんが言ってたことも、大げさってわけじゃないのかも」

そう考えたとき、後ろから足音が迫ってくるのに気が付いた。走りながら、ちらりと後ろを振り返ってみると、当の鋼が走っていた。

「君津二尉、おはようございます」

「何を言ってるんですか、鋼さん」

わざとらしく挨拶をする鋼に向かって、伊織は苦笑を浮かべた。

「ははは。こんなところを走っているってことは、体はもういいのか？」

「おかげさまで。前よりもいいくらいですよ」

「例のスキルのおかげか？」

「そうかもしれません。ところで、下から上がってきたばかりなのに、早朝から鋼さんがこんなところを走っているところをみると、なにかお話があるんでしょう？」

「お前はだんだんやりにくくなるなぁ……」

「先輩の薫陶のたまものです」

鋼は苦笑して頭を掻くと、急に真面目な顔をして言った。

「実はな……お前に査問の話が出ているらしい」

「査問!?」

思いもしなかった単語に、伊織は思わず足を止めた。

「お前、例のスキルのことを報告したんだってな」

「そりゃしますよ。隠せるわけないでしょう?」

Dカードにだって記載されているのだ。黙っていても調べられればすぐにばれる。

「それはそうだが……まともに貰ったと報告したらしいじゃないか。それが、査問の対象だ」

要するに、誰かから五十億円の価値のある物品を貰ったことが問題視されたようなのだ。

「職務に密接に関連する行為を、あの方に対して行ってなどいないでしょう?」

第一、どこの誰だかすら分からないのだ。そんなことなどできるはずがない。

「そういう意味では、収賄というより、国家公務員倫理規程違反の方だろう」

「ええ?」

「何しろ五十億だからな。額面だけを見るなら、社会通念上相当と認められる程度を超えた接待や財産上の利益の供与とみなそうと思えば、みなせるわけだ」

「第五条一項ですか? そんな無茶な。第一、このオーブがなければ、今頃私、公務災害で賞恤《しょうじゅつ》金《きん》を貰って退官してますよ。自衛隊って得しかしてないじゃないですか」

大けがをして死んだり、障害が残った自衛官には、賞恤金という補償システムがある。額は地方自治体ごとに条例で定められるのだが、特措法で一時的に引き上げられた際は九千万円だった。

「それ以前に、あの男が現れなければ、部隊自体が危なかったからなぁ」

「言ってみれば、恩人じゃないですか。それに現在の法解釈では、スキルオーブは支配可能性が不完全であるため動産にあたらず、その無償使用は贈与や譲渡とはみなされないという見方が支配的ですよ」

「調べたのか？」

「報告書を書いた時。私だって、多少は気にします」

それで安心して報告書に真実を記したのだ。

「その主張はしてみるべきだろうが……同じオーブがごく最近、五十億以上で落札されていたのは不幸だったな」

「そんなぁ……」

「こうなってくると、相手が誰なのかが問題になるだろう」

「利益供与対象かどうかの調査ってことですか？」

「まあそうだ」

「誰だか分かりませんと言うしかないんですけど、信じてもらえるでしょうか……誰が調査するんです？」

「市ヶ谷の自衛隊員倫理審査会事務局あたりだろう。裁判になったら一般人と同じだ。何しろ、日本には軍法も軍法会議もないし、軍法務官すらいないからな」

「七十六条ですか？　憲法は絶対視されてますから」

「それ以上はちょっと誤解を招く発言になるから、現役のうちは、やめとけ」

「あれ？　鋼さんでも気にするんです？」

「当たり前だろ。自衛隊には、とことんデリケートな領域があるからな」

長く現場で活動していると、そのあたりに言いたいことも出てくるが、反面その危険性についてもはっきりと認識できるようになる。

「ともかく、倫理審査会に呼ばれる前に、一度寺沢二佐に相談しろ。アポは取っておいてやる」

「分かりました。お心遣い感謝します」

伊織は、自衛隊に入ってから、一度もスキルオーブの支給を受けていない。ポーションを使ったのも今回が初めてのことだ。

彼女が女性であることも、その一因だと、まことしやかに囁かれていたが、〈磁界操作〉があまりに強力だったため、ほかのスキルを必要としなかったというのが真相だ。

そのため彼女は、組織に対して負い目がなかった。かかったコストにかこつけて慰留を促すことすら難しく、自己都合でいつでも退職できる立場だったのだ。

もっとも自衛隊法の四十条を盾に、彼女の退職が自衛隊の任務遂行に著しい支障を及ぼすということにしてしまえば、その任務を遂行するための最小限度必要とされる期間は退職を承認しないことができるのだが、それでいつまでも引っ張れるはずがない。

何しろ世界ランク十八位、知られている限りでは日本のトップエクスプローラーだ。

その上、ＴＶ映えのする美人で人気もある。退職したほうが稼げることは確実だ。

つまらないことで、彼女に退職を決意させるなんてことがあったら、それは自衛隊の大損失だと言えるだろう。

「今、二尉にいなくなられたら困りますからな」

鋼は、自分でスカウトしたということもあって、本心からそう言うと、宿舎に向かって走り始めた。

SECTION :

代々木八幡　事務所

午前中、ダンジョンショップで普通の探索者がダンジョンに持って行くであろうものを、店員に教えてもらいながらまとめて購入した。

色々とレクチャーしてもらった結果、最低限とはいえ、なんとかダンジョン内キャンプの知識を得ることができたような気がする。ダンジョン内設営の手引きみたいな小冊子まで出てきたときは、さすがはＪＤＡの出先機関だけのことはあるなと感心した。

「ふっふっふ、これでダンジョン内設営の常識はゲットですよ！」

「だといいがな」

一応、他にも色々と用意はしておこう。

いざというときに自重するのはバカのやることだ。ダンジョンの中じゃ、俺たちの秘密より、自分と彼女たちの命の方が大切なのだ。

『アズサ！　ヨシムラ！』

購入してきたものを整理していたところへ、突然事務所の扉を開けて、今まさにダンジョンから出てきましたと言わんばかりの格好をしたキャシーが飛び込んできた。

さすがに武器やごつい防具は外されていたが、ファルコンインダストリーの目立つユニフォームのまま、ろくに着替えもせずにやって来たってことは、何か急ぎの事情があるのだろう。

『どうしたんですか？　キャシー？』

『ゲットしたんですよ！　とうとう！』

『ゲットって何を？』

『オーブよ、オーブ！　〈マイニング〉！』

へー、ついにドロップしたのか……一万分の一にしては粘った方だが、規制は間に合うのか？

『そりゃ、おめでとう。だけど、その報告のために、着替えもパスするほど急いで来たのか？』

『そうだ！　オーブを預かってもらおうと思って！』

『はぁ？』

突然何を言い出すんだ、こいつ。

『そっから先はこっちで説明しよう』

その声に顔を上げると、サイモンが玄関の扉を開けていた。

『サイモンさん！』

昨日帰って来る予定だったはずだが、キャシーと一緒にいるということは、あのまま十八層へと帰還したのか。さすがにタフ、というよりワーカーホリックじゃないの、この人。

『よう、アズサ久しぶり——でもないか。だがまあ、まずはコーヒーを一杯くれよ』

『はいはい』

『まあ、こちらへどうぞ』

俺は二人を居間のソファへと案内した。

『先日、アズサの所から落札した分を含めて、これで二つになっただろ？』

『そうですね』

『なら、ＤＡＤとＤｏＤで一個ずつ分ければ、使用者選定のゴタゴタも水に流せるってわけだ』

何か試されているのかと思えば、使用者選定で、組織間の綱引きがあったのか。

『こちらも、さっさとそうしていただけると助かるんですけど』

何しろ受取期間を設けていなかったせいで、現状、オーブを預かっているのと同じことになっているのだ。

『ところが話はそううまく転がらないのさ。問題は時間だ』

『時間？』

サイモンは三好が運んできたコーヒーを受け取ると、満足げにその香りを楽しんだ後、ゆっくりとそれを口にした。

『ダレスやＪＦＫから羽田までは十四時間ってところだ』

『ちょっと待ってください。使用者が日本にいないんですか？』

『そうなんだよ』

サイモンが、困ったものだと言わんばかりに、口をへの字に曲げながら頷いた。

『オーブを採りに潜らせといて、受け取る人間を準備してないって、もしかしてアメリカってバカなんですか？』

『おいおい、お偉いさんの前でそんな発言をするのはやめとけよ。中には頭の固いヤツもいるからな。もっとも、この件に関しちゃ俺も同感だけどな』

『軍の戦闘機か何かで、横田へ飛んで来れば？』

『戦闘機が五千九百ノーティカルマイルも飛べるかよ。増槽くっつけたってその半分も無理だ』

ノーティカルマイルは、航空機の距離で使われるマイルだ。メートルになおすと、千八百五十二メートルで、普通に使われるマイル（陸上マイル）の千六百九メートルちょっととは少し違う。

ワシントンD.C.と東京間は、大体一万千キロ弱なので、ノーティカルマイルで言うと五千九百弱になるのだ。いい加減全部メートル法にしろと言いたい。

『各地の基地で給油しながらとか』

『それだと最後のベースは、おそらく、アンカレッジのエルメンドルフ空軍基地だろうが、そこから東京ってのも遠すぎるな』

『太平洋艦隊を経由するとか』

『ヨシムラ……ダレス＝羽田の最短距離は、ほとんど太平洋の上を通過しないぞ』

『え、ほんとに？』

『地球は丸いからな』

そう言ってサイモンは笑った。

いや、もちろんそれは知っているけど、太平洋の北の端っこの方を飛ぶのかと思ってた。

仮に北の端だとしても、太平洋艦隊をそんな場所に移動させるのには時間がかかるか。司令部はハワイだもんな。

『ともかく、軍用の一万キロ以上飛べるようなやつは、デカイし遅いから、この場合は役に立たないんだ』

『プライベートジェットは？』

『ガルフのＧ６５０あたりをチャーターしても、結局同じくらいの時間はかかる。旅客機の巡航速度は大体マッハ〇・八くらいで大差ないからな』

つまり、入国自体は横田を使ってズルをするにしても、使用者が到着するまでにどうしても十四時間はかかるってわけだ。

『それで、オーブカウントは？』

『今は、五七〇ってところだな』

九時間半くらいか……って、まてよ？　十八層から九時間ちょっとで戻って来たってことか⁉

横浜のときも三十分を切るようなタイムで驚いたが、各層の階段から階段の平均距離を十キロだとすると、一万メートルの陸上記録は、男子で二十六分台、女子で二十九分台だ。女子の世界記録タイムとほとんど似たようなペースでずっと走り続けてきたってことか。

『それは……凄いですね』

『アズサのパーティにそれを言われてもな』

何の話だろう。もしかして、三十一層から数時間で帰還した件か？　いや、まさかね。

ともかく連絡を聞いてすぐに飛び立っていたとしたら、九時間＋十四時間で、二十三時間だ。

ギリギリで間に合うかもしれないが、実際は意思決定の仕組みってやつがあるし、フライト時間だって、どこにもトラブルがなければそうなるという理論値だ。

『ま、そういうわけで、連中が無事到着しても間に合うかどうかは微妙なところなわけだ』

『もし、間に合わなかったら？』

『そりゃ、日本に来ている誰かが使うしかないだろうが……』

どうやらそこでも政治力学ってやつが働くらしい。

『というわけでな。ぶっちゃけると、上のバカどもがきちんと物事を決められるまで預かってほしいんだよ』

いや、あんたの上ってプレジデントしかいないじゃん。ＤＡＤやＤｏＤの事務方って意味なんだろうけどさ。

『預かれって言われても、時間が来ればオーブは消えてなくなりますよ』

『ん？　ＪＤＡと預かりの契約をしたんじゃないのか？』

はぁ？　どうしてそれが知られてるんだ？

俺は三好を振り返ったが、首を横に振っただけだった。

『日本のなんとかって議員が、先日外遊中にうちの議員と会ったとき、それらしいことを自慢げに吹聴していたらしいぞ？』

どうして日本の議員が、一団体の契約について知ってるんだ？　これは調査案件だな。

『その情報には、間違いがありますね』

『間違い？』

『ええ。ＪＤＡとの契約は預かりじゃありません。言ってみればバーターですね』

『どういう意味だ？』

『詳しく説明することはできませんが――』

俺はそう言って、ＪＤＡとの取引の概要を伝えた。

『つまり、預かるわけじゃなくて、引き取ったオーブを指定の日時までに用意する契約だってことか？』

『大雑把に言えばそうです』

『それ、預かりとどう違うんだ？』

『出せと言われても、即日引き渡すことができないってところですよ』

『ふーむ』

サイモンは腕を組んで目を瞑った。

『じゃそれでいいや』

目を開けたサイモンは、まるで、ちょっとそこのコンビニまで買い物に行ってくると言うのと変わらない気安さでそう言った。

『はい？』

『いや、その契約でいいから、うちの〈マイニング〉もなんとかしてくれ』

いや、そんなにグイグイ来られても……

『……そういうごり押しは、ＪＤＡに言われた方がよくないですか？』

『正式な窓口がどこになるのか分からないし、そもそもＪＤＡがそんなサービスをやっているなんて、聞いたことがないぞ』

やってないからそうだろうな。

『ＪＤＡにオーブを売れば自動的に処理されると思いますが――』

『それは無理だな』

まあそうだろうな。それじゃオーブの横流しだ。

「先輩、先輩。はいこれ」

「ん？」

三好が差し出してきたのは、ＤＡＤ相手のオーブ預かり契約だった。ＪＤＡ版の英語翻訳をＤＡＤに修正したものだ。

「いいのか？」

「詳しい話は後ほど」

三好の顔を見ると、どうもこの契約を成立させる必要があるようだった。

『サイモンさん。うちの代表がこれをどうぞ、だそうです』

『ん？』

サイモンはそれにざっと目を走らせると、バッグからオーブを取り出してカウントを書き込むとサインした。

『これでいいのか？』

『まあいいですけど。言っておきますけどすぐには引き出せませんよ？』

『一週間だろ？　それは了解した』

　一週間？

『さっそく、本国へ連絡しなきゃならないから、俺はこれで。助かったぜ』

『こういう無茶振りは、やめてくださいよ』

『ＯＫ。控えるさ。――なるべくな』

　そう言ってウィンクをすると、彼は颯爽《さっそう》と引き上げていった。

「先輩のアレと、どっちがサマになってますかね？」

　さりげなく、ザ・ファントムの隠れるポーズを取りながら三好が言った。キャシーがいるからか控えめだな。

「その件は忘れろ」

『キャシーは一緒に帰らなくていいのか？』

『あ、はい。一応区切りが付いたので、キャンプの打ち合わせがあるかなと思って』

　今週末は、一般相手のプレ・オープンだ。その打ち合わせのことだろう。

『それで、楽しかったか？』

『そりゃもう！　信じられないくらい何もかもが違いました！』

　彼女はそれまでと全然違う探索に、とても満足しているようだった。ステータスの上昇だけでなく、〈水魔法〉も活躍したようだ。

『それはどうしたんだと皆に訊かれて、福利厚生らしいですと答えたら、唖然とされました』

彼女は面白そうにクスクスと笑った。

しかし、これに味を占めて、次々と人を派遣してこられても困るな。

『ま、打ち合わせをするにしろ、一旦シャワーでも浴びてさっぱりしてこいよ。着替えは持ってきたんだろ？　タオルはバスルームに置いてあるから、勝手に使ってくれ』

『ありがとうございます。そうさせてもらいます』

キャシーがバスルームに入っていくのを見届けた俺は、早速三好に聞いた。

「で、一週間ってなんなんだ？　ＪＤＡと条件が違うだろ」

「先輩、これで、アメリカは二名の〈マイニング〉使用者を作るわけです」

「そうだな」

「使用した後、すぐに帰国すると思いますか？」

そうか、彼らは高い確率で、代々木でテストをするだろう。

「でかした、三好！　六条さんに連絡して、二十一層に向かう日を繰り上げるぞ」

「まさか、そのまま二十一層へ？」

「まさかもくそも、この週末に、ある程度鉱物を確定させておこうって話じゃないのか？」

「いえ、さすがにそこまでは……って、それ、月曜日までに戻って来られます？」

「だから、有給がとれるかどうか聞くんじゃないか」

こりゃまた、急展開ですねと三好が笑いながらメールを書き始めた。

「明日——はさすがに無理だろうから、明後日《あさって》から四日くらいの予定で。食事やテントはこちらで用意するから、それ以外に必要なものがあれば、明日持ってくるように伝えておいてくれ。こちらでパッケージするから」

「分かりました」

「後は、鳴瀬さんに、最新の公開可能なマップを貰おう」

ネットに公開されているものは、少しタイムラグがある可能性があるからだ。

ＤＡＤのオーブ引き渡し要求は、普通に考えれば今日行われるはずだ。つまり来週の火曜日、二十九日がタイムリミットってことだ。

「そうだ。さっきの議員の件も、ついでに尋ねておいてくれ」

「了解です」

§

キャシーが三好とブートキャンプの綿密な打ち合わせを終えたのは少し遅い時間だった。急遽二十一層へ向かうため、当日俺たちがいないことになったからだ。ステータスを操作するタイミングはグラスとグレイサットの入れ替わりで通知するようになっているが、受講者とコースについては確認しておかないと操作するステータスが分からないからだ。

その後しばらくしてからやって来た鳴瀬さんは、開口一番頭を下げた。

「すみません。どうやらうちの常務の仕業なのではないかと」

件の議員は、どうやら総務省出身の議員らしかった。

「どうやら、先日の預かり契約時に支払いのために経理で処理された書類を見た瑞穂《みずほ》常務が、契約内容を確認したようです。議員との懇談会に出席したとき、それを自慢したみたいで」

「……あの人の頭の中には守秘義務って言葉がないんですか？」

「いえ、つまり、そういうことができるようになったんだぜ的な自慢で、契約者や具体的な内容については触れなかったようですから、ＮＤＡ（秘密保持契約）的には微妙な領域ですね」

「それでその議員が外遊中に、同じようにアメリカの議員に自慢したと」

「おそらく」

「だけどそうだとしたら、誰がどうやってなんて部分は分からないはずだけど」

ＪＤＡに持っていくのなら分かるが、うちに直接来るのはおかしいだろう。

「そりゃ先輩。そんなことができるのは、オーブのオークションなんかをやらかしているうちしかないからですよ」

「……サイモンのやつに鎌を掛けられたってこと？」

「見事にやられましたね」

あいつ、あんなにフレンドリーな顔をして、まったく油断のならない男だよな。今更だけど。

「それで、マップですが、自衛隊が通過しただけで、まだきちんと整理されていないため公開されていない部分も一応用意してきました。整理ができ次第公開される情報なので、特に秘匿情報というわけではありませんから」

「助かります」

「マップに関しては、Ｄパワーズさんには、非常に詳細な３Ｄマップを提供してもらっていますから、なんというかバーター的な部分もあるんですよ」

どうやら、三好が超音波センサーで作っていたマップのことのようだ。

「え？　あれってＪＤＡに提供してたの？」

「当たり前ですよ、先輩。秘匿してどうするんですか」

三好が鳴瀬さんからメモリーカードを受け取りながら、呆れたように言った。

「まあ、それでもいいですけど、商品じゃなくて恩を売っておけば、ほら、今回みたいに融通を利かせてもらえるわけですよ」

「近江商人的には売るのかと」

鳴瀬さんは、俺たちのやりとりを聞いて苦笑いしていた。

「えーっと、その話は私がいないところでお願いします」

「そういえば、最近モニカとメールのやりとりをしてるんですって？」

モニカはアメリカの異界言語翻訳者だ。

あの、“AWESOME!”以降、時々連絡が来ていたが、英訳の件で紹介した鳴瀬さんとメールのやりとりを始めるとは思わなかった。

「ほら、魔素という言葉の取り扱いとかもあったじゃないですか。そういう独特の概念の解釈について、いろいろとご意見をお聞かせいただいてます」

「へー」

「そういえば、彼女はセーフエリアのことをタウェンだと感じているようでしたよ」

「タウェン？　タウンじゃなくてですか？」

「towenです」

「先輩。towen は towen ですよ。(注11)クラウチ・エンドですよ、スティーブンキング様御用達ですよ」

「なんだそれ？」

　キングってところからホラーな香りが漂って、なんだか嫌な予感がするぞ。

「towenっていうのは、街には違いないそうですが、古いドルイド用語らしくって、ドルイド僧たちがあつまった場所のようなニュアンスですね」

「先輩、先輩。要するに、ドルイド僧たちが集まって、儀式を行ったり生贄《いけにえ》を捧げたりしていた場所のこと、らしいですよ」

「それってキングの創作じゃないの？」

「ダンジョンがそれを区別しますかね？」

「あー……だがもし本当にそうだとしたら、それってセーフエリアなのか？」

「私のイメージだと、ダンジョンに祈りを捧げる聖なる場所なので、モンスターが侵入してこないといった感じでしたが……」

祈りを捧げる聖なる場所？　確か、あれが書かれていた碑文はイギリスで見つかったはずだ。

オークの森ならぬ、現代のダンジョンに作られる探索者たちの towen ね。

「さすがに生贄を捧げないと、それが維持できない、なんてことはないと信じたいが」

確かにそれは嫌ですねと三好が引きつったような顔で笑った。

「そうだ。彼女とのやりとりは、確実にＤＡＤの検閲が入ってますから気を付けてください」

「そこは了解しています。一応一介の碑文の研究者みたいなポジションでやりとりしてます」

「ならいいですけど」

そして俺たちは、週末のダンジョン行について鳴瀬さんに説明した。

「今回は、木曜日から四日ほど潜る予定です。いつものように、事務所にはアルスルズを一頭おいていきますから、何か緊急の用件があれば例のメモリーカードで連絡してください」

「分かりました。お気を付けて」

「それで、六条さんへの〈マイニング〉の使用ですけど」

「それについては、まだ何も聞いていませんね」

ＪＤＡはまだ使用者を決めていないようだった。

「もしかしたら、こっちで適当に使用するかもしれません」

「ええ？」

「もしそちらで本決まりになったら、その時使ったことにしてもらえると助かります」

「分かりました。もし小麦さん以外へ使うことが決まった場合は？」

「その時は諦めて、〈マイニング〉を契約通りお渡ししますよ」

「それなら、問題ありません」

その後俺たちは、アメリカの〈マイニング〉を来週の火曜日まで使用させないような契約を行ったことを伝えて、それまでに〈マイニング〉の使用制限を発表するように促した。

「昨日斎賀が、国際協力課を通じてＷＤＡに〈マイニング〉によるドロップの選択を報告していましたから、今日明日にも発表があると思います」

「それ、六条さんは、許可を得たことにしておいてくださいね」

これでペナルティでも食らったら目も当てられないからな。

「もちろんです」

その後も三好と鳴瀬さんは、なにか知的所有権にかかわる細かい話をしていた。

途中までは一緒に聞いていたが、あまりの複雑さに、理解することを放棄した俺は、大人しくお茶を淹れに台所へと立った。

煎茶の淹れ方なら、まだ三好には負けないのだ。たぶん。

（注11）　クラウチ・エンド

スティーブン・キング（著）『クラウチ・エンドの怪（Crouch End / Stephen King）』より。

翻訳版は、真ク・リトル・リトル神話大系第6-I巻が初出だろう。筆の乗っていた頃のキングらしい雰囲気のあるホラー。

towen はおそらくキングの創作した言葉だと思う。

書かれてから十三年後、短編集に入れる際に加筆されたが、加筆前のほうがクトゥルフ的な部分が分かりにくくて味があった気がする。

二〇一九年　一月二十三日（水）

SECTION :

港区　赤坂

軽やかなチャイムの音を聞きながら自動ドアをくぐった吉田《よしだ》は、店の奥のいつもの席に陣取っているカメラマンの城《じょう》を見つけて足早に歩み寄った。

「おはようございます、吉田さん」

「ザ・ワイズマンから連絡が来たって？」

挨拶もすっ飛ばして、席に着く前から勢い込むようにそう言った吉田に苦笑しながら、城は、まずは座って落ち着いてくださいよとばかりに向かいの席を掌《てのひら》で指し示した。

吉田が、コートを脱いで席に着くと、城がメニューを差し出してきた。

吉田はそれどころじゃないだろうと言わんばかりに、それを見もせずにウェイトレスを呼んで、とりあえずドリンクバーを注文した。

「正しくは、氷室ってやつからなんですけどね」

「誰だ、それ？」

「正月に話題にしたじゃないですか。中央の石塚《いしづか》の大学時代の友人だっていう製作会社のディレクターがおかしくなったって噂の話」

「ああ、あのネタっぽい話か」

「そのディレクター本人ですよ」

吉田は不意を突かれたような顔をして、持ち上げていたカップを皿に戻した。

「石塚に頼まれ、斎藤を追いかけていておかしくなったディレクターが、ワイズマンからの伝言を携えてきた？」

斎藤と三好梓《あずさ》に関係があることは間違いない。スポンサー連中が斎藤を捕まえたがっていたのは、十中八九それが原因だろう。

だが突然登場した氷室って何者だ？　一体どんな役《ロール》を割り振られている？

「氷室と三好梓に、何かの関係があるのか？」

「よく分かりませんが、あの後開催されたＤパワーズの記者会見をセッティングしたのが氷室だったそうです」

「ずぶずぶじゃねーか！　マスコミ関係者で一番連中に近い位置にいるんじゃないのか。なんで取材依頼が殺到してない？」

もしも活躍していたなら、名前を聞いていないはずがない。

「記者会見の後、問い合わせた連中の話を信じるなら、妙にビビっていて、どんなに美味しそうな条件を並べようと、ろくに話を聞きもせず、すべて断っていたようです」

「何だそれ？　連中へのアクセスを独り占めしたいだけじゃないのか？」

「それならむしろ積極的に間に入って金にしませんか？」

確かに城の言う通りだ。まったく利益を得ないのなら、立場の利用もくそもない。

「悪魔に仕える司祭か何かか？」

吉田が冗談めかして言った言葉に、城は真顔で頷いた。

「そんな感じですね」

「――冗談だ、馬鹿野郎」

暖房が効いているはずの店内で、妙に薄ら寒い空気に触れたような気がした。

「ビビるって、そういう臆病なタイプが、よく制作会社でディレクターまでのし上がったな」

ときに無理難題を押し付けられる製作会社は、良くも悪くも面の皮が厚いタイプでなければのし上がれない。

「ＡＤ（アシスタント・ディレクター）時代は『火の玉リュージ』なんて呼ばれてて、どこにでも突撃する命知らずだったらしいですよ」

はっきり言って意味が分からないが、ＡＤからＤに上がって腑《ふ》抜けるやつもいるだろう。

「まあいい、それで何だって？」

「条件によっては、協力してくれるそうです」

「マジかよ！」

世界中の大企業やマスコミどころか政治家連中までコンタクトしたがっているにもかかわらず、誰もそれに成功していない女が協力？　こりゃあ勝ったも同然だ。

「これで斎藤と仮面男をどうにかすりゃあ……」

「ちょっと待ってください。仮面男って、あれ、放映するつもりなんですか⁉」

「落ち着けよ、城。あんな美味しい画を使わないなんて馬鹿げてるだろ」

「電話で言いましたよね？　あれはやばいって！」

「だが、今のところなんにもないだろ？　大丈夫だって！」

「吉田さん……」

「石塚がパイロットで食い付いて放してくれないんだよ」

「見せたんですか……」

「あの連絡を貰ったときは、すでに見せた後だったんだから、仕方がないだろ」

　城は深くため息をついた。だが、喉元を過ぎれば熱さは忘れられるものだ。特にマスコミの最前線にいれば、なおさらその傾向は強くなる。

「斎藤はともかく、仮面男は無理でしょ」

「あいつは幸い仮面だろ？　そこは代役とＣＧで――」

「ＣＧ？　あれを？　再現するんですか？」

　光のリングやパーティクルはともかく、やられるモンスターもＣＧで？

「カネがかかりますよ？」

「スポンサーが太いからイケるだろ」

「いや、だって……実在するんですよ？　やらせはまずくないですか？」

「文句を言ってくれれば万々歳だ」

　訴訟上等の、総合週刊誌かよ。

「いいか、もう、俺たちには後がないんだ」

いや、それはあんただけなんじゃと城は思ったが、口にはしなかった。ここまで噛んでしまえば一蓮托生《いちれんたくしょう》ってものだからだ。

「で、条件ってなんだ？　カネか？」

「カネで動くなら、とっくに誰かが取り込んでますよ」

「値を釣り上げてるって場合もあるだろ？」

「例のオークションフィーだけでも、真っ当なら数百億は儲けてるはずですよ」

「かー、ある所にはあるんだな。分けてほしいぜ。じゃなんだ？」

「これです」

そう言って城はカバンからクリアファイルを取り出し、吉田に渡した。

それを吉田が読んでいる間、城は冷めたコーヒーを入れ直しに立ち上がったが、ふと吉田の言葉に疑問を感じて不安になった。斎藤と仮面男をどうにか？

「吉田さん。もしかして……斎藤の出演って、まだ決まってないんですか？」

二人分のカップを持って席に戻って来た城が、それを吉田に差し出しながら尋ねた。

「あ？　ああ……まあな」

気まずそうにそう返事をした吉田に、城は首を傾げた。

「じゃあ、どうして三好梓からこんな連絡が届くんです？」

「ん？」

考えてみれば当たり前のことだ。斎藤が出演していない番組に、彼女が協力する理由などないだろう。

「まさか、テンコーさんが？」

「そりゃ一度彼のチャンネルに出演してましたけど、そんな関係だとは思えませんよ」

それならもっと早くから絡ませていただろうから、その線は薄い。

「つまり――斎藤は番組に出る件を了承したってことか？」

「は？　吉田さんが口説いたんじゃないんですか？」

「いや、まあ……ははっ、そうかもな！」

「はぁ？」

「それより、何だよこの条件」

「ま、頑張ってください」

そこに書かれている、無茶ともいえる条件に吉田は困惑していた。

指定された番組の方向性は願ってもない。

毎回ダンジョンに潜って、「第一ゴブリン発見！」なんてやってたんじゃすぐに飽きられることは間違いない。これは、バカバカしいバラエティーに飽き飽きしている現代の視聴者には受けそうだし、スポンサー企業の協力が得られれば実現も可能だろう。だが、その条件は――

「スポンサーの権利を踏みにじってないか？」

「そこをなんとかするのは、吉田さんの仕事でしょ」

「おいおい、マジかよ……」

一難去って、また一難。

時間のない中、さっさと制作に入りたい吉田は、またしても頭を抱える羽目になっていた。

SECTION : 市ケ谷　防衛省

市川にある防衛省の一室では、部屋の主がモニターを前に、腕組みをしたまま固まっていた。低く差し込んでくる柔らかな日差しが、寺沢の顔にブラインドの影を静かに落としていた。

「ったく、そろそろ鋼たちが来るって時に……」

寺沢宛に、ＪＤＡのダンジョン管理課課長から送られてきたメールには、小さなテキストファイルがアーカイブされて添付されていた。

「こんな情報を暗号化もせずに送ってくるとは……あの男も食えんな」

その添付ファイルには、ダンジョンの目的などという途方もないヨタ話が綴られていたのだ。

「〈異界言語理解〉の時の意趣返しにしては……」

内容がぶっ飛びすぎていた。

もしも今日が四月一日だとしたら、読んで笑って、はいそれまで、といったところだ。

しかも暗号化されていないとくれば、とうの昔に、どこかの誰かが傍受しているに違いない。

インターネットを流れるパケットは、一般道を歩く人のようなものだ。監視する気がある者に見られていないと考える方がどうかしていた。

もちろん彼も、それを分かっていて暗号化せずに発信したことは間違いない。

何しろ書かれている内容が内容だ。

衝撃的ではある。だがそれには、もしも本当だとしたらという条件が付いていた。しかもそれを確かめる術《すべ》はないのだ。

「〈異界言語理解〉の発見時と同じ構図だな」

こんな重要な報告が暗号化されていないとなると、自分が傍受した側だったとしても、何の罠かと考えるだろう。

だが、もしもこれが真実なら、日本がダンジョンの向こうにいるとされる何かとファーストコンタクトを取ったということだ。

それは、地球よりもはるかに進んだ文明を持った宇宙人がやって来て、特定の国家とだけ交流を始めるようなものだ。

傍受した側から見れば、真実だった場合の損失が、ヨタ話だと笑い飛ばすには大きすぎた。

「こいつはまた、大した爆弾だ」

寺沢は、大きくため息をついて椅子の背に体を預けた。

そのコンタクトは継続しているのか？　何か特別な情報を得ているのではないか？　傍受した相手にとっては、知りたいことだらけだろう。

そうして、コンタクト相手は我が国か、そうでなければ最低でも国連でなければならないと、どんな国家でもそう考えるに違いない。

たった一通の、真偽すら定かでない怪しい報告によって、世界はさらに危ういバランスになるだろう。それはあたかも、複雑に絡み合った重く巨大な機械の要の一点を、指で軽く突《つつ》くことで全体を動かそうとする試みにも似ていた。

「たかがＪＤＡの課長だなどと侮《あなど》っていれば、足下の地面ごと引っ繰り返されんな」

斎賀の評価は、徐々に手に負えないものになりつつあった。自分のあずかり知らない場所で。

その時、寺沢の部屋のドアがノックされた。

「入れ」

「失礼します」

ドアを開けて入って来たのは、君津二尉と鋼一曹だ。

「本日はお時間を取っていただきありがとうございます」

鋼が鯱《しゃちほこ》張《ば》ったように言うのを見て、寺沢は思わず吹き出した。

「鋼。この部屋には誰もいないぞ」

「二尉がおりますが」

寺沢は伊織をちらりと見て、「まあ、大丈夫だろ」と言った。

「ならいいか」

そう言って、鋼は、ソファにどかりと腰を下ろした。

「君津二尉も座りたまえ」

「は。失礼します」

寺沢に促されて、伊織が鋼の隣に腰掛けると、彼は、ペットボトルに入ったお茶を三つテーブルの上に並べた。

「瓶もので悪いな」

「気にするな。何かが出てくるようになっただけマシだ」

鋼がそう笑いながら、お茶のボトルを開栓した。

二人が気安い間柄だというのは知っていたが、これほど親しいとは思わなかった伊織は、内心目を白黒させていた。

「それで今日は？」

鋼が出された飲み物に軽く口を付けるのを待って、寺沢が切り出した。

「それなんだが……どうやら、こいつに査問が行われるらしい」

「査問？　どうして？」

怪訝《けげん》な顔をする寺沢に、鋼が驚いたように訊き返した。

「聞いてないのか？」

査問を受ける隊員の直接の上司がそのことを聞いていないというのはいかにも変だ。鋼は首をひねりながら、寺沢に詳しい経緯を説明し始めた。

伊織は、なんだか保護者に付き添われた学生のような気分になりながら、それでも黙って鋼の話を聞いていた。

「ふーむ……少なくともＪＤＡＧ（ダンジョン攻略群）のラインから、そんな話は聞いていないな。第一その内容で懲罰決議を出すのは無理があるだろう」

それを聞いて、伊織はほっと胸をなでおろした。

大丈夫だろうとは思っていたが、寺沢のお墨付きを貰うことができたのだ。彼女はまだ自衛官をやめるつもりはなかった。

「ならどこから？」

「自衛隊員倫理審査会は、服務管理官の管轄だ。なら上というと、防衛省人事教育局か、またはそこに直接影響力を行使できる誰かってことだろう」

「いや、直接影響力を行使できる誰かって……目的はなんだよ。まさか君津二尉の排除か？」

寺沢の言い草に、呆れるように上半身を起こした鋼は、隣に座っている伊織を見た。

「そんなことをして得するのは、退職した二尉を確保しようとする企業や組織くらいなもので、防衛省には不利益しかないぞ。もっとも、他国の工作員でも紛れ込んでいれば別だが……」

「おいおい」

「それにしたって、別に戦争をやってるわけじゃない。今、二尉を排除する理由はないな」

「ってことは……」

「目的は二尉じゃないのかもな」

「二尉じゃない？」

査問を受けるのは伊織一人だ。他の関係者といえば——

「まさか……」

「この問題に関係者は二人しかいない。片方じゃなけりゃ、狙いはもう一人の方だろう」

「あの仮面の男か」

鋼は、どこかひょうひょうとしていた、ダンジョン探索を馬鹿にしたような格好をした男のことを思い浮かべた。

「報告書を読んだときは、二尉が手慰みに書いた小説と取り違えたのかと思ったよ」

「ええ？」

伊織が思わず声を上げたが、鋼はさもあらんといった様子で頷いていた。

三年半前に沖縄の報告書を書いた時、書きあがったそれを見て、自分でもフィクションにしか思えなかったものだ。

「それくらい現実離れしていたってことだが……何しろ映像に残っているからな」

自衛隊の部隊での戦闘は、各人の装備や拠点のカメラによって、できるだけ映像に残されるようになっている。ＥＳＳ（探索支援システム）の機能の一環だ。キメイエスとの戦闘も、粗いながらも映像に残されていた。

もっとも画質の悪い映画だと言われても信じそうな映像だったが。

「ダンジョンの管理者じゃないかって話まで出ていたからな」

鋼は、デスマンティスどころかキメイエスさえ、まるでそこにいないかのように、伊織の元へ悠然と歩いていった男の姿を思い出しながら言った。

「管理者？　なんだそれは？」

「鋼さん。そんな戯言《ざれごと》を報告書に書くわけないでしょう」

鋼は寺沢に、仮面の男のあまりの行動に、現場ではまことしやかにそんなことが囁かれていたことを教えた。

「私が報告した内容で上が興味を持ちそうなのは、彼の戦闘力と〈超回復〉の出所でしょう」

最後の攻撃こそ伊織が放ったとはいえ、あれは自分に譲ってくれたのだ。彼なら単独でキメイエスを倒していただろうと伊織は確信していた。

「いずれにしても、どこのどいつか分からなければアプローチのしようもない。こいつは査問の調査にかこつけた、その男の身元調査くさいな」

「なんとも迂遠な話ですね」

呆れたように言う伊織に、鋼が真面目腐った顔をして言った。

「表の組織には、常に根拠が必要なのさ。しかも相手は日本人とは限らない。何しろ代々木はパブリックなダンジョンだし、東京は外国人だらけだ。理由なしで外国人の身元を探ったりしたら、すぐに差別なんて声が上がるからな」

「表の組織ってなぁ……裏があるみたいな発言はやめろよ」

寺沢は、苦々しく吐き出された鋼の言葉に、苦笑しながら突っ込んだ。ただでさえ陰謀論が好きな人間は多いのだ。

「やはり、ＤＡＤの秘密兵器なんでしょうか？」

ぽつりと伊織がこぼした言葉に、寺沢が尋ねた。

「ＤＡＤの？　なにか根拠があるのか？」

「いえ、実は……」

伊織は、キメイエス戦の後、その場にいた探索者に彼のことを聞いて回った話をした。

彼が誰で、どこへ行ったのか、その場にいた者は誰も答えられなかったが、サイモンの態度だけが少しおかしく、突っ込んで聞いても肩をすくめられただけだったのだ。

もっとも、サイモンが伊織に対して少し引いた態度を取ることは珍しくないのだが。

「なるほどな。しかし、彼はエリア12の探索者じゃないのか？」

「誰も知らない一位の男だとしたらそうだが……そうでなくてもＤＡＤってのはどうかな」

「どうしてそう思う？」

「あいつが残していったマントは、なんというか普通の布だったたってことだ。なんの防御力もない、言ってみれば雰囲気アイテムだな」

「ほう」

「ダンジョン攻略の最先端で合理主義の権化みたいなＤＡＤが、あんな装備を使うってのは、どうにも据わりが悪いんだ」

消える演出のためにありふれた布を使っている可能性もなくはないが、鋼には、どうにもアメリカっぽくないと感じられて仕方がなかった。

それよりも、素人の趣味人だと言われた方がピンとくる。その非常識な強さを除けば、だが。

「もっとも、それが許されているくらい凄い男だって可能性もあるが――」

その場合でも、酷い趣味だなと、鋼は思った。

「それほどか？」

「映像は見たんだろ？」

「暗いし粗いし、はっきりとは。報告書の出来事そのものはまるでフィクションのようだったが、あくまでも淡々とした経過報告だから、個々の凄さはな」

　報告書に余計な修飾語は少ない。あくまでも事実をありのままに書くべきものだからだ。

　それを聞いた鋼は、もぞりと腰を動かして座りなおすと、身を乗り出して語り始めた。

「そいつは、俺たち全員が全力で対応しても、押さえておくことすら難しかったモンスターを、まるで子供みたいに扱っていたんだ。エバンスのボスだったデスマンティスが、まるでゴブリンみたいに倒されるなんて、今思い返しても信じられん」

「キメイエスにとどめを刺したのは、君津二尉なんだろ？」

「あれは、譲ってもらったんですよ」

　その瞬間を思い出すように、伊織がそれに答えた。

「譲って？」

「私の手足を再生した後、彼は私にキメイエスを倒したいかと聞いてきました。そして私が頷くと、鉄球を数個渡してくれて、準備をして合図を待てと言われました」

「合図？」

「光の柱が上がったら撃てと」

　映像の最後にあった、あの派手な炎の柱かと、寺沢は納得した。

「その鉄球は、手元にあるのか？」

「分かりませんが、隊員が回収していれば、持ち帰った装備の中にあるでしょう」

「悪いが探してみてくれないか」

「分かりました」

鉄球は確かに彼の持ち物だ。マントと違って、加工にはそれなりの設備も必要だろう。そこから彼の素性が辿れるかもしれないと考えるのは分かるが……

「寺沢二佐も、彼のことを調べるおつもりですか？」

「ん？　ああ、まあ……保険みたいなものかな」

「保険？」

言葉の意味が分からず、伊織は首を傾げたが、寺沢はそれには答えず会見を終わらせる言葉を紡いだ。

「ともあれ、査問の件については心配することはないだろう。おそらく資料準備の段階で目的は達成されるだろうからな。査問自体が行われない可能性も高いが、仮に行われたとしても、オーブを使われた経緯を正直に話すだけで問題ない」

「分かりました。ありがとうございます」

「安心したよ……それでは、寺沢二佐、失礼いたします！」

帰り際、廊下に出た鋼は、叩き上げに相応しい所作で着帽すると、お手本のような敬礼をしながらそう言った。

二〇一九年　一月二十四日（木）

SECTION :
代々木八幡　事務所

「おはようございます！　有給、取りました！」

玄関の扉を、鼻息荒く人一倍楽しそうにくぐってきたのは六条さんだった。なんというかやる気に満ちあふれている。

二十層以降まで行って帰るなら、どうしたって四日はかかる。残念ながら祝日は来月の十一日までないから、土日を利用しても木金は休みを取る必要があったのだ。

ここしばらく、特訓にいそしんでいた関係で仕事中は心ここにあらずだったらしく、ＧＩＪからクレームというか愚痴が来ていたと鳴瀬さんが苦笑していた。

そこへ有給申請だ。

どうやら無理矢理申請して、無理矢理もぎ取ってきたらしい。

「早いですね」

「はい、それはもう！　楽しみで、楽しみで、お聞きしてから夜も眠れませんでした！　会社で寝てましたけど」

いや、それ、だめなヤツだから。ＧＩＪから愚痴が来るのも分かる気がした。

まるで、遠足の日の子供のようなテンションで、彼女はソファに腰掛けた。

「出発まで少し時間がありますし、三代さんを待つ間にお茶でも入れましょうか」

「そうだな」

三好は台所に立つと、お湯を沸かしつつ、俺の日本茶コレクションを取り出した。

「そうだ。六条さん。折角だからこれを見ていただけませんか？」

俺はポケットからを装って、オーブ用のベルベットに包まれた、鳴瀬さんに預けたダイアの残りを取り出した。ベルベットを開くと、青みのかかった大粒のものと透明な小粒のものが、ころりと顔を出した。

「うわー、凄いですね、これ」

それを見た瞬間目の色を変えた六条さんは、どこからともなくルーペとピンセットを取り出すと、それをつまんでルーペの前にかざした。そのポーズが、とても堂に入っていて実にプロっぽい。いや、プロなんだけど。

「カラーは、ここじゃハッキリ言えませんけど、ファンシーヴィヴィッドとインテンスの丁度中間くらいです」

最初にドロップしたのがブルーダイアだったのは、やはり件の献身ヒーローが、ブルーダイアから出てくる精だったからだろうなぁ……

「クラリティは、ＶＶＳ２、カラットは……二カラットくらいでしょうか。カットは文句なくエクセレント、なんてステキなラウンドブリリアント」

うっとりとそれを眺めていた六条さんは、はっと我に返ると、もう一つのダイアも確認した。

「こっちもいいですよ。ＶＶＳ１で、カラーグレードは……Ｅかな。一カラットくらいのエクセレントですね。同じ人のカットみたいです」

「そういうのって、分かるものなんですか？」

「同じラウンドブリリアントでも、ファセットのバランスには個性が出ますから――」

トリプルエクセレントなんて基準が作られ、マシンカットが普及した結果、完璧に近い工業製品のようなダイアも数多く作られるようになったが、その基準の中でも一流のカッターによるものは、本人が何を大切にしているのかで微妙な違いが生まれるらしい。

「このカッターは、ブリリアンスを大切にして、ディスパージョンには節度を持たせる人のようですね。ノーブルな印象で、顧客はきっとヨーロッパ貴族」

簡単に言うと、ブリリアンスは白い光で、ディスパージョンは虹のような光のことらしい。

前者はヨーロッパで好まれ、後者はアメリカなどで好まれるそうだが、なんとなく納得だ。

「その分、カラーダイアのカットは、現状のスタンダードからは少し外れています」

現代のカラーダイアは、色を重視するカットがスタンダードなため、エクセレントからは外れる場合も多いそうだ。

「きっと理想家ですね」

考えてみればイメージで作られたものだもんな。そりゃイデアルな形をしているだろう。

しかしそんなところまで分析するとは……鑑定士(注12)恐るべし。

「だけどダンジョンって、カット済みの石もドロップするんですね」

「え？　それも分かるものなんですか？」

「ルーペで見ただけだと、ナチュラル（天然もの）にしか見えませんけど、芳村さんがルース（注13）を持ち込んだら、それ以外考えられませんよ」

六条さんが、ベルベットの上のダイアを転がしながら笑った。

同じカッターがカットしたように見える石か。カットがダンジョン産の証になるかもな。

うっとりとした目で石を眺める六条さんの目の前に、上からロザリオが飛んできて、テーブルの上をちょんちょんと移動した。

「きゃっ、スペサルティンガーネット！」

「スペサ……なんですそれ？」

「このオレンジですよ！」

六条さんによると、スペサルティンガーネットは、ちょうどロザリオの胸のオレンジと同じよう

（注12）鑑定
ファンシーヴィヴィッドはカラーストーンの色では最上位のクラス。ファンシーインテンスはその一ランク下。VVSはインクルージョンや傷のグレードで、専門家が十倍で見てもほとんどそれらが確認できないグレードだ。カラーグレードは無色系ダイアの色を、透明～黄色までの二十三段階に分類したもの。Eは上から二つ目で、普通は単体で見ても完全に無色に見える。マスターストーンなしで判定するのはほとんど不可能だ。

（注13）ルース
裸石とも言う。

カットされ、研磨されただけで、枠や台に固定されていない宝石のこと。

な色をした宝石の名前らしい。南カリフォルニアの鉱山から採鉱されていたというから、アメリカンロビンのロザリオっぽくはあるか。

(注14)「パイラルスパイト系列ガーネットは、端成分の構成元素が、鉄とマグネシウムとマンガンなんですけど、それらが混ざり合って固溶体を形成します。その割合によって様々な発色になりますが、マンガンが多いとオレンジ色に――」

「お、おお……」

何を言ってるのかさっぱりだぜ……大体パイラルスパイトなんて物質、聞いたこともない。

身振り手振りで謎の呪文を唱え続ける六条さんに、脂汗を浮かべつつ引きつった笑顔で付き合っていると、ロザリオが彼女の膝に飛び乗って、ピルリ、ピュー、チチと可愛い声でさえずった。

ナイスだロザリオ！

「わー、可愛い！　どこで手に入れたんです？」

いや、それ、宝石じゃありませんからね。

「どこって……ダンジョン？」

「へ？」

「なんと、元メイドさんですよ」

お茶をお盆に載せて持って来た三好が、それを配りながら言った。

「ええ？」

そりゃあ、小鳥が元メイドなんて言われても意味不明だろう。

「なんだかよく分かりませんけど、ドゥルトウィンちゃんと同じ感じです？」

「そうですね」と三好がお茶をすすった。

ダンジョン産だけに、糞《ふん》もしそうにないし、そこらのネコに負けることもないだろう。いざとなったら、口からビームを出しても驚きは——いや、それは驚くか。

「それにきっと、先輩の隠されたお宝を見つけてくれるに違いありません」

「そんなものはない」

いくら、キメイエスの、隠されたものや宝物を見つける力を受け継いだ（たぶん）からって、お前は何を考えているんだ。第一お宝ってなんだよ。思春期の青少年じゃないんだぞ。

「そういや先輩、聞きました？　斎藤さん、結構大変なことになってるみたいですよ」

「え？」

（注14）　パイラルスパイト系列

ガーネットは、赤色系のパイラルスパイト系列と、緑色系のウグランダイト系列の二系列に分かれている。

パイラルスパイト系列は、マグネシウムと鉄とマンガンが、それぞれアルミニウムと結びついた化合物だ。

なお、マグネシウムと結びついたものをパイロープと呼ぶが、マグネシウムは発色しないので、不純物が混ざっていないものは無色透明となる。そこにクロムや鉄が混じることによって、ピンク色〜赤に発色する。

これらの化合物を形成している、マグネシウムと鉄とマンガンは性質が似ているため混じり合って一つの結晶体（固溶体）を形成することがある。その割合によって発色が変化するわけだ。

因みにパイラルスパイトは、端成分（混じっていない純粋な化合物）のパイロープ、アルマンディン、スペサルティンの先頭を取って並べただけの言葉なので、芳村が知っているはずがない。

そう言って三好が差し出してきたタブレットには、『全日本アーチェリー連盟、斎藤涼子《りょうこ》をオリンピック強化指定選手に特別招集か？』という文字が躍っていた。

「オリンピック？……あいつ何やってんだ？」

「先輩、先輩。その下。続報も見て」

「続報？」

それは、どうやら関連記事を集めた、スクラップ作成用のサービスだったようで、関連ニュースがまとまっていた。そうして画面をスクロールさせた先には――

『全部師匠のおかげです？　斎藤涼子師匠を語る』

「ブーーーー!?　なんじゃこりゃあ!!」

そのとき玄関の呼び鈴が鳴って、三代さんが訪れた。

§

「ごめーん」

電話の向こうから、全然悪びれてなさそうな弾んだ声が聞こえてきた。

「勘弁してよ、斎藤さん」

「いや、言っとくけど、今回のは、私、不可抗力だからね？」

彼女の話によると、映画の撮影で寄った光が丘の大会で、昼休みを利用して監督が矢を射ている画も欲しいからと、余興とばかりに七十メートルラウンドをやらされたのだそうだ。

「師匠に貰ったのは、コンパウンドボウじゃん？　使ったことがないベアボウを持ってこられて大変だったんだから」

貰ったってか、君が勝手にジャイアンしたんだけどね。

「それは聞いてる。なんだか凄い記録を出したんだって？」

以前三好が言っていた、アルテミスネタの原因になったイベントだろう。

「だって止まってる的だよ？　少しくらい風があっても、ウルフやゴブリンに比べたらチョロイって。はるちゃんだってできるよ、絶対」

「いや、斎藤さん。それ選手の前で言っちゃだめだよ」

「分かってるって。あ……」

スマホの向こうから不穏な言葉が聞こえてきた。

「おい！　『あ』ってなんだよ、『あ』って？」

「会場で凄いって言われた時、ダンジョンの中にはこれくらいできる人、他にもいますよって言っちゃった」

「あー……」

「だってウソじゃないよ。はるちゃん私より上手いじゃん」

そりゃＤＥＸが超人級だからなぁ……斎藤さんのＤＥＸだって、アーチェリーの世界チャンピオンのおそらく倍はあるはずだ。何しろジョシュアに負けるとは言え、サイモンよりも高ＤＥＸだったのだ。普通の人類に対抗できるはずがない。

　彼女に悪気がないのは確かだが、世界はそう単純にできてはいないのだ。

「そのくらいなら大丈夫だと思うけど……でさ、あの師匠云々ってのはなんなの」

「だってさー、急にオリンピック強化指定選手なんて言われても……みんなの手前、どっかで特訓でもしたことにしないと格好が付かないでしょ？」

　それまで、弓が使えるなんて言っても、有名人の少し変わった趣味くらいに考えられていたのが、実はオリンピック級の腕前でした、なんてことになったあげく、練習なんてしたことありませんよとは確かに言いにくい。そもそも世間や選手が納得しないだろう。

「それにしたって、オフの時にどっかの練習場で、なんて話でもよくない？」

「そんな嘘、三秒でバレるって。まだそんなに詳しくないけど、この世界、すんごい狭そうなんだよね」

　確かに日本のアーチェリー業界は、プレイヤーの数もさることながら、練習場の数も多いとは思えない。田舎の村落と同じで、よそ者は一発で見抜かれるか。

「それに、師匠のところで特訓したって話は、一応みんな知ってるし、嘘じゃないでしょ？」

　大部分はスライム叩いてただけだけどな。

「あとさー。大問題なのがね……」

「なに？」

まだ何かあるのか？

「みんな、私が、去年の十月まではダンジョンなんか潜ってなかったってことを知ってるし、弓なんか触ったこともなかったってことは、調べれば分かるんだよね」

Ｄカードの取得時期はともかく、ＷＤＡライセンスの取得時期は明確に記録されている。

それに学校の同級生あたりに聞けば、そういう趣味があったかどうかなんて一目瞭然だ。何しろ大がかりな道具を使うスポーツは隠すのが難しい。

しかも、ほぼ一〇〇パーセントが狩りをしない日本のアーチェリー環境では、各地の協会に所属していないプレイヤーなんかいないそうだ。

つまり彼女は、最長で去年の十月からアーチェリーを始めて、わずか三か月ほどでオリンピック強化指定選手扱いされているということは、調べればすぐに分かるのだ。

「その原因が、ダンジョンでの特訓以外考えられると思う？」

「うーん……」

まあ、普通は無理だな。

「以前、記者会見の前に打ち合わせした通り、ブートキャンプの前身っぽいのでウルフを相手に特訓したってことにしてあるから」

「してあるからって……で、どうすんの？　強化指定選手、受けるわけ？」

「私はあんまり興味がないんだけど、事務所が乗り気になっちゃっててさ」

「ふーん」

　まあ、今をときめく新人女優ってことは、イコール可愛いわけだ。そして実力はオリンピック強化選手級。そりゃ芸能事務所側にも、アーチェリー連盟側にも利点はあるだろう。

「映画だとか、ＣＭだとか、ダンジョン探検隊だとか、大丈夫なの？」

「大丈夫かって言われると、売れっ子はこんなもんじゃないから大丈夫だけど……なんか、目指していたのとずれてきてるような気が……」

　彼女が目指しているのは大女優だ。だが映画以外は女優とあんまり関係ない。

「ダンジョンと女優は、ちょっと相性が悪いかもね」

「だよねぇ……」

　まずは知られること、売れることが重要とはいえ、あまり色も付けられたくないようだ。

「それで、私、公認の記録とか全然持ってないから、三月に内々の選考会みたいなのをやって、それをクリアしたら、四月にコロンビアだって」

「コロンビア？」

「世界選手権代表選手の最終選考会を兼ねた大会がメデジンであるんだって」

「え、それこそ他の仕事、大丈夫なの？」

「たぶん。映画の撮影は終わってるし、他は……何かみんなが調整に走り回ってて、悪いことをしてる気分だよ」

「まあ、腰を低くしておけば？」

「そしたら今度は『あいつは人をバカにしてる』って言い出す方がいらっしゃるわけよー。あー、人間って面倒だよねぇ……」

「斎藤さんとしては乗り気じゃないわけ？」

「まだ選考がそれほど進んでいなかったとは言っても、ぽっと出が一所懸命頑張ってる選手に割り込むんだよ？　そりゃ、やれって言われればやりますけど」

「ミュージシャンが適当に自伝っぽい本を書いたら、芥川賞取っちゃいました、みたいな？」

「そうそう。それに、そういう色がついちゃうと、どこに行ってもそればっかりやらされそうで、ヤなんだよね」

　それはそうだろう。野球で有名になったからって、どこに行ってもスイングばっかさせられるタレントは、しばらくなら我慢もできるだろうけど、やっぱりちょっと辛《つら》いんじゃないかと思う。勝手な想像だけど。

「番組に呼ばれて、広くもないスタジオで矢を射させられて見せ物にされたあげくに、はいサヨウナラなんてのは勘弁してほしいよね、ホント。リハで誤射してやろうかな」

　こいつの性格はもの凄くこの仕事に向いてると思うけど、口の悪さは全っ然向いてないよな、ほんと。こっちの方が心配だ。

「それでさ、師匠」

「何？」

「指定強化選手のお祝いに、リカーブボウ頂戴！」

「あのな……」

「ほらほら、Ｄパワーズの広告付けたげるから」

　そういうのって、普通メーカーが提供……ああ、もしかしたらこれって、斎藤さん流の恩返しのつもりなのかな。そう気がついて、俺は思わず苦笑した。

「斎藤さん。オリンピックはアマチュアの祭典だよ」

「あり？　広告入りのユニフォームとかダメだった？」

「ダメダメ。今だと去年出たオリンピック憲章の規則五十で、もう超ガチガチに決められてるから。メーカーのロゴだって数と大きさが決まってるんだよ」

　オリンピック憲章って、大会は四年に一回しかないのに、ほとんど毎年改訂されてるんだよな。作ってる人、暇なのか？

「だけど公式スポンサーとかいるじゃない」

「あれは、宣伝にオリンピックのロゴとかが使えますよってだけだから」

「へー。めんどくさいんだね」

「まあ、弓はプレゼントするよ。乗りかかった船だし」

「さすが師匠！　はるちゃんが帰ってきたら、一緒に顔を出すから！」

「御劔《みつるぎ》さん、いないの？」

「ほら、例のファッションウィークの関係で、今ＮＹだよ」

「え？　ファッションウィークって来月の七日からだろ？　もう向こうに行ってるのか」

「まあね。色々準備とかレッスンとかあるみたい」

「ふーん。そうだ、俺たちもこれから代々木で、四日くらいは連絡付かないからな」

「へー、気を付け——なくても師匠たちなら平気か。ボウは買わずに待ってるから」

「はいはい」

「じゃあね！」

電話を切ると、早速三代さんが興味津々といった様子で身を乗り出してきた。

「芳村さん、ファッションウィークに出るような人と知り合いなんですか？」

そういや彼女、ミーハーだった！

「あれ？　三代さん会ったことなかったっけ？」

「先輩。三代さんと契約したのは、ブートキャンプの時ですし。御劔さんと最後に会ったのは、お正月ですよ」

あのスライムで出現させた館で酷い目に遭った時だ。

「御劔さん？　って誰なんです？」

三代さんの目が好奇心に輝いていて、凄く楽しそうだ。弟君を抱えて真摯にしていたあの頃の君は一体どこへ？

「先輩の彼女さん候補一号ですよ」

「えええええ!?」

「いや、お前ら、ちょっと待て」

「しかも候補二号は、インドの大富豪の娘で、ボリウッド女優顔負けの美人さんですし」

「はあああ⁉」

「おい……」

「一体、芳村さんのどこにそんな魅力が……あ、すごくいい人なのは知ってますけど」

　いや、それフォローになってないから。

　三好はそれを聞いて、シシシシとどっかの犬張りの笑いを見せているし、どうしろって言うの、これ。

「候補三号は、斎藤さんかなぁ。今をときめく女優さんですよ。あ、もしかしたら鳴瀬さんかもしれませんけど」

「いい加減にしろ」

　俺は三好の頭にチョップを落とした。

「あたっ」

「え？　Ｄパワーズ関連で女優の斎藤さんって、斎藤涼子さんですか？」

「知ってるの？」

「そりゃ知ってますよ！　ネットで大騒ぎだったじゃないですか。女神様《アルテミス》って」

　意外と広まってるんだな、この話。

「え、今の電話の斎藤さんって……」

「ご本人ですよ」

「ええー⁉　芳村さんって、凄かったんですねぇ。サイモンさんとも仲良さそうでしたし」

「知り合いが凄いからって、俺が凄いわけじゃないから。どこの狐だよ、それ」

三好がガオーと、トラの真似をした。

そういやこいつも、ワイズマンとか言われて、結構なポジションにいるんだったな。

「そうか、それで、この有様だったんですね」

「何かあったのか？」

三好がタブレットを操作して、何かの一覧表を表示させた。

「何これ？」

「ブートキャンプの参加申請者の一覧です。言っときますけど、サイモンさんたちがねじ込んできたＤＡＤの人たちは含まれてませんから」

それを見ると、ＷＤＡカードの取得日が極々最近の人たちがずらーっと並んでいた。

「なんだこれ？　初心者講習じゃないんだぞ」

「多分、どこかのスポーツ選手や、その卵たちですよ。時々知った名前も入ってますし」

「それにしちゃ女性が多くないか？」

ブートキャンプの参加男女比は、探索者比率と同じなら男性の方がずっと多いはずだ。

「そりゃ、斎藤・御劔効果で、そっち方面の人たちじゃないですか？　ハニトラには気を付けてください」

「いや、俺を懐柔したって意味ないだろ。しかし、ダンジョンの中って危険なんだけどな……」

未経験の、本物の素人でどうしようってんだって……人のことは言えないか。

「でも、私、ここへ来てから一度も危険な目に遭ったことがありませんよ」

俺の話を聞いて、三代さんが本音をこぼした。

「以前の探索とあまりに違いすぎて、なんだか麻痺《まひ》しちゃいそうです」

「それはそれで問題だな」

「危険な目に遭うよりも、遭わない方がいいですよ」

確かにそれは間違いない。

「じゃ、危険な目に遭わないためにも、出発前にやっておくか」

「やっておく？　何をです？」

俺はそれに答えず、二人に成長したい方向を訊いた。

「まず、二人がどういったスタイルを目指しているのかを、聞いておきたいんだ」

「スタイル、ですか？」

それが危険な目に遭わないためにやっておくことなのかと、三代さんが首を傾げた。

「探索者のね。六条さんは二十層以降へ行きたいんだよね？」

「はい！」

「本当にこれから行くんですか？　いくらなんでも無理だと思うんですが……」

一桁層ならともかく、素人が一週間くらい頑張っただけで二十層などありえないといった様子で、三代さんが遠慮がちに言った。

常識的に考えればその通りだろう。彼女の危惧もよく分かる。

「Dカード見た？」

「え？　いいえ。最初に小麦さんとパーティを組んだときに見たっきりですけど……」

そう言って、彼女は自分のカードを取り出して……固まった。

「三代さん？」

「な、なんですか、これ⁉　千三百五十九位⁉　私、こないだまで、三十六万弱でしたよ⁉」

六条さんもカードを取り出すと、それを見て嬉しそうに言った。

「私のは、千七百七十二って書いてあります。行けそうですか？」

「ええ⁉　彼女、ブートキャンプの時に、Dカードを取得したばかりでしたよね⁉」

「ほら、うちのプログラムって優秀だから」

「そういう問題じゃありませんよ！」

「エリア12で民間のトップエクスプローラーって、大体千位台だって聞いたけど」

「今は謎のファントムさんがいますけど、それを除けば、そう言われてます」

「渋チーやカゲロウが二十層へ行けるくらいらしいから、三代さんも十分行けるよ」

「ええ？　なんだか全然実感がないんですけど……」

彼女は自分のDカードをまじまじと見つめながらそう言った。

まだ、ステータスが少ししか割り振られていないから、そりゃ実感はないだろう。もう少し時間が経てば、半分くらいはステータス化されるから、また違うのだろうけど。

「今回は、まず十層で六条さんの武器を手に入れる予定だ」

「私の武器ですか？」

「そう。六条さんって自分で戦うのが苦手そうだから、お供を付けてあげようと思って」

仮に二十層以降へ行けても、相手を倒さなければ鉱物は取得できない。自ら攻撃することができないなら、他の何かにそれをやらせるしかないのだ。

「お供って、ドゥルトウィンちゃんみたいな？」

「そう。犬は大丈夫？」

「大好きです！　嬉しいですー」

それを聞いた三代さんが、焦ったように問いただした。

「ちょ、ちょっと待ってください。あの犬？たちって、そんな簡単に手に入るんですか⁉」

「いや、簡単には無理かな」

「で、ですよね」

三代さんは安心したかのように、息を吐いた。

「そんな訳だから、一応三代さんの希望も聞かせてくれるかな」

「……なんでもいいんですか？」

「そりゃ、希望だからね」

「私は今のところ弓が主体ですけど、どうしても矢の数に制約を受けるので、本当は物理的な魔法が欲しかったんです」

「物理的な魔法って、石を飛ばすとか？」

「まあ、そんな感じです。火とか水とか、なんだか信用できなくって」

気持ちは分からないでもない。実際水は魔法抵抗が高ければ霧散するだけだった。

固体と言えば氷や岩だ。手持ちだと、ゲノーモスからドロップした〈地魔法〉のストックがあったはずだ。

「ただ、小麦さんとパーティを組むということは、前衛を期待されてるんですよね？」

「いや、将来的に前衛を加入させるということにして、今は、六条さんの犬たちを前衛に、二人で後衛という形もあるよ。無理して前衛になっても気持ちが付いていかないとうまくいかないし」

それを聞いて少し考えていた三代さんが言った。

「なら、万能型のスタイルで、弓と魔法を使えればいいなと思います」

「矢を魔法で形成したりできると格好いいよね」

「いいですね！　それ！　って、まるでアニメの夢物語みたいですけど」

〈地魔法〉はナンバーなしだ。クリエイトアローみたいなものも使えるんじゃないだろうか。そのまま射出するのとどちらが高威力かは、やってみなければ分からないが。

「私は犬さんに頑張ってもらいながら避けてればいいですか？」

「そ、そうだな」

六条さんは、積極性がゼロの三好だ。

三好のステータスはほとんど一点特化だが、今のところは大丈夫だから、似たような構成でいいだろう。

「よし！　それじゃあ、これを飲んでもらおうか」

そう言って俺は、紙コップに入った何かを彼女たちの前に置いた。三好が用意した、例のメチャ苦茶《くちゃ》だ。

「そ、そ、それってもしかして……先日みんなが飲んで死にかけてた⁉」

先日のブートキャンプでは、飲んだ人の様子を見ていただけで口にはしていない三代さんが、盛大に顔を引きつらせた。

「ま、また飲むんですかー……」

がっくりと肩を落としながら、仕方がないといった感じで六条さんがカップに手を伸ばした。

「絵里《えり》ちゃん。これ、鼻をつまんで一気に飲んだほうが絶対楽だから」

経験者の小麦さんは、そうアドバイスすると、自分の言葉通り、一気にそれを飲み干して――

バタン。

――前回と同様、盛大にソファにひっくり返った。

「これ、永遠に楽になったりしませんよね？」

「今のところ、本当に死んだ人はいない――よな？」

「えーっと、たぶん？」

「全っ然っ安心できないんですけど！」

三代さんはそう言って涙目になりながら、アドバイスどおり、一気にそれを飲み干した。

「こっ、こはっ！　っっ！　……ひ、人の飲むものとは、おも、けほっ、えませんよっ……これ。

ごほっ、ごほっ」

どさりとソファに腰掛けた彼女は、世界チャンピオンと15ラウンドの死闘を繰り広げた後、判定を告げられるボクシング漫画の主人公のごとく、真っ白に燃え尽きていた。

俺は笑いをかみ殺しながらそれを見届けると、自分の席に座って、彼女たちのステータスを操作した。

NAME	三代 絵里		
HP	33.20		
MP	86.00		
STR	[-]	14	[+]
VIT	[-]	12	[+]
INT	[-]	48	[+]
AGI	[-]	24	[+]
DEX	[-]	34	[+]
LUC	[-]	12	[+]

NAME	六条 小麦		
HP	27.20		
MP	90.40		
STR	-	10	+
VIT	-	10	+
INT	-	52	+
AGI	-	32	+
DEX	-	20	+
LUC	-	41	+

これで、実感ってやつが生まれるはずだ。

SECTION :

アメリカ合衆国　ミネソタ州　ミネトンカ

　グレーズ湾にほど近い、ミネハハクリークの傍《そば》にあるガーギルの本社は、赤茶けたピラミッドを三層に切り分けたかのように見える豪邸だ。

　土曜日にもかかわらず、その一室で、ヒッキーフリーマンのジャケットにブルーのシャツをノーネクタイで身にまとった、初老と言うには若々しい活力を身にまとっているドナルド＝マクレーン――ガーギル社ＣＥＯ――が、眉をひそめながら、ライトブラウンに近い落ち着いた色の金髪をかき上げた。

「テリー。君はこのレポートを読んだのか？」

「報告を受けた時に、ひと通り」

　その書類を持ってきた、イード&レーベンスクロフトのクラシックを隙なく着こなしている、テリーと呼ばれた男が、表情を変えずにそう答えた。

　堅苦しいテリーの装いを見てドナルドは、こんなミネソタの片田舎で、その格好はないだろうといつも面白く感じていたが、ファッションは自己の表現にすぎない。彼にとって、Ｔシャツにジーンズだろうが、クラシカルなスリーピースだろうが、仕事ができるのなら文句はなかった。

「レポートの信憑性は？」

「ＷＤＡ本部のＰＯ（知財局特許課）から、ピア・レビュー(注15)を通過した時点でコピーされたものです」

つまりほとんど真実だということだ。

ドナルドは、表紙に『ダンジョン内作物のリポップと、現行作物のダンジョン内作物への変換』と書かれている、ステープラーで綴じられた数枚の紙束を机の上に放り投げた。

「どう思う?」

「危険ですね」

男は表情を動かさず、端的に言った。

「我々が長い時間をかけて作り上げた世界的なフード・レジームに、新たなプレイヤーが加わった、などというレベルでは済まない可能性があります。ですが——」

「なんだね?」

「我々の力の源泉は、穀物流通の根幹を握っていることです」

そう言ってテリーは、机の上に投げられたレポートを見つめた。

「仮にそれが普及したところで、エレベーターもサイロも貨物船も貨車も消えてなくなったりはしません。ダンジョンは世界中に百もありませんし。すべてが地産地消で完結するなんてことはあり得ないでしょう。そこが大農園に匹敵するというのなら、我々はそれをあまねく世界中に届ければいいだけではないでしょうか」

もっとも大金を投じた生産地の天候や収穫状況をチェックするシステムは、すべてが無用の長物と化すかもしれない。情報面での優位性は、我々のキモの一つだが、ダンジョンの中に天気予報は必要ないだろう。

「バイオメジャーの連中にとっては悪夢かもしれませんが」

こいつは、Ｆ１だろうが三倍体だろうが、更には自家採取禁止のルールですら、すべてを鼻でせせら笑うかのごとくすり抜けて、同じ品質の作物を永遠に作り続ける可能性がある。

仮に種子が売れたとしても、ごくわずか。しかも最初の一度だけだ。

苦労して作り上げた、除草剤耐性も、病害虫耐性も、まったく売りになどなりはしない。

契約で縛ろうにも、その種から採れた穀物の販売を禁止することはできない。本末転倒どころか種子を購入する意義そのものがなくなってしまうからだ。

去年モンサントを買収したバイエルと、デュポンが立ち上げたコルテバ・アグリサイエンスの上位二社だけで二百億ドル近い売り上げがあったが、下手をするとそれが一瞬でパーだ。

「ダンジョンでリポップしないような遺伝子操作は無理でしょうし」

「だろうな」

遺伝子操作どころか、リポップの機序すら分かっていない現在、打つ手はまったくないだろう。

（注15）　ピア・レビュー

査読のこと。

本来は論文が提出された際、その分野の研究者によって内容をチェックすることだが、この場合はＰＯに提出された内容が重要だった場合、その妥当性を専門家にチェックしてもらうこと。ピア・レビューはネイサンが行ったのだろう。

契約でダンジョニングを禁止するのが関の山だが、それすらも固有種の台頭を許すだけになるだろう。どんなに育てにくい作物も、一度収穫できてしまえば、後はそれを無限に繰り返せるのだ。

だが本当に我々への影響は小さいだろうか？

ドナルドはハイバックの背もたれに体を預け、腹の上で両手の指を祈るように組み合わせると、親指同士を神経質そうに打ち合わせ始めた。

「だが、テリー。残念ながら、我々もただではすまないよ」

その言葉に、テリーはわずかに目を見開いた。

「例えばトウモロコシの収量は、ステイツなら、一エーカーあたり、百七十四ブッシェルあたりが平均だろう。つまり――一平方メートルあたり一・〇九二キログラム程度の収穫が見込める」

彼は素早く身を起こすと、メモ用紙から一枚をちぎって、ペンでメモを書きつけ始めた。

「トウモロコシに利用できる一般的なコンバインの収穫速度は秒速一・四メートルだ。同じ効率でシステムが作られるとしたら、幅が二メートルほどだとしても、一台の自動機械から――」

ドナルドは、素早くメモの上にペンを走らせ計算した。

「年間八万八千三百トンほどの収量が見込めるわけだ」

「世界生産量は、大体十一億トンといったところです」

「つまり、わずか一万二千五百台にも満たない数で、それを達成してしまうってことだな」

ドナルドは、ペンの尻で数字を記した紙をトントンと叩いた。

「毎年大量の種子や農薬を購入する必要はおろか、農機具への投資も、つらい労働も不要だ」

楽ができてコストが下がり、結果純利益は激増する。

彼は、件のレポートに添えられていた、新しいシステムの概要をペンの尻で指差した。

「やることと言えば、こいつを買ってダンジョンに置くだけ」

ドナルドは、ペンを机の上に放り投げて、両手を処置なしとばかりに広げてみせた。

「誰が旧世代の農場で身を粉にして働く？」

テリーは何も言わず、渋い顔で応えた。

「現在の大農園が閉鎖するかもしれない？」

「私なら、農園を畳んでこいつを買うね」

結果、産地に作られている、カントリーエレベーターは価値がなくなる可能性が高い。

それどころか、ダンジョンと港湾とのルートが今までの路線と異なるなら、途中の集積地そのものが変更される可能性があった。つまり、ターミナルエレベーターですら無用の長物になるかもしれないのだ。

エレベーターのサイズも問題だ。

通常の収穫と異なり、ダンジョンは一年にわたって平均的に穀物を作り出す。一つの季節に集中して産出されるものを貯蔵しておかなければならない現在とはその使われ方も異なるだろう。

そうした新しい時代にマッチした場所やシステムを作り上げた会社が、我々の牙城を脅かすことになるはずだ。

「そもそも我々は非上場会社だ。投資家たちは新しい会社に喜んで資金を出すだろうよ」

「クックの二の舞ですよ」

　クック・インダストリーズは穀物メジャーの一角だったが、一九七八年に倒産した。

　穀物メジャーは、穀物に関わるあらゆる事業を網羅しているが、栽培だけはやっていない。

　それを農家から買い付けて販売するのが主な仕事だが、対象が単価の低い商品だけに流通の過程で生じる支払いの設定には注意を払う必要があった。それらの取引を公開してしまうと、個々の取引の際の足かせになるのだ。

　そのため大部分の穀物メジャーは同族経営で株式は非公開になっていた。

　クック・インダストリーズは例外的に上場会社だったのだ。もっとも倒産した理由は――

「石油王との仕手戦で負けるのと、取引が公開されるのは、また別の話だろう?」

　ドナルドは、テリーの言い様に苦笑した。

　そもそも穀物メジャーの大部分が非上場だったのは過去の話だ。

　当時のプレイヤーは引退して、生き残っている穀物メジャーと呼ばれる会社は四つ。ガーギル以外の三社は、ブンゲとドレフュス、それにＡＤＭだ。

　ＡＤＭは所有サイロの数こそ多いが、農業部門の利益は微々たるもので、言ってみれば加工会社だったため以前から上場していたが、他の三社は同族会社だった。

　しかし、ブンゲは二〇〇一年に上場し、ドレフュスも資金確保の噂(注16)が飛び交っている。

「需要増にも強いぞ。一台追加すれば、あっという間に九万トン弱の増産だ。土地を傷めることもなく、新たに切り開く必要もない。南米のジャングルが失われることもなく、過激な環境団体の的にされることもないだろう。おまけに真のサスティナブルだ、イメージは最高だな」

　何しろ無限に生産されるのだ。持続可能もくそもない。

しかも、ダンジョン産の食物には、人の能力を向上させる効果があるという噂がある。もしも本当だとしたら、大きな付加価値になるだろう。

「国際機関の援助で大規模農園を開発する？　馬鹿じゃないのか、って時代は目の前だな」

　途上国への農業援助で大規模農園を作るプロジェクト自体が消えてなくなる可能性すらある。

「途上国が設置を要望しても、資金は開発援助機関(注17)に頼るわけでしょう？　ＷＦＰ（国際連合世界食糧計画）やＵＮＤＰ（国際連合開発計画）、それに世界銀行に出資を渋らせれば――」

　それらの機関は、歴史的にアメリカの息が強くかかっている。

　なんだかんだと難癖をつけることで普及を遅らせ、それに対処する時間を作り出すことは可能かもしれないが――

「問題はＦＡＯ（国際連合食糧農業機関）だ」

「ＦＡＯ？　今や細々とフォーラムを開くことしかできない、あのＦＡＯですか？」

　それを聞いたドナルドは、微かに眉根を寄せた。

　若い連中はＦＡＯを侮っている。

　長い時間をかけて重要な権限をはぎ取られ、非難され続けた結果、今はその存続すら危うい脆《ぜい》弱《じゃく》な国際機関。そう考えている連中のなんと多いことか。

　だが仮にも国連に先駆けて最初に作られた国際機関であり、今でも純然たる影響力を有している組織だ。しかも古い連中はアメリカに特別な感情を抱いているだろう。

ＦＡＯは抑圧された組織だ。

創設当初は、食料・農業の分野で世界的な協力を推進するための機関として期待され、華々しくデビューし、ＦＡＯが中心となって、開発途上国への専門家の派遣や農業の発展を助けてきた。だがその活動は、議決に形式的平等主義が取り入れられていたため、あまりに発展途上国に寄りすぎた。悪く言えばばらまきが起こり、事業効率が重要視されなかったのだ。

平等型の国際機構が決定や実施の権限を持つと、金を出す大国との間に軋轢《あつれき》が生じるのは当たり前だ。ことに大国が民主主義の国であれば、利のない国際機構に、なぜ金を出さなければならないのかと、国民の突き上げを食らうことは間違いない。ことに不況の折には。

いかなる高邁《こうまい》な精神も、足元の失業率や、怒れる国民の前にはほとんど無力だ。

政治家は選挙の前に首を垂れるしかないのだ。

結局、業を煮やしたアメリカは、一九四四年のブレトン・ウッズ協定を皮切りに、長い長い年月をかけてＦＡＯのマンデートを侵食し、剝奪した。

食料援助分野では、ＷＦＰ（国連世界食糧計画）を設立し、一九九二年に独立させ、ＦＡＯからその権限を移転させた。

開発援助分野では、一九六〇年[注18]にＩＤＡ（国際開発協会）を設立し、世界銀行の援助機関として急速に拡大させた。そして、一九六六に設立されたＵＮＤＰ（国連開発計画）に国連内の開発援助の権限を集中させたのだ。

長く事務局長を務めたサウマ[注19]はＷＦＣ（世界食糧理事会）のことを、明らかにＦＡＯに対する軍事力だと後年著書に記している。ＦＡＯを破壊することはできなかったが、酷く傷つけたと回顧しているのだ。

「表向きはともかく、我々と彼らの間には浅からぬ因縁と確執があることは確かだ」

特にＡＧ（農業委員会）のアンブローズ＝メイガスは厄介だ。

傍目には、自分のことを聖人君子と勘違いしている愚か者にすら見える、狂信的な信徒だ。もちろん仕えるのは、「人々に食べ物あれ」[注20]と唱え続ける、人が創りし組織だ。

「そうは言っても、現在のＦＡＯに開発援助の権限はないでしょう？」

「ＦＡＯ単体ならな」

食糧援助や発展途上国の開発援助は、ＦＡＯ創設以来複雑な経緯があって、同じような機関が乱立していた。ＦＡＯから分離したＷＦＰ、世界銀行グループのＩＢＲＤやＩＤＡ、そうして世界食糧会議で設置が議決され、一九七七年に発足したのが、ＩＦＡＤ（国際農業開発基金）だ。

本来この組織が作られたのは、産油国の利益を還元するという目的もあった。そのため、アメリカが主導したブレトン・ウッズ体制の機関と違い、総会や理事会では、先進国・産油国・開発途上国がそれぞれ三分の一ずつの投票権を有していて、加重投票制を取っていないのだ。

そして現在――ＩＦＡＤの総裁は、ＵＮＤＰのキャリアを積んだトーゴの元首相だ。

「問題は現在の総裁がトーゴ出身だということだ」

西アフリカにあるトーゴは、世界最貧国の一つで、ＧＤＰは国民一人当たり千ドルを切っている。

当然外国からの援助に依存しているが、ＥＵは援助の停止と再開を繰り返していた。

人口比から見れば農業国だが主食の生産は停滞していて、輸出の主力だったカカオやコーヒーも減産が著しい。綿花が一人気を吐いているが、それもいつまで続くかは不透明だ。リン鉱石の一大輸出国だったが、その先行きも怪しく経済的には先細りなのだ。

しかし、首都にあるロメ港はよく整備された港で、内陸にある周辺国の外港にもなっているため、そこに向かう道路も整備されている。

ベナンやブルキナファソとも隣接していて、ＵＥＭＯＡ（西アフリカ経済通貨同盟）を通じて通貨も共通だ。しかもブルキナファソのダーコアイダンジョンを筆頭に、サヘル地域にはダンジョンも比較的多い。

大量輸送が可能な鉄道の整備は遅れているが、産出が本格化すれば、それを原動力にいずれは整備される可能性が高いし、資金も集めやすいだろう。

つまり、ダンジョン産の穀物を輸出するには、非常に都合のいい場所だということだ。

「我々が政府に圧力をかけて先進国票(注21)に影響を与えたとしても、当然開発途上国票は賛成に回るだろう。つまり産油国票(注22)が結果を左右するわけだが――」

いかに『自らのルーツはアフリカだが、視点はグローバルだ』などと語ろうと、彼も人間だ。

トーゴ出身の総裁が、経済が先細りしている自国の救世主たり得る可能性に興味を示さないわけがない。

そして産油国への根回しを積極的に行うであろうことも想像に難くなかった。

そうでなくても産油国は二〇一〇年代前半からアメリカに神経を尖らせている。原因はシェールオイルだ。

原油高を背景にフラッキングによるシェール層からの原油や天然ガスの抽出が採算ベースに乗るようになり、アメリカの産油量は年々増えていった。

だが、二〇一一年～二〇一四年にかけて、バレルあたり百ドル周辺に張り付いていた原油価格は、突如二〇一五年に暴落した。原油のだぶつきに対してＯＰＥＣは生産量の維持を決定し、価格の下落を容認したのだ。端的に言ってシェール対策だろう。

それは、百七十社以上のシェール関連企業を破綻させた。それでもシェール開発を続けたアメリカは、二〇一七年、ついに世界最大の産油国になった。

そして、去年は七十ドルあたりをキープしていた原油価格だが、またぞろ原油価格の低下を恐れず、産油国がシェール関連企業を潰しに来るのではないかと投資家たちは恐れていた。

そんな産油国が、アメリカへの意趣返しとばかりに賛成する可能性も否定はできない。

そもそも産油国は大規模な穀物生産を行っていない。

サウジアラビアなどは、二〇〇〇年代後半に、小麦の生産を放棄した。地下水が枯渇しそうだったからだ。だが、このシステムならダンジョンがありさえすればいいのだ。食料安全保障の観点から見ても、喜んで投資を行うだろう。

「もしもＦＡＯの旗振りで、ＩＦＡＤが金を出せば――」

ドナルドは口をへの字に曲げて、分かるだろうとばかりに肩をすくめた。答えを口にするまでもなく、こいつはあっというまに世界中に広まるだろう。

　そうして我々の想定した悪夢が現実に姿を現すことになるのだ。

「権利者が死んだらどうなる？」

「ボス、それは……」

「たとえ話だよ」

「通常は、普通の相続と同等に扱われますが、この特許には相続人指定がありません」

　ダンジョン特許は、法域がＤＡ管轄である関係上、相続にはあらかじめ相続人指定が必要だ。相続人不存在の場合、相続人の捜索の公告の期間内に権利主張をする者が現れなければ、その権利は当該国のＤＡに帰属することになる。

「だから？」

「相続人指定が行われていないダンジョン特許は、最終的にはＤＡに帰属します。この場合、ＪＤＡでしょう」

「カネでどうにかなりそうか？」

「多少は張るかもしれませんが、俗物はどんな組織にもいますよ」

「ふむ……」

「ですが、たとえ話を深掘りしても仕方がないでしょう？」

「そうだな」

　暗い世界に足を踏み入れるには、いまだテリーは若すぎる。

ドナルドは最後の手段を冗談にしてごまかした。

「ＦＡＯとＩＦＡＤがタッグを組んだ場合、正攻法でそれを阻止することは難しい」

「では、なんの手段もとらず、あきらめるんですか？」

「そんなわけがあるか」

ダンジョン内で、大量の穀物が生産されるようになるにしても、それを世界にあまねく届けるためには適切な設備と投資が必要になる。

「ダンジョンの位置を確認して、エレベーター用の土地の買収を始めろ」

貧しい国のダンジョン付近の土地は安い。今のうちに土地だけを押さえる程度なら、大した支出にはならないだろう。

「じゃあ、乗っかるわけですか？」

「どう転んでも生き残れるように考えるのが経営だ。だがその前に――」

ドナルドはテリーを指差して言った。

「――キャンペーンを張らせろ」

「キャンペーン？」

「遺伝子組み換え作物に、あれほどネガティブな反応があったんだ。地球のものですらなさそうなダンジョン産作物ならなおさらだろう？」

実際は害どころか、スーパーマンの素材かもしれないが、それだって人間から逸脱するということに変わりはないのだ。大衆は表現ひとつでどうにでも動かせる。

「いるだろう？　声の大きなバカどもが。せいぜい連中の自己顕示欲を満足させてやれ」

　過激な環境団体の中には、そもそも研究すること自体を邪魔する連中も多い。遺伝子組み換え作物を栽培している場所は、農務省が開示しているためターゲットになりやすいのだ。

「突然権利者が死ぬより、いくらかはましですね」

「言っておくが、くれぐれも――」

「うちの名前が出るようなヘマはしませんよ」

　そう言って、テリーは、颯爽と部屋を出て行こうとドアを開けた。

「ああ、それと」

　その背中に向かって掛けられた言葉に、彼は立ち止まって振り返った。

「一族の連中に、バイオメジャー株は今のうちに手放すよう言っておけ」

　ドナルドは、片目を一瞬閉じて続けた。

「こっそりとな」

「了解です」

　そう言って笑ったテリーは、そのままドアを閉じた。

　一族経営の会社には、ああいうタイプが時折生まれてくる。

　才能はありそうだ。だが小さな頃からここで育っていると、どこか歪《いびつ》になる気がする。そうして一度は大きな失敗をして、真の大人になるのだ。

　その失敗がクックのように大きなものだとしたら――我々もただでは済まないだろう。

（注16）**噂**

この翌年の十一月、UAEアブダビ首長国の政府系ファンドADQが、ドレフュスの株式の四五パーセントを取得した。同族経営だった同社が、早急な資金確保の必要性から初めて外部資本を受け入れたのだ。

（注17）**世界銀行**

IBRD（国際復興開発銀行）とIDA（国際開発協会）の総称。

IBRDは中所得国や信用力のある貧困国を対象に貸出や助言サービスを提供し、IDAは最貧国に最大規模の資金援助をすることで、IBRDの活動を補完している。

IMF（国際通貨基金）と並んで、ブレトンウッズ体制の中核をなしている。

（注18）**一九六六**

UNDP（国連開発計画）の設立は、どういうわけかウィキペディアでは一九六五年とされている（二〇二二年九月現在）が、実際は、一九六六年に、EPTA（拡大援助計画）と、UNSF（国連特別基金）が統合されてUNDPとなった。

（注19）**サウマ**

エドアルド・サウマ。一九七一年から一九九三年までFAOの事務局長を務めたレバノンの人。

途上国寄りの政策を取り続け、いろいろと物議をかもした人。

重ねて言っておきますが、これはフィクションですからね。

（注20）**人々に食べ物あれ**

ラテン語で、"fiat panis"は、FAOのモットー。

なお、ここに書かれている内容は、当時のもの。この後FAOは大きく組織改革が行われたため、現在（二〇二二年）の組織とは違いがある。

（注21）左右する

二〇一九年のＩＦＡＤ理事会の理事国および代理理事国は現実には次の通りなので、彼らの話通りになるかどうかは分からない。

リストＡ（先進国）
カナダ・フランス・ドイツ・イタリア・日本・ノルウェー・イギリス・アメリカ
フィンランド・ベルギー・スイス・ギリシャ・デンマーク・スウェーデン・オランダ・スペイン
リストＢ（産油国）
クウェート・ナイジェリア・サウジアラビア・ベネズエラ
ＵＡＥ・カタール・インドネシア・アルジェリア
リストＣ（受益国）
アンゴラ・エジプト・中国・インド・ブラジル・メキシコ
ケニア・カメルーン・韓国・パキスタン・アルゼンチン・ドミニカ共和国

ただ、世界最大の穀物輸入国を含む産油国がそれを自家生産できるようになるというのなら、食料安全保障の観点からも投資を行うことに躊躇はないのではないかと思われる。

しかし第十一時増資で、第二位の拠出国である中国や、ＧＤＰランキングで十二位にいる韓国が、リストＣにいるのは不思議だ。

（注22）自らのルーツはアフリカだが、視点はグローバルだ

現実世界でウングボ氏がこの言葉を述べたのは、ＩＦＡＤ総裁の後、ＩＬＯの第十一代事務局長として選出された二〇二二年のことだが、どんなにそっくりな人が出てこようと、あくまでこの話はフィクションなので、現実とは違うのだ。

「芳村さん、その荷物重くないんですか？」

いかにバランスがいいといっても、八十リットル近いバックパックは結構な大きさになる。

そんな大きな荷物を背負った俺を心配するように、三代さんが訊いてきた。

「これくらいなら大丈夫」

「意外と力があるんですね」

「まあ、それなりに」

実は中身はほとんど空洞で、三好が膨らんでいるように見せるプラスティックの枠を入れただけなので、たぶん四キロもないとは思いもしないだろう。

もちろん、ステータスは最大に戻してあるので、四キロが四十キロだろうと平気だが、振り回したときの運動エネルギーは十倍だ。ストラップや各部にかかる負荷だってバカにはならず、俺は平気でも、それらは千切れ飛ぶかもしれなかった。

「ほらほら、先輩。まずは十層まで一気に下りますよ」

三好が先頭で、移動のフォーメーションを指示している。

「十層までは私が先導しますから、先輩はしんがりで。三代さんはチャンスがあったら矢を射てください。矢の数は心配しなくても構いませんから」

「え？　そうなんですか？」

「準備は万端です！」

「分かりました」

俺たちは、三好を先頭に、三代、六条、そしてしんがりに俺の、一列縦隊で探索を開始した。

十層までは、ただ最短距離を進んでいくだけなので探索というよりも移動だ。

「なんだか散歩みたいですね」

初めて訪れた階層を、珍しそうにきょろきょろと見回しながら六条さんが言った。

「うちはどちらかというと遠距離チームだから。近付けなければ大丈夫だよ」

「なんだか私たちがやってた探索と違うんですが……」

時折敵を見つけては、ただ矢を射るだけの三代さんが、呆れたような顔をした。

何しろ、アルスルズが影から足止めしているのだ。通路に現れるモンスターは、フォレストウルフも、ワイルドボアも、ブラッドベアも、みんな一様にただの的だった。

「絵里ちゃんはまだいいよ。私なんか、歩いてるだけだから」

攻撃手段が今のところ何もない六条さんは、確かに歩いているだけだったが、まるで観光気分でそれを楽しんでもいるようだった。

二人ともＡＧＩは20を軽く超えているため、ただ歩くだけで結構な速度になっていた。

一層平均三十分ちょい。一桁層は階段間が比較的近いとはいえ、俺たちは六時間ほどで十層に下りる階段の近くにいた。

SECTION :

代々木ダンジョン 九層

「おい、あれ」

十層に下りる階段の前には、自衛隊のチームが陣取っていた。彼らはここまでの各層でも、必ず階段の前後にいて、通信設備のようなものを背負っていた。

自衛隊の大規模ダンジョン攻略作戦時は、各階層をつなぐ階段の上と下に無線中継器が持ち込まれ、それらがケーブルで接続されるらしい。ＮＥＣが開発した野通のダンジョンバージョンだ。それで通信環境を確保しているらしかった。

もちろんダンジョン内機器の大敵であるスライムを始めとするモンスターからそれらの機器を守るため、拠点防衛に数名の自衛隊員が配置されていた。

もしもセーフエリアまでそれが繋がっているとすると、百名以上の人員が動員されているということになる。交代要員も入れると更にその倍だ。

「やっぱ組織って強いよな」

「数は力ですからね」

俺たちもアルスルズの力によって、緊急連絡手段を確保しているとは言え、ダンジョン内からインターネットに接続できたりはしない。

一般にも開放してほしいところだが、クローズドな軍用だけに交ぜるわけにはいかないだろうし、常時誰かが通信をしているとなると、消費電力もコストも大きくなりすぎるのだろう。

だが、セーフエリアが発見された今、ある程度コストを度外視してもインフラを維持する可能性はある。現在、そのテストが行われているとしてもおかしくはなかった。

「じゃ、ちょっと遅いですけど、ここでお昼ご飯にしましょう」

初日だからお弁当だ。

俺がバッグの中に出現させたボリュームのある洋風幕の内を、三好がバッグから取り出して皆に配っていた。

どうせ最終的に、三好の〈収納庫〉は公開することになるはずだが、必要になるまで黙っておいても問題はないだろう。

「ええ？　なんですこれ。仄《ほの》かに温かいんですけど……」

「世の中には、いろんな魔法があるからな」

「魔法!?」

「断熱の魔法」

そう言って俺は、ピザの配達に使われるような保温袋を取り出してひらひらさせた。もちろんこれで、六時間も持つはずはないのだが。

三代さんはなーんだとばかりに、ラヴィゴットソースがかかった白身魚のソテーを頬張った。

ラヴィゴットソースは、使用する酢や香草によって無限にバリエーションが広がる使い勝手の良いソースだ。今回のものは、トマトの酸を中心に、バルサミコとワインビネガーを少量ずつ使って味を調えた、現代イタリア風のラヴィゴットだ。

「このお弁当、妙に豪華で美味しいですけど、出来合いですよね？　どこで売ってるんです？」

「それなぁ、三好が近所の弁当屋にわざわざ発注したやつなんだ」

「ええ!?　そんな面倒なこと、数食単位でやってくれるんですか!?」

「あー……それはちょっと無理じゃないかな」

発注個数は、最低でも五十食単位だ。

六条さんは我関せずといった様子で、夢中でうまうまとお弁当を頬張っていた。

「ですよねぇ……でもお弁当屋さんにしては、ハンバーグのソースも、お魚のソースも、なんだか業務用缶詰って感じじゃないですけど……」

「お、三代さん、分かりますか？」

三好が、嬉しそうにそう言うと、ハンバーグをフォークでカットして、ぱくりと口に入れた。

「このお弁当屋さんは、元ビストロのオーナーシェフで、ソースもちゃんと自前で作られてるんですよ」

「へー。美味しいのに、どうしてお店を閉めてお弁当屋さんになったんでしょうね？」

「センスがなかったんじゃないですかね？」

「え？　え？　け、経営の？」

三好のあまりに身も蓋もない感想に、三代さんのほうが恐縮していた。

「古典的なソースは、作るのにやたらと手間がかかるものが多いんですけど、センスの介在する余地はあまりありません。レシピ通りに作れば大体誰にでも完成度の高いソースが作れます」

　ナポリタン風に味付けされたフジッリにフォークを突き刺した三好が、それをタクトのように振りながら言った。

「例えばドゥミグラスなんか、完成度が高すぎて味が画一的になるっていう理由で使われなくなったって、エスコフィエが言ってます。つまり誰でも同じ味になるってことですよ。まるでふじっ子みたいですね」

「ふじっ子？」

「知りません？　塩昆布」

「それは知ってる」

　簡易なお茶漬けのお友達だ。

「お漬物に入れても、炒飯に入れても、果てはパスタのソースまで、何でも手軽に美味しくなりますけど、入れた瞬間すべてがふじっ子味になっちゃって、他の工夫は台無しです。まるで、森博嗣さんのミステリーのようですね」

　森博嗣さんの『すべてがＦになる』は、一九九六年に発表されたミステリーだ。もちろんＦはＦＵＪＩＫＫＯとはなんの関係もない。

「ところが現代では、流通が進歩したおかげで新鮮な素材が簡単に手に入るようになりました。素材の味を生かすような軽いソースのほうが、ずっとセンスを要求されるそうですよ」

　超老舗とかならともかく、ちょっと気張ったときに行くような街のレストランだと、どんな素材も同じような味になってしまう古典的なソースばかり提供していては客足が遠のくだろう。

素材ドンッ、ソースドバッ、でもって、ガルニがちょぼちょぼってパターンじゃ、インスタ映えもしないしな。もっとも最近ではそれを逆手にとって、インスタ映えしないことを売りにするようなお店も登場しているようだが。

「基本的に真面目な仕事ぶりですし、お弁当屋さんとしては破格の美味しさですから、こっちの道のほうが成功されると思いますよ」

そう言いながら、今度はローズマリー風味の鶏のソテーを頬張った。

「ところで先輩。ふじっ子って、もっと細かく二ミリ角くらいにカットした、もう完全に調味料として割り切った商品を出せば売れるんじゃないかと思うんですけど、どう思います？」

「包丁で刻めばいいだろ」

「乾燥しているあれを、包丁で刻むのは難しいですよ？　ミキサーにかけると粉々になっちゃいますしねぇ……」

三好は美味しいものが好きなだけで、原理主義的なところがない。

だから化調を、それがただ化調というだけで毛嫌いしたりはしないし、適材適所だと考えているようだ。そもそも、現代日本で便利に生きているなら、化調ゼロなんて生活を送ることは極めて難しいのだが。

「はー、ご馳走さまー」

もくもくとお弁当を食べていた六条さんが、満足げにそう言うと、三好に何か耳打ちした。

「先輩、先輩。あれお願いします」

「あー、あれか」

　俺は立ち上がって、少し離れた目立たない場所へ、ルーを設置してパウダーケースを置いた。パウダーが敷かれた使い捨てのケースだ。

　いくらパウダーがあると言っても、地面にそのまま致すことに抵抗を感じる人は多い。簡易便器のごとく、そこに何かがあった方が安心できるらしい。

　そうして開発されたのがパウダーケースだ。薄い折り畳み式の袋タイプが半ダース単位で売られている。開いて使った後は、もう一度閉じてそのままダンジョンの目立たない場所に置いておけば、処理はダンジョンがやってくれる。

「パウダーケースとふりかけは、中に置いておくから」

「ありがとうございます。じゃ、先輩は少し離れて周りの警戒をお願いします。コロニアルワームが出たら、体を張って止めてください」

　ここでアルスルズで済むじゃんなどと言ってはいけない。男には近寄ってはいけない聖なる領域とタイミングがあるのだ。

「その、微妙にフラグっぽい発言はやめろ」

「終わったら呼びますから。先輩、トイレは？」

「大丈夫だ」

　俺は手をひらひらと振ると、ルーから離れた。

ルーのまわりにはカヴァスとアイスレムが陣取って、こちらを見ていた。うん、この場合、最も警戒する対象は俺ですよね。分かります。

SECTION :

代々木ダンジョン 十層

「なんだか変な匂いがします」

　十層へ下りる階段の途中で、六条さんが、ふらふらと歩いているアンデッドをびくびくと眺めながらそう言った。それはアンデッドフレーバーだな。ゾンビスメルってやつだ。

　俺たちも、初めてここへ来た時は、まさかゾンビに匂いがあるなんて想像もしなかった。

　倒せば消えてなくなるくせに、ウロウロしている間はちゃんと腐臭がするなんて、無駄にリアルな設定は生理的に勘弁してもらいたかった。誰得なんだよ。

「先輩。二人ともここでオーブを使わせるんですか？」

「そうだな……」

　十層に下りる階段の途中には、今まで同様、自衛隊が陣取っていた。

　十層に居続けるには同化薬があればいいが、それも夜は通用しない。結局すぐに脱出できる階段の途中に陣取るしかないのだ。

　各階層の出入り口に自衛隊員が駐留している現状は、頼もしくもあったが、ヘルハウンドの召喚を目撃されるわけにはいかない。

「どうせ召喚は必要だろ。思ったよりも早く十層に来られたから、ここで準備を済ませて、キャンプは十八層でやろうぜ」

「今、あそこは人が多いですから、割と安全ですしね」

同化薬を使った俺たちは、十一層へ下りる階段へ向かい、自衛隊の姿が見えなくなったところで、通常のルートを少し外れた。

「じゃあこの辺で？」

「そうだな。オーブを使用する間、俺とアルスルズは、周りのアンデッドを警戒しておくよ」

同化薬は使ったが、オーブを使用した時アンデッドたちがどんな反応を示すのかは分からない。念のために警戒しておいた方がいいだろう。

「了解です。じゃ、先輩、お願いします」

「ほいほい」

俺が下ろしたバックパックの中から、二つのオーブケースを取り出して三好に渡すと、彼女はそれを二人に差し出した。

「こっちが六条さんで、こっちが三代さんかな」

「え？　これ、まさか……」

そのケースを、恐る恐る受け取った三代さんは、六条さんと顔を見合わせてそれを開けた。

「スキル……オーブ⁉」

「クリエイトアローを実現するんでしょ？」

「本気だったんですかって……ええ⁉」

それに触れて、オーブカウントに気がついた三代さんは、驚いて顔を上げた。

「これ、一体どこから……？」

その時間は、彼女が事務所を訪れる数時間前だったのだ。さすがにうちへ来た時間よりも後では、説明ができないのであらかじめ調整しておいた。

「まあまあ、難しいことは考えない、考えない」

「か、考えないって……あり得ないよ、こんなの」

そこそこ経験のある三代さんが、あまりのことに驚いている間に、三好は、オーブの使い方を六条さんにレクチャーしていた。

「いいですか、こういう感じでオーブを掲げて、『俺は人間をやめるぞ！』と言いながら使うのがポイントです」

何やってんだ、あいつ……

「ほら、三代さんも！」

「はぁ……」

三好に促された二人は、彼女のレクチャー通りのポーズを決めて――

その時、〈生命探知〉にいくつかの点が現れた。十一層へと向かう探索者だろう。

「ちょっと、待……！」

それを止めようとしたときはすでに遅く、彼女たちは大声で叫んでいた。

「「俺は人間をやめるぞ！」」

「あちゃー……」

その瞬間、いつも通りにオーブは光に還元され、彼女たちの中へと吸収されていった。だが、その声を聞きつけたのだろう、点は速度を上げてこちらへと向かってきた。さすがは十層を通過するようなパーティだ、その速さもなかなかだった。

「あ、あのー、大丈夫ですか？　何かトラブルとか？」

そう声をかけられて振り返った三代さんが、ひっくり返ったような声で返事をした。

「え？　ええ⁉　今の、聞こえました？」

「はぁ」

「あ、あははははは、いえいえなんでもありません。別にトラブルとかじゃないですから」

いや、そのごまかし方は余計にうさんくさいよ、三代さん。

いかに人気《ひとけ》がなかったとはいえ、もう少し注意しておくべきだったか。

「なんでもないのならいいんですけど。何か困っていたら言ってくださいね」

探索者チームのリーダーっぽい男が、探るような目つきで俺を見た。

外から見ればハーレムパーティにも見えるからなぁ……確かに女性三人に男一人だけど、実態は単なる荷物持ちなんですよ。

「ありがとうございます。でも、本当に大丈夫ですから」

三代さんが重ねてそう言うと、リーダーっぽい人は、「そうですか」とだけ言って、チームを率いて十一層へ下りる階段方向に、時々こちらを振り返りながら去っていった。

「ああ、恥ずかしかった……」

結構騒いだにもかかわらず、周りにいたアンデッドたちは、今のところまったく興味を示していない。こうしてみると同化薬の効果って凄いな。

「これで、もう犬ちゃんを呼べるんですか？」

マイペースな六条さんが、今あったことを全スルーして三好に尋ねた。

「もうちょっと待ってください」

しばらくして、探索者たちが〈生命探知〉の外へ出たことを確認した俺は、三好に向かって頷いた。

「そろそろＯＫです。いいですか、重要なのはイメージと、あとは格好いいポーズです！」

いや、その後ろのやつ、本当に必要か？

三代さんは三代さんで、先程からぶつぶつとクリエイトアロー、クリエイトアローと呟いていた。最初はすでによく知られている、ストーンバレットとかを練習したほうがいいような気もするけれど、まあやる気になってるならいいか。

「それで、名前は考えましたか？」

「もちろんです！」

どうやら、歩きながら色々と考えていたらしい。

「じゃあ、早速一頭、召喚してみます？」

「はい！」

少し離れた位置に立った六条さんは、三好に言われた通り、格好いいポーズを取った。三好とは少し違うな。

「イメージは、レンブラントの『キリストの昇天』です！」

彼女は両腕を上げて、中空を睨みながら、しばらく集中するように間をおくと、気合いを入れて声を上げた。

「サモン！　アヌビス！」

「はぁ⁉」

ちょっと待て。アヌビスったら、黒犬の頭部を持った人型の神様だろ⁉

そうして広がった魔法陣は、アルスルズを呼びだしたときの倍くらいあるような気がした。

「こ、このサイズ……まさか、本当に⁉」

そうして魔法陣の中央に顕現したのは——少し細面の真っ黒な犬だった。

「はー、よかった……一時はどうなることかと思ったぜ」

大きさ自体はカヴァスよりも一回り小さいくらいだろうか、直立した大きな耳に長く細いホイップテール、コートは短めで艶がある。

「先輩。一応、ヘルハウンドの召喚魔法なんですから。いくらなんでも心配のしすぎですよ」

「そうか？　グラスたちのこともあるからな、イメージは侮れないぞ？」

カヴァスたちの子犬サイズをモフりたい。

ただそれだけで、子犬サイズのヘルハウンドを召喚したやつがいるのだ。召喚は、それを行うもののイメージで、かなりの部分をカスタマイズできることは、三好《そいつ》が証明していた。

ホント、二足歩行の犬頭が召喚されでもしたらどうしようかと思ったぜ。

「失礼なやつらだな。我を地獄犬などと同一視しようとは」

あれ？　空耳かな？

「三好、今何か聞こえたか？」

「いいえ。少ししゃがれたような震えたような、奇妙な発音の声なんか、ちっとも聞こえませんでしたよ？」

俺たちは明後日の方を見ながら、アハハハと乾いた笑い声を上げた。

それを聞いた六条さんが、おそるおそる、召喚したモンスターの名前を呼んだ。

「アヌビス？」

「お前が我の主か。少々頼りなさそうではあるが……仕方がない、我の顎の下をなでる権利を授けよう」

「「喋《しゃべ》った⁉」」

俺と三好と三代さんは、同時に目を見開いた。

喋る犬とは、おそらく世界初だろう（当たり前）。知能は高そうだが、人権ならぬ犬権《けんけん》ってあるのだろうか？　シシシシシって笑いそうな権利だが。

「ちょっと驚きましたけど、ツタンカーメンの墓から出てきた像みたいで格好いいですよね」

いや、ちょっとなのかよ。

確かにカヴァスたちも、俺たちの言葉を完全に理解しているふしはある。だが、さすがに喋るところまではいかなかった。

もっとも三好のイメージに、犬が喋るなんて概念がなかったことも大きいだろう。何しろ子犬は、本当にケンケンと鳴いたのだ。三好のイメージ通りに。

「ふむ。お前は見る目があるようだ。我の顎の下をなでる権利を授けよう」

そう言って頭を三好に差し出すと、顎の下をなでてもらって満足そうな顔をした。

「いや、お前、ただなでてもらいたいだけじゃないの？」

「むっ。失敬な雄だな。貴様は失格だ。なでる権利を与えるわけにはいかん」

失格って、なんの試験だよ。

「アヌビス。ほら、おいで」

「ほう。それは魔結晶ではないか。我が主はなかなか分かっておられるようだ」

トコトコと六条さんに近づくと、アヌビスは、出された魔結晶をぱくりと食べた。

召喚したときに、食べさせて機嫌を取るといいよと、彼女にいくつか渡しておいたのだ。

「ふむ。まるで骨のような、まあまあの味わいだ」

「へー、そういうのって分かるものなのか。それってスケルトンの魔結晶なんだけど」

「無論だ。我ほどのグルマンであれば、生前の持ち主を当てることなど造作もない」

グルマンって、美食家の方だよな？　食いしん坊って意味じゃないよな？

しかし、ちょっと褒めただけで、妙に嬉しそうにしている。なんだかこいつの扱い方が分かってきたぞ。

「お前の役割は、主を守ることだ。まあ、言ってみれば騎士のようなものかな」

「ほう、騎士か。いいではないか。主を守るというのは、我にとっても重要なことだからな」

「へー、やっぱりそうなのか？」

「ふ、やはり愚かで無知な雄は何も知らんとみえる。我々召喚されたものは、主が生きている限り滅することはない。だが主が死ぬと、共に滅びてしまうのだ。一心同体とはこのことだな」

　ああ、やはり召喚されたモンスターは死んでも再召喚できるのか。それでも何かのペナルティがないとは言えないから、できるだけ避けたいことに変わりはないが。

　六条さんは、アヌビスの頭をなで回しながら、「じゃあ、アヌビス。これから私を守ってくれるのね」と言った。

「うむ。我に倒せぬようなものは、そうはおらん。安心して任せておけ」

　アヌビスは、カッカカッカと、喉に何かが詰まったような音を鳴らして笑った。……笑ったんだよな？

　そもそも犬の発声器官で、人の言葉を話せること自体がヘンなのだ。一体どうなってるんだ。

「じゃあ、小麦さん。二頭目を召喚しましょう。名前は？」

「もちろん決めてあります」

　そう言って六条さんは、もう一度レンブラントのポーズを取ると、大きく息をして叫んだ。

「サモン！　ガルム！」

「今度も神話級かよ！」

ガルムは北欧神話に登場する冥界の番犬だ。ポジション的にはギリシャ神話のケルベロスと同じだが、頭は一つだ。さすがに頭が二つ以上あると、登録の時困るだろうから避けてほしい。

展開された魔法陣の大きさは、アヌビスほどではないにしても、かなり大きかった。

三好が召喚したときと違うのはステータスの違いだろうか。しかしグラスたちを呼び出した時の三好のステータスは六条さんよりも高かった気がするし、やはりイメージの問題なのだろうか？

そうして、魔法陣の中から出てきたのは、今までのように黒一色ではなく、胸元に少し赤黒い毛が生えているカヴァスサイズの犬だった。

「あれが死者の乾いた血を表してるんですかね？」

「たぶんな。しかし、さすがに今度は喋らないだろうな？」

「たわけ。我ほど優れたものが、そう何頭もいるはずがないだろう」

そう言ってアヌビスは、ガルムの前へと歩いていった。

「ふむ。我の弟に当たるわけだな。仕方がない、我を甘噛みすることを許そう」

いや、そいつは召喚されたばかりだとはいえ、子犬とは言えないんじゃないの？

ガルムは困ったように六条さんを見た後、恐る恐るアヌビスに近づいて、その首筋をがぶりと噛んだ。

「ぬっ、うぉおおおおお。待て、ちょっと待て！　折れる、折れるぅぅぅう！」

子犬の甘噛みのうち、いわゆるじゃれ噛みは、力の加減を間違うことも多いという。そこで反撃されて加減を学習するわけだが……

そもそもガルムは、軍神テュールを噛み殺した犬だぞ？　自分から噛まれにいくなんて、バカのやることなんじゃないか？

止められたガルムは、アヌビスをペッと吐き出した。

「くっ、貴様、兄に向かっていい度胸だ。いいか、甘噛みというのは、これくらいの力で――」

アヌビスが、ガルムの首に噛みつこうとすると、ガルムはさっと身を引いて、それを躱《かわ》した。

「おいおいアヌビス。もう諦めたらどうだ？」

「愚かな雄は黙っていろ。これは我々の序列と教育の問題なのだ！」

それを聞いたガルムは、さささと六条さんの向こうへ移動して、彼女の後ろに隠れた。もっともまるで隠れられてはいないのだが。

「ああいうのを見ると、カヴァスたちと同じ種なんだと実感するな」

「そうですか？」

「あいつら、何か嫌なことを頼まれそうになったり、怒られそうになったら、すぐにお前の向こう側にちょこんと座って嫌ですアピールをしてるじゃん」

「そう言われればそんな気も……」

三好は足下にいるグラスに目を向けた。

カヴァスとアイスレムは、まわりで近づいてくるアンデッドを警戒していたが、グラスは足下で三好を直接守っているつもりのようだ。

グラスは、そんなことありませんよ？と言わんばかりに首をふるふると振っていた。

「……まあ、かわいいからいいですよね」

そう言って、三好はグラスを抱き上げた。

グラスは、ほっとしつつ、オメーは余計なことを言うんじゃねーよと、俺に向かってガンを飛ばしてきた。ホントにこいつは俺に対する当たりが強い。他の五頭はそうでもないのに。

その間も、アヌビスがガルムに色々と言っているようだったが、ガルムは噛まれるのが嫌らしく、六条さんを中心にぐるぐると逃げ回っていた。いずれバターになるに違いない。

「先輩。豚のローストにブールノワールかけて食べたい気分になってきました」

「そうだな。レ（エイのこと）もいいぞ。ノワゼットで」

「エイの旬は夏の終わりじゃないですか」

俺たちがバカな話をしていた頃、もくもくと地魔法の練習をしていた三代さんは、同化薬の効果とアルスルズの活躍の内側に作られた、あまりに平和な空間を見て、「ここって、十層なんですよね……」と呆れたように呟いていた。

残念ながらバターにはならなかった二頭が落ち着いた後、六条さんが呼びだしたのは、ライラプスだった。

ライラプスはギリシャ神話に登場する犬で、どんな獲物も決して逃さないという『運命』を与えられた犬だ。技能や力じゃなくて、『運命』ってところが恐ろしい。

何しろ最後は、誰にも捕まらない『運命』を持った狐を追いかけ、それを捕まえかけたところで、相反する運命の衝突を嫌った神様に石にされてしまうのだ。神様にかかってしまえば、どんな矛盾も、ゴッドパワーで楽々解決ってなもんだ。酷いな。

　六条さんと戯れる三頭を見ながら、三好が言った。

「こうしてみると神話シリーズもいいですよね」

「召喚魔法持ちが増えたら、同じ名前の犬が大量に生まれそうだけどな」

「ああ！」

「どうした？」

「先輩！　もしかして、ファリニシュを呼び出せば、水をワインに変えられるんじゃ！」

「あのな……」

　ファリニシュは、トゥアハ・デ・ダナーンのルグ（長腕のルー）の犬で、毛皮に水を触れさせると、それがワインになる謎能力の持ち主だ。

　そして、三好のＩＮＴ（知力）を考えれば、呼び出す枠は余っている。

　ただ――

「それって美味いのか？」

「あー、そうか。熟成なんて概念がなかった時代のワインですもんね……いや、でも神の一族が欲した飲み物ですよ？」

「向こうの食べ物を口にしたら戻って来られない、なんて話は世界中にあるぞ？」

「うーん、ダンジョンと地球文化の類似性を考えると……やっぱ、やめときましょう」

「それが無難だ」

そうして最後に小麦さんが呼びだしたのは――

「サモン！　クー！」

クー？　そんな犬、神話にいたか？

「三好、知ってるか？」

「犬にかかわるクーって言ったら、クー・フーリンでしょうか？」

「いや、それって人間じゃないの？」

クランさんの番犬を殺してしまったために、その子供が育つまで、俺が代わりになる！と言って、クランの猛犬（クー・フーリン）と呼ばれるようになっただけだ。因みに有名な槍のゲイ・ボルグは彼の槍だ。

「他には心当たりがありませんね。中央アジアやアフリカの、あまり知られていない神話だったりしたら分かりっこありませんよ」

そうして呼び出された犬は、今までとはまるで毛色の違うタイプだった。

大きさは、ジャーマンシェパードなんかと大差ないだろう。いわゆる普通の大型犬だ。

「どう見ても黒ラブですね」

「なんだそれ？」

「黒のラブラドール・レトリーバーです。ほら、垂れ耳で骨太、ショートコートでオッターテイル。まるっきりそのものですよ」

召喚されたクーは、すぐに六条さんに駆け寄ると、彼女の傍に寄り添うようにして立ち、体をこ

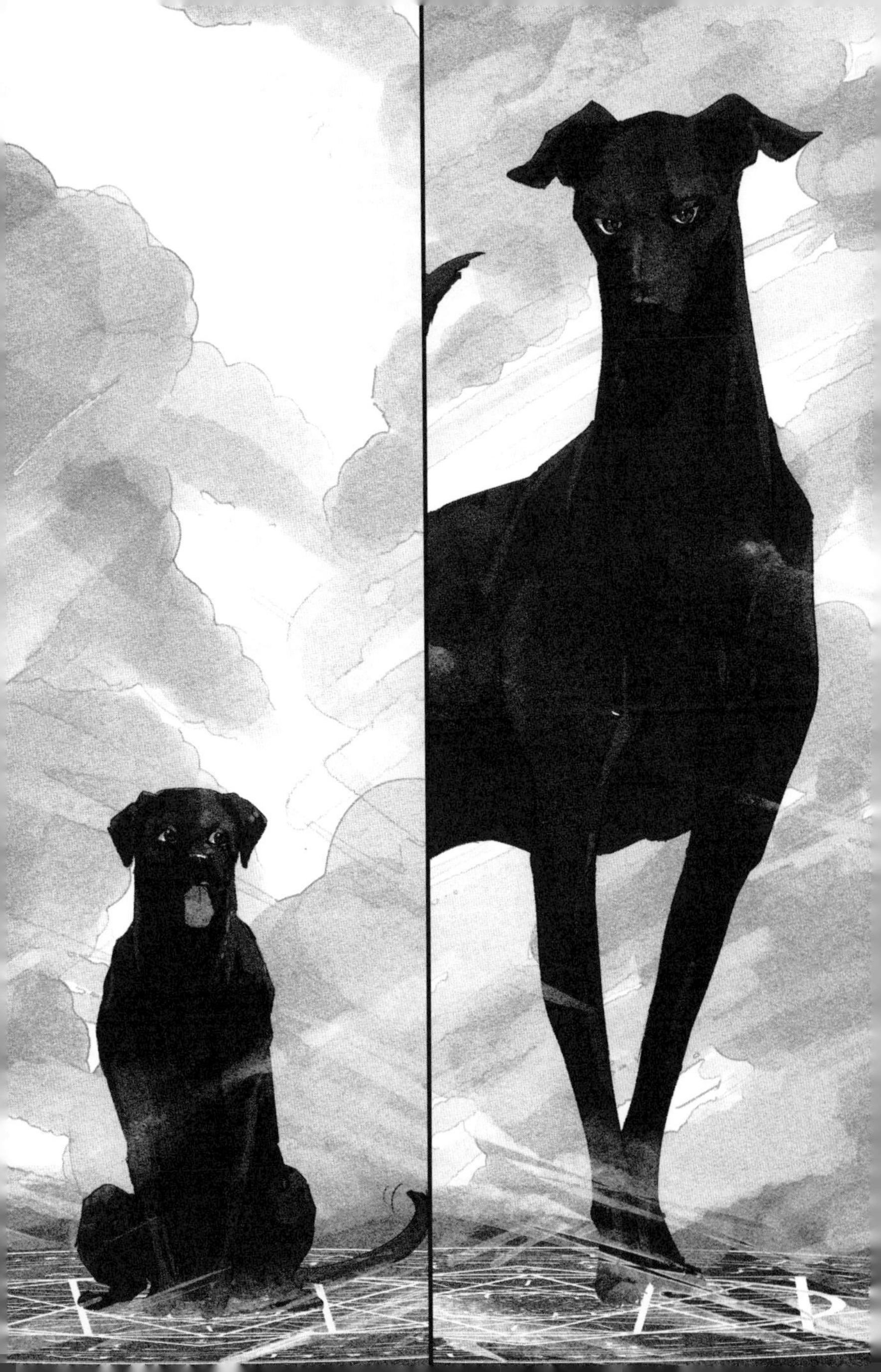

すりつけた。

彼女は、その犬を見て、感慨深そうになでていた。

「六条さん。クーって?」

「クーは、昔、うちで飼っていた黒ラブなんです」

「え、大型犬を飼ってたんですか?」

「はい。ずーっと昔ですけど」

彼女は立ち上がって膝をはたくと、クーにまつわる話をしてくれた。

「私がまだ小さかった頃、父が英国の友人から、犬の子供を分けてもらったことがあるんです」

「父は、友人にクーを貰ってくれないかとお願いされた時、それが犬の名前なんだろうと思って、そのままクーと呼んでいたんですが、しばらくして、その方が家を訪ねてきた時、犬の名前を聞いて変な顔をしたんです」

よくよく話を聞いてみると、クーというのは、ゲール語で犬を意味する言葉だったらしい。

クー・フーリンのクーだ。

キャンベルタウン出身のその友人は、犬のことをついゲール語で表現していたのだ。

「自分があげた犬の様子を見に来てみれば、その子犬が『イヌちゃん』と呼ばれていたんですから、そりゃ、変な顔にもなりますよね」

「先輩と同じセンスの人がいるとは」

「いや、これは偶然だろ」

すべてが明らかになったとき、皆で爆笑したわけだが、すでにクーが、自分の名前をクーだと認識していた。それもあって、そのままにしておくことにしたのだそうだ。

「クーといって、イヌという意味だと気がつく日本人はほとんどいないだろうからなぁ」

「まあ、考えてみれば、ペスとかペロとかカオンとかゴウなんて犬は普通にいそうですよね」

三好がアヌビスにちょっかいを出しながらそう言った。

「それ全部犬なんですか?」と三代さんが聞くと、六条さんが首を傾げながら言った。

「ペスはチェコ語で、ペロはスペイン語です。カオンはポルトガル語っぽいですけど、ゴウは……なんでしょう?」

「さすがは、世界を股にかける鑑定家。因みにゴウは中国語です」

他にもフランス語のシアンや、イタリア語のカーネあたりもいてもおかしくはないだろう。

「クーは、私が大学へ行って、実家を離れていたときに亡くなってしまったので、あまり死んだっていう意識がなくって……」

死に目にも会えず、亡骸も見ていないらしい。

それで、今回、犬の召喚という話を聞いたとき、一頭はクーにしようと思ったのだそうだ。

「でも、こんなにそっくりなのが出てくるなんて……」

六条さんはクーを見て複雑な顔をした。

そりゃ彼女のイメージなんだから、そっくりにもなるだろう。

これって、昔の愛犬に会いたい人が、こぞって〈闇魔法(Ⅵ)〉を欲しがるのでは……

「昔の飼い犬の名前を付けるのはいいですけど、その子ばっかり可愛がってると、他の従魔が嫉妬しますから気を付けてくださいね」

「え、本当に？」

「アルスルズなんて、平等に扱わないと、すぐにすねますよ」

まあ、そのおかげで入れ替わりによる影渡りなんて非常識なスキルを使うようになったんだと思えば、決して悪いことばかりではない。

「失敬な。我はそんな安っぽい従魔ではない」

そう言ったアヌビスの後ろで、ガルムとライラプスがコクコクと頷いていた。

「ま、気持ちの問題だよ」

俺はそう言って、アヌビスの首筋をぽんと叩いた。

「ぬぅ。無能な雄のくせに、気軽に触れおって……」

「そうだ。お前、俺たち以外の人間がいるところでは喋るなよ？」

「どうしてだ？」

「いや、どうしてって言われても……地球の犬は、普通喋らないからな」

「我は地球の犬ではないぞ？」

「まあ、そこは色々とあるんだよ。主様からのお願いってやつだ」

それを聞いてアヌビスは、六条さんの方を向いた。そして、彼女が頷くのを見ると「そういうことならやむを得んな」と、仕方なさそうに言った。

三代さんのチームは、前衛にライラプスとガルムを、二人の護衛にクーを、遊撃にアヌビスを配するようだ。

今は、十一層に下りる階段に向かって、フォーメーションの確認をしつつ進んでいる。せっかく同化薬を使ったというのに、途中から攻撃まで始めていた。

「同じヘルハウンドの召喚でも、できることはかなり違いますね」

「もっと画一的なのかと思ってたな」

ライラプスとガルムは、基本的にアルスルズと同じような攻撃方法だったが、アヌビスはほとんど物理的な攻撃を行わず、魔法一辺倒だった。

「我に汗臭い労働は似合わんだろう？」だそうだ。やはりこいつはいい性格をしている。

アヌビスが主に使っているのは、シャドウランスというよりも、黒い包帯で相手を包み込むような、どちらかというとシャドウバインドに近い魔法だった。それに包まれた瞬間、対象が溶けるように消えていく。

「アヌビスは冥界の神様ですから、ミイラにした死者を、冥界に導いているといったところでしょうか」

「ふっ、そこの雌はよく分かっているではないか。我の耳を掻く権利を授けよう」

「後でね」

頭を突き出してくるアヌビスに苦笑しながら三好が言った。

主である六条さんは、俺が渡した空のリュックをお腹側にかけて、ドロップアイテムが出る度に、それをその中へと詰めていた。

さすがは素の状態なら人類最高クラスに違いないＬＵＣ（運）の持ち主だ。結構な頻度でアイテムがドロップしていた。

特に魔結晶は、犬たちの特別なご褒美《ほうび》に必要だから大事に取っておくように伝えてある。

三代さんは、クリエイトアローに曲がりなりにも成功していて、〈地魔法〉で作られた矢を撃ち出していた。

ただし、まだ回転が遅く、守られた状態でないと使うのは難しそうだった。

「一発当たり、０・２くらいだな」

「ＭＰの消費ですか？」

俺は、耳ざとく呟きを聞き付けた三好に頷いた。

「一時間に48くらい回復するはずだから、時間あたり二百四十発なら自然回復で間に合うな」

「一分に四発は微妙ですね」

「まあ、ひたすら打ち続けるなんてことはないから大丈夫じゃないか？　ダメでも矢のコストをある程度押さえられるだろ」

俺は、先日ダンジョン用の矢の値段を聞いて驚いたのだ。

以前購入したときは、セットで買ったから単体の値段が分からなかったが、高価なものは一本五千円とかするのだ。もちろん五百円くらいの安いものもあるようだったが、それでもダンジョン探索に使ったら、初心者なら確実に大赤字だろう。弓使いが少ないわけだ。

「だが威力はバカにできないみたいだぞ？」

三代さんが射た魔法の矢は、ゾンビもスケルトンも、一撃で頭部を吹き飛ばしていた。

斎藤さんもそうだったから、弓矢という武器そのものの効果が高いのかもしれない。

「私たちの最初の頃より凄くないですか？」

「まあ、ステータスが違うからなぁ」

三好の最初の頃のステータスは、実にしょぼかったのだ。おかげで、チタンのフライパンを担いでスライムにアタックするはめになったが、今となってはそれが良かったとも言える。

三代さんがドロップさせたアイテムも、六条さんがせっせと拾っては鞄《かばん》に詰めていた。

三代さんは契約探索者だけど、六条さんは違う。そう言えば彼女たちとの契約って、どうなっているんだろう？

「三好。彼女たちとの契約ってどうなってんだ？」

「三代さんはお給料＋歩合給ですけど、小麦さんは厳密にはまだキャンプ中なんですよ。だから、マイトレーヤとしてまとめて契約してます」

「マイトレーヤ？　何、その人類を救ってくれちゃいそうな名前？」

もっとも、(注23)五十六億七千万年後に人類が存在しているかどうかは怪しいだろう。

「何かパーティ名を付けろと言われて二人で考えたんですけど、三代と六条で三六《みろく》だからそれでいいかって」と三代さんが笑って言った。

なるほど、そういうことか。

そう言えばマイトレーヤの意味は『友情ある』だ。

少し派手すぎないかと思った名前も、楽しそうに協力しながら十層を突き進んでいく二人を見ていると、意外とぴったりな名前に思えてきた。

（注23）　五十六億七千万年後

釈尊の死後、五十六億七千万年後に弥勒菩薩が衆生を救済するというのは有名な話だが、実際は経典によって、例えば、五十六億六百万年だとか、五十六億一万歳だとか、五十六億七十六万歳だとか、色々な数字が主張されている。

それは、ちょうど十一層へ下りたところで起きた。そこにあった通信拠点っぽい場所には、通常の倍くらいの人数がいたのだ。

生者に寄ってくるというアンデッドの性質上、十層に拠点を作ることは難しい。

十層へ下りる階段に拠点が置かれていたように、十層に上がる階段にも拠点が置かれていた。そうして、擬態するレッサー・サラマンドラを避けるように、十一層側も階段の途中に拠点が置かれていたのだ。

通常の拠点業務に必要な倍の人員は、彼らに暇をもたらしていた。そこで俺たちは声をかけられ、思わぬ時間を取られたのだ。原因は、俺たちの格好だった。

三代さんは多少マシとはいえ、俺たち三人は初心者丸出し装備だったのだ。

「モロ初心者装備で深いところに潜ると目立つんだって、忘れてたよ……」

十層ですれ違った探索者の目が、ことさら胡散臭そうだったのはそれか。

「まあ、その装備は、普通四層までですよね」と三代さんが笑った。

「俺たちの体力じゃ、どうせ攻撃を受けたらアウトなんだから、紙でも板でも関係ないと思うんだけどなぁ」

「芳村さん。それはあまりに極端ですよ」

どうにかこうにか彼らを丸め込んだ俺たちは、荷物の中から以前使っていたマントを取り出して装備すると、予備をマイトレーヤの二人にも渡しておいた。

十一層では暑苦しいが、これで悪目立ちすることは防げる——といいな。

マイトレーヤのフォーメーションは、十七層までは通用していた。俺は、下二桁を調整した後は、彼女たちに攻撃を任せてポーターに徹していた。

後は、時々ドリンクを渡して、水分を補給させる役くらいだ。

「やはり、小麦さんのドロップ率はなかなか凄いですね。先輩に迫りますよ」

三好がタブレットを見ながら感心するように言った。

こいつも、周囲はアルスルズに任せっきりで、自分はマイトレーヤの二人の統計を取ったりしているようだった。

そうして、十八層への入り口が見えてきたところで、六条さんが散らばっていた犬たちを呼び戻した。

「ウストゥーラ、ハウス！」

「ウストゥーラ？」

アーサー王の犬だったカヴァスたちが、アルスルズってのはまあ分かるけど、ウストゥーラってなんだろう？

「まとめて呼ぶときは、ウストゥーラって呼ぶことにしました。クー以外は、神話からの拝借ですし、mythsというのも考えたんですが、発音が……」

確かにミススは言いにくい。ということは、ウストゥーラってのは、神話関係の言葉なのか。

「音は格好いいけど、何語なんです、それ？」

「アラビア語です。神話とか伝説とか寓話《ぐうわ》とか、そういう感じの意味なんです」

「アラビア語？　なんとマイナーな」

「先輩。アラビア語って、母語人数で言うと、中国語、英語、ヒンディー語、スペイン語に次いで、世界第五位ですからね。日本語の倍くらいはいるんですよ」

「え？　そうなの？」

「なにしろコーランの言語ですからね。ただ、滅茶苦茶バリエーションがあるので、私たちにはどれがなんだかさっぱりですけど」

集まってきたウストゥーラの四頭は、無事にハイディングシャドウが使えるようになったらしく、六条さんの影へと潜っていった。

最初はこれが使えなくて焦ったのだが、アルスルズが、ウストゥーラと何か話をしているような様子を見せると、徐々にそれができるようになっていったのだ。

因みに、アヌビスは最初からできた。

本人は当然だとばかりに胸を張っていたが、仲間に教えるのはヘタクソのようで、アルスルズに一任されていたようだ。

「あいつが人間だったら、きっと、ひょいっと影に飛びのって、すすーと潜ったらできるよ、とか言っていたに違いないな」

感性型ってやつだ。

「ぬっ。今、無能な雄にディスられたような気がしたのだが？」

小麦さんの影から、ひょいと頭だけを出したアヌビスが不審そうな顔で眉をひそめた。

「ち、違うぞ？　お前は天才型だから、同じ天才にしか教えられないだろうって言ったんだよ」

「ほう。少しは分かるようになったではないか。精進しろよ、雄」

彼は満足げな表情を浮かべると、再び影の中へと沈んでいった。

「はー」

「お疲れさまです」

三好がクスクスと笑いながらそう言った。

あいつら、影の中からでもある程度外の様子が分かるようだし、アヌビスは喋るから意思疎通もバッチリだ。スパイでもやらせたら無敵だな。

SECTION :

代々木ダンジョン 十八層

初めて十八層へ来た二人は、黒っぽい大地の上に大きな岩がゴロゴロと転がる荒涼とした風景や、鋭く切り立った崖の下に、どこまでも雲海が広がっている光景に唖然としていたが、俺たちは、そのフロアのあまりの変わりように驚いていた。

「なあ、三好。ここはいつからエベレストのベースキャンプになったんだ？」

バティアンを臨む階段の付近には、一本のポールが誇らしげに立てられ、多くのカラフルなタルチョが結ばれていた。

その数が、ここを訪れている探索者のパーティの数を想起させた。

タルチョというのは5色の旗でチベット仏教のアイテムだが、実際はそれ以前のアニミズム的な宗教であるボン教の時代からあったらしい。

「それぞれの色が五大を表しているそうですからね、魔法のあるダンジョンとは相性がいいのかもしれません」

「しかし、これは……ここで祭壇を作って、プジャでもやってるのか？」

エベレストに登る前には、ラマ僧を呼んで、プジャという山の神に祈りを捧げる儀式が行われるらしい。

「太鼓叩いて、小麦でも撒きます？」

「呪文が分からないからパス。そもそもこれ、どうやってスライムの襲撃を躱してるんだ？」

「ポールと紐はダンジョン産のアイテムじゃないですかね。もちろん積み上げられている岩もそうでしょう。ですけど結び付けられている旗は……どう見ても持ち込みですよね」

空中に浮いている旗は、常にだれかの視線があったりするから無事なのだろうか。夜はどうなっているのだろう？

俺たちが首を傾げていると、六条さんが、はためくタルチョを見上げながら近付いてきた。

「あの旗には経文が書かれていて、旗がはためくたびに、それを読んだことになるそうですよ」

「そりゃ凄い」

「マニ旗って言うんですけど、マニって宝珠とか宝石って意味ですから、〈マイニング〉の宝珠を祈願するにはぴったりなのかもしれませんね」

「へー」

始めたやつはたぶん単なる登山ヲタだと思うけれど、探せばどこかにぴったりと収まる理屈があるもんだ。俺は感心しながら、テントを張るのに良さそうな場所を探し始めた。

最終的に俺たちがテントを張ったのは、テントが密集しているキャンプ地から少し離れた、身長くらいある大きな岩の陰になっている場所だった。

「崖のそばは落石が怖いし、うちはどうせアルスルズが頑張ってくれるから、人のいない場所の方が向いてるよな」

俺は、バックパックからテントを取り出すと、グランドシートの敷設予定スペースにある大きめの石ころを取り除いてからそれを広げ、その上にテントを広げた。

気温の変わらないダンジョン内で使われるダンジョンモデルは、保温性を重視した通常モデルと違って、メッシュ部分が大きくとられていて通気性が良くなっている。そして何より難燃性の素材が使われていた。

フライシートとインナーテントは、すでに取り付けたまま収納してあるから、二本のフレームを差し込むだけで簡単に立ち上がる。さすがにお手軽だと勧められたモデルだけのことはある。

しかし、そこで俺ははたと気がついた。

「ペグ、打てないじゃん！」

何しろ岩肌がむき出しの場所も多い。非破壊オブジェクトじゃなかったとしても、ペグが深くは刺さらないのだ。

「そういうときは、コンビニの袋みたいなのに石を詰めて、テントの四隅においておくといいんですよ」

途方に暮れていると、三代さんがそう教えてくれた。

さすがは野営経験者。実際、ダンジョン内はペグが打てない場所だらけなので、大抵は石や荷物で代用するそうだ。

「張り綱を石で固定したりもしますけど、ダンジョン内は突然強風が吹いたりしないので、重しだけでも大抵は問題ありません」

そう言いながら、張り綱を石に固定するための、エバンスノットを教えてくれた。

先に作った輪っかの大きさを自由に変えられるため、いろんなものに輪を通して固定するのに便利な結び方らしい。

「お、先輩。早速経験値をゲットしてますね」

「ほんと、やってみないと分からないことって多いよな」

俺は二つ目のテントを無事に張り終えると、二人から預かっていた荷物――たぶん、タオルや下着類だと思う――を取り出して、食事まで休んでいるように言った。

出発してから十一時間ちょっと。サイモンたちの九時間には到底かなわないが、それでも普通の倍のペースで十八層までやって来たのだから、大したものだ。初めての二人はそれなりに疲れているだろう。

「何かお手伝いしましょうか？」

「いや、大丈夫。今日は強行軍で疲れたろ？　今、お湯を用意するから」

バックパックから、折り畳み式のソフトバケツを取り出した俺は、四十六度のお湯を水魔法で作り出した。

「え？　〈水魔法〉って、お湯も作れるんですか？」

「やったらできたぞ。ナンバーなしの〈水魔法〉だからかな。クリエイトウォーターって普通温度のことを考えないんだけど、それを考えるようにするだけだった」

「それって、結構すごいノウハウなのでは……」

確かに狙った温度の水を作り出すためには、かなりの訓練が必要だったし、高温や低温になるほどＭＰの消費は多くなるようだった。

「じゃあ、お湯はここに置いておくから」

「ありがとうございます」

一応ルーも組み立てて、ルーの足を石で固定しておいた。内部にふりかけとパウダーケースを置いておけば、見張りはアルスルズとウストゥーラがやってくれるだろう。

三好はテントの傍にかまどを設営していた。彼女はそこでアルスルズに周囲のガードの指示をしながら、魔結晶を与えていた。

「グラスたちが増えたから、魔結晶消費量も一・五倍だな」

「そこは仕方がないですね。今度から私一人で十層へ籠もってもいいですけど」

「いや、それはまだやめとけ。いくら十層で無双ができるって言っても、その他のトラブルが怖いだろ」

主に人間が。

「分かりました。それで先輩、晩ご飯はなんですか？」

そろそろ薄暗くなる頃だ。手早く準備できるものがいいだろう。

「そりゃ、男のキャンプ料理ったら、カレーかＢＢＱだろ」

「手が込んでない！　珍しいですね、先輩」

「カレーはレトルトだとか言ってごまかせるからな。一日目の今日は、生ものを使うＢＢＱにしとくか」

そう言って俺は五十センチくらいある鉄板を取り出した。料理にも使うけど、これは本来盾だから。少しくらいかさばってもしかたないんだ。うん。

「だけど先輩。匂いってモンスターを集めたりしないんですかね？」

「それな。実は平気じゃないかと思うんだ」

　俺はプレートをかまどの上に置いて熱し始めた。少しはみ出させて、焼く場所と保温する場所を作るのがポイントだ。

「嗅覚は、最も原始的な感覚だけに、それは食べることと生殖に直結してるだろ？」

「食べられるかどうかの判断や、フェロモンの受容で発達したってことですか？」

「そうだ。そしてダンジョンのモンスターを見る限り、どちらも大して重要じゃなさそうだ」

　連中は、生殖もしなければ食事も必要ないことになっている。

「ですね」

「つまり嗅覚に依存することがあまりないんじゃないかと思うんだ。アルスルズだって、匂いというより別の超感覚みたいなもので索敵をしてるだろ」

　視覚と聴覚、それに超感覚でモンスターは対象を捉えているように思えるのだ。

「丁度、それほど密度のないモンスター分布と、アルスルズが近づいてくるモンスターを遠距離から捉えられる広い空間と、比較的安全なポジションがあるんだ。ついでに試しておこうぜ」

「それはいいですけど、そんな推測で、本当にモンスターが襲ってきたら大迷惑ですよ？」

「ま、一番の根拠は他にあるんだけどな」

「なんです？」

「だって、ターン・スピットの豚串屋、一度も襲われたことがないだろ？」

「ああ！」

八層には、オークもフォレストウルフもポップする。

あれだけ一日中、派手に匂いを振りまいておいて、ターン・スピットがそのせいで襲われたという話は聞いたことがないし、もしもそんな事態が起こっていたとしたら、あそこの営業はとっくに終了してるはずだ。

つまり、匂いそのものはモンスターを引き寄せないのではないかと思うわけだ。

「美味しそうな実験は大歓迎ですよ。ついでに焼きそばで水増ししましょう」

「了解。ソースは？」

「そりゃ、オタフクの焼きそばソースが鉄板ですよ。ちょっと太麺で」

「マルちゃんの粉末タイプも捨てがたいぞ。あの豚肉の脂と一緒になったときの旨味には、なかなか侮れないものがある」

「単体だとちょっと素っ気ないですけどね」

「豚バラと使ってこそ至高だな」

油を引いて、肉と野菜を並べ終わったら、追加とばかりにパックに入った豚肉とキャベツと焼きそばを取り出した。

「うわー、なんだかいい匂いがします」

どうやら体を拭き終わったらしい六条さんがやって来た。

「そういえば、ヘルハウンドって何を食べるんですか？」

「アルスルズは、人用のご飯も好きですけど、あくまでも嗜好品的な位置づけみたいです。Ｄファクターさえあれば何も食べなくても平気――」と、言ったところで、グラスがひょっこりと影から出てきて、悲しそうに首をフルフルと振った。

「――なんですけど、こんな具合に要求してきます。あんまりやりすぎると調子に乗るから、ご褒美にあげるくらいで丁度ですよ」

「へー、ドッグフードとかは食べないんですかね？」

「うちではやったことがないですね。と言うか、味がないといまいちそうですから、人間みたいな味覚だと考えていいんじゃないでしょうか。消化酵素の問題だとか、そういうのも考えなくて良さそうですし」

「不思議ですね」

「まったくです。しかも排泄するのを見たことがないですから、たぶん食べたものは、なんでも完全に分解しちゃうんじゃないかと思います」

「ウストゥーラたちも、食べますかね？」

「食べると思いますよ。ちょっとサンドイッチでもやってみます？」

そう言うと三好は、俺に向かって手を出した。

俺は苦笑いしながら、ハムサンドのパックをバックパックから取り出したように見せて、彼女に渡した。

「どぞ」

三好がそれを小麦さんに渡すと、彼女はアヌビスを呼びだした。

「アヌビス」

「むっ。食事か？　我々は何も食べなくても平気――」

そう言いかけたアヌビスの前に、小麦さんがハムサンドを突きだしていた。

「ま、まあ、食べることもでき……ぬぉっ！　なんと主たちの食べ物というのは、なかなか美味いではないか！」

そう言ってハムサンドを食べるアヌビスを見て、グラスがコクコクと頭を振っていた。

「順番に食べたら、アルスルズと協力して、まわりの警戒をしてくれる？」

「いいだろう。我々に任せておけ。クー、貴様はテントの前で番犬だ」

「ばうっ」

「ガルムとライラプスは我と来い」

「「わふっ」」

「周辺だけでいいぞ。それと基本的には隠れておけよ。他の人間に見つかると、間違って攻撃されるかもしれないからな」

「野蛮な連中はこれだから困る」

アヌビスは四つ足で肩をすくめるという器用な真似をしてそう言った。

「それから、山には絶対に登るな」

俺は真面目な顔をして、アヌビスにそう言った。

「山……というと、あそこか？」

アヌビスは、バティアンの方を見上げながらそう言った。

「そうだ。分かるのか？」

「あそこはパスだ。我では相手にならんな」

ってことは、やっぱりエンカイは復活してるのか。

そういや、俺、丁度下二桁が99……いやいやいやいや、やはりそれはないな。

「なんだ、わきまえてるんだな」

「当たり前だ。相手と自分の強さも測れないバカは生きていけないぞ」

「そうだな」

順番にサンドイッチを食べてから、周辺の警備に向かった三頭を見送った頃、三代さんも、弓の手入れを終わらせてテントから出てきた。

「はー、お腹ぺこぺこです」

「じゃ、食べよう。と言っても、ただのＢＢＱと焼きそばだけど」

「いや、ダンジョン内でそんなもの、普通食べられませんから」

「そうなの？」

「そりゃそうですよ。生ものは重いし、やはりレトルトやミリ飯が主流です」

ミリ飯には、缶詰タイプもあるが、それだと重いため基本はレトルト型になるらしい。温めは、発熱剤と発熱溶液がセットになったタイプと、加熱剤に少量の水を利用するタイプの二種類があって、いくつかの企業がしのぎを削っているそうだ。

「もともとの開発経緯もあって、どうしても味が濃いものが多かったんですけど、最近では探索者向けミリ飯には、普通の味付けのものも出てますよ」

「へー」

それってすでにミリ飯じゃなくて、エク飯だな。エクスプローラー飯。

「だけど、結構高いんですよね」

まあ、それはそうだろう。

だが、ダンジョン内で泊まらなければならないような階層に到達している探索者にとっては、どうということはない価格に違いない。

俺たちは、鉄板を囲むようにして、食事を始めた。

§

「おいおい、あのだいぶ離れたところでメシ食ってるヤツ、ここをキャンプ場か何かと勘違いしてるんじゃないだろうな?」

今日の狩りを終えて戻って来た、渋チーのリーダー林田《はやしだ》が、少し先で楽しそうに食事をしている連中を見ながら毒づいた。

「なんだかいい匂いがするね」と東《あずま》が鼻をひくひくさせる。

確かに、肉を焼く香ばしい匂いがここまで漂ってきていた。

「あれってモンスターを呼び寄せたりしないのか？」

「ターン・スピットとかあるし、大丈夫なんじゃない？」

東が自分のミリ飯を準備しながらそう言った。

「ミリ飯も、今じゃそれなりにバリエーションがあるとは言え、さすがに飽きたな」

大建《おおだて》は、我関せずと、サバイバルヒーターに加熱剤とレトルトを突っ込んで水を入れた。温まるのはいいが、これが意外と時間がかかるのだ。

「あんなやつら昨日はいなかったぞ？　今日来たばっかだろ」

喜屋武《きゃん》が、興味を引かれたように、そちらを眺めている。

「軍っぽくはないけど、深層で見かけたこともないな。他のダンジョンからの遠征組か？」

「十八層まで来られるのに、俺たちが代々木で見たことがないってことはそうじゃないの？」

「んー、なかなか可愛い子が揃ってるみたいだし、代々木のトップチームとしては、ご挨拶がてら、親交を深めに行ってきますかね」

喜屋武は自分の食事の用意もせずに、ベースから出ようとしていた。

「おいおい、この辺はベースキャンプ化してて、かなり安全になってるとはいえ、一応十八層なんだからな。面倒を起こすんじゃねーぞ」

見た目と違って常識人のデニスが、喜屋武に釘を刺した。

「分かってるっての。俺たちゃ一応代々木の人気もんだからさ。向こうだってウェルカムってもんだろ？」

「喜屋武って、なんでそんなに自信満々で能天気なの？」

呆れたように東が突っ込む。

「そりゃ、イケメンだからさ」

「自分で言うなよ」

喜屋武が向こうのパーティへ向かうのを見た林田は、「ち、仕方ねぇ……」と舌打ちをすると、立ち上がってそれを追いかけた。

「林田はあのナリと言動で、意外と責任感が強いからな」

「でなきゃ、うちのリーダーなんかやってないでしょ」

「そりゃそうだ」

大建と東は、ご苦労なことでといった態度で、二人の後ろ姿を見送っていた。

「ああもう、勘弁してくれよ……」

二人が厄介事を引き起こすのを防ぐため、デニスは愚痴をこぼしながら立ち上がった。

§

「へんはい」

三好が、椎茸《シイタケ》を口にくわえながら、俺に注意を促した。

向こうのキャンプが密集している場所から、二人……いや、三人か。男たちが、こちらに向かって歩いていた。

「アルスルズやウストゥーラに、いきなり襲ったりしないように言っておけよ」

六条さんは、もぐもぐと牛肉を頬張りながら、コクコクと頷いた。

「ハイ、君たちどっから来たの？」

近づいてきた大柄な男は、開口一番そう言った。

なに？　もしかしてナンパなの？　ダンジョンの十八層で？

「どっからって、上からですけど？」

「はーい、ざんねーん。君には聞いていなーい」

は？　なに言ってんだ、こいつ？

「てか、君って何？　可愛い子三人も連れちゃってさ。ハーレムキングか何か？」

それを聞いて、六条さんが、ぷぷっと吹き出した。

「お。面白かった？　なんだ、君もカワイイねぇ」

そう言って、大柄な男が六条さんに近づいていく。

後ろで、少し日本人離れした顔をしている男が、あちゃーとばかりに右手で顔を覆っていた。

「俺、喜屋武っていうんだ。渋チーって知ってる？　そこのフロント」

そうして彼が、六条さんの肩に手をかけようとした瞬間、周りから静電気に触れたようなピリッとした感覚が感じられた。

日本人離れした顔の男が、はっとした様子で、チャラそうな男と顔を見あわせると、辺りを見回し始めた。

「先輩。まずくないですか？」

三好がこっそりと俺に囁いた。

アルスルズは、三好にちょっかいをかける人間で結構訓練されているが、ウストゥーラは召喚されたばかりで、そのあたりの機微に疎《うと》い。

「そうは言っても、どうするんだよ。そのままだと死にますよ、って警告するのか？」

「喧嘩《けんか》を売ってるようにしか聞こえませんね、それ」

「だろ？」

「まあ、相手は渋チーのフロントだそうですから、それなりにＶＩＴもあるでしょうし、多分いきなり死んだりはしないと思いますけど」

いや、お前たぶんってな……

その会話が聞こえたのか、チャラそうな男が、目を剝《む》いた。

大柄なイケメンは、そのへん鈍感なのか、相変わらず六条さんにちょっかいをかけていた。

三代さんは、介入していいものかどうか分からず、アワアワしている。

「おい、喜屋武！」

俺たちの会話の断片が聞こえたらしいチャラめの男が、大柄な男に向かって警告した。

「なんだよ。今、親交を深めてるところだろ？　ねえ、君、名前なんて言うの？」

そう言って六条さんの隣に座り、その腰を抱こうとした瞬間、足下から黒い何かが噴き出して、彼の体に巻き付いた。

まずい。人前で喋るなとは言ったけど、殺すなって言った覚えがない！

「――殺すな！」

その瞬間に俺が発した、殺気というか、覇気というか、闘気というか、おそらくはそれに類するものが、まるで物理的な力を持っているかのように、イケメンの顔が半分埋まったところで暗黒の包帯を押しとどめた。

「我が主に手を出すような輩《やから》は、死んでも仕方がないだろう？」

俺の耳の後ろにできた影からアヌビスが小さな声で囁いた。

アヌビスは喋る。

だから極端なことを言っているように聞こえるが、これは召喚された従魔に共通する思考だと考えた方がよさそうだ。

アルスルズが、シャドウピットやシャドウバインドを使い始めたのは、三好の願いをかなえるためだ。もしも、最初から三好が丁寧に教えていなければ、襲ってきたやつらは、全員死体になっていたはずだ。

「俺たちの世界でそんなことをすると、お前の主が困ることになるんだよ」

「面倒なものだな。では後は任せたぞ、雄。無能を返上してみせろ」

アヌビスがそう言うと同時に、黒い包帯は霧散して、包まれていた男が仰向けに倒れた。

外傷はなさそうだが、中身はどうなっているか分からない。何しろゾンビやスケルトンは、溶けるように消えてなくなったのだ。

「ちっ」

俺は舌打ちすると、ポケットに手を突っ込んで〈保管庫〉からポーションを一つ取り出した。

尖端のポッチを折りながら倒れている男に近づくと、それを無理矢理口に突っ込んで、中身を流し込んだ。男の体は、一瞬、微かに青い光に包まれた。たぶんこれで大丈夫だろう。

「い、今のはなんだ?」

唖然として固まっていたチャラい男が、青い光で目を覚ましたように尋ねてきた。

「今の?　ヒールポーションのことか?」

「ちげーよ!　今、喜屋武のやつを何か黒いものが――」

『こっちの方から、すごい気配がしたんだが、何かもめ事かな?』

そう言って、チャラ男の言葉を遮りながら現れた男は、一言で言うと熊だった。

太い手足にがっちりとした体つき。二メートルはありそうな上背に、『ビューティフル・デイ』

に出た時の、ホアキン＝フェニックス(注24)によく似た頭がくっついていた。

熊といえばホアキンは、ブラザー・ベアで、キナイの声もやってるからぴったり……いや、どうでもいいか。

「なんだ、おっさん？」

言葉を遮られたチャラ男が、突然現れたクマ男に食ってかかるのを見て、日本人離れした男が、「げっ」と声を上げた。

「なんだ、デニス、知ってんのか？」

「むしろお前はなんで知らないんだよ！」

有名人なのだろうか。実は俺にも彼が誰だか分からなかった。

方向を相当絞ったつもりの気合いを捉えて顔を突っ込むからには、かなりの実力者であることは間違いないが……

「三好、知ってるか？」

「そらもう。超有名人ですよ。代々木に来てたんですね……」

三好はそう言うと、現れたクマ男を見上げた。

『ミヨシ？　もしかしてあんた、アズサか？』

クマ男は、自分を見上げる女性の名前を聞いて、確かめるようにそう尋ねた。

三好は軽く頷くと、右手を差し出した。

『初めまして、ミスター・マルソン。でもどうして私のことを？』

マルソンと呼ばれた男は、その手を握りかえしながら言った。

『そりゃ、わざわざ代々木までやって来る外国の探索者で、現代のレジェンドを知らないやつはいないさ。こんなに可愛らしいお嬢さんだとは思わなかったが』

それを聞いた俺は、思わず吹き出した。

『彼は？』

『あー、その失礼な男は、ケイゴ＝ヨシムラ。私のパーティメンバーです』

『ヨシムラ⁉　彼がか！』

『え、ご存じなんですか？』

『私はこれでも、結構ステイツに貢献していてね。彼のことはサイモンから聞いているぞ。「侮るな」だとさ』

マルソンは、下手なウィンクをしながら、三好に向かってそう言った。

サイモンのやつ、何を言ってくれちゃってんの。

『芳村です。侮るも何も、単なるGランク冒険者ですよ』

『ランサム＝マルソンだ。ランスと呼んでくれ』

彼は自分に向かって差し出された、俺の右手を力強く握りながら笑った。

（注24）　**ホアキン＝フェニックス**

リバー・フェニックスの弟。キナイは、大精霊の力でクマにされちゃうイヌイットの主人公。

『Gランクが十八層にいるってだけでおかしいんだから、侮れるはずがないだろ？』

「先輩。彼があのキングサーモンさんですよ」

「「マジで?!」」

俺と同時に声を上げたのは、憮然として立っていたチャラい男だった。

いや、なんでお前が驚くんだよ。

『彼は？　君たちの知り合いか？』

『あ、いやー、そういうわけでは。会ったのは今日が初めてですね』

『ふうん』

チャラい男は、自分の方を指しながら行われた会話に、何か自分が話題になっているようだと感じて尋ねた。

「おい、何を話してるんだよ？」

「いや、あなたが誰なのかって」

「おう。それで？」

「今日初めて会った人で、知らないと」

「おまっ、俺を知らないわけ!?」

あれ？　なにか有名な人だったのか？

そういや、あの大男が渋チーのフロントとか言っていたから、彼も関係者なのかな。

『そう言えば、アズサのパーティメンバーは彼以外にも？』

『いえ、彼だけですけど、何か？』

『じゃあ、彼のことだな。印欧の社交界じゃ、魔法使いって言われてるぞ、君』

『げっ』

年末にアーシャが遊びに来た時、確かそんな話をしていたような……

『先輩。三十歳まで純潔を守れば——あたっ！』

言うんじゃないかと警戒していたら、こいつ、本当に言いやがった！　俺はとりあえず三好の頭にチョップを落として、彼女を黙らせた。

『アーメッド氏の娘に何かしたんだろう？　向こうじゃ魔法使いに救ってもらったって話が広がってて、怪我で一線を退いたやつらや、その雇用主、果ては若さを取り戻したい連中なんかが、虎視《こし》眈々《たんたん》と日本の魔法使いと知り合うチャンスを窺っているぞ』

『ええ？』

『事故で回復不能だと噂された娘が、すっかり美貌を取り戻して社交界に戻って来たんだ、何かがあったことだけは隠しようがない。それについて聞かれても、アーメッド氏は、魔法使いに会って助けてもらったという以外、何も口外しようとしないんだ。それで、逆に噂話が大きくなったきらいはあるな』

『噂は聞いてましたけど……だけど、なんでそれだけでうちだと分かったんです？』

『そりゃ、鎌を掛けたからさ』

『おいっ！』

ランスが笑いながら説明してくれたところによると、向こうではそれが大きな噂になっていることは確かだし、魔法使いとコンタクトを取りたがっているというのも事実だそうだ。

　そして、アーメッド氏が訪日中にあった事件として、二回目のオーブオークションが行われたことと、そこに〈超回復〉というオーブが出品されたことまでは知られているらしい。

『だが、彼女が事故にあったのは、ダンジョンが誕生するはるか以前の話だ。娘にDカードを取得させてほしいという彼の願いが、各国の軍にも匙《さじ》を投げられていたことは、一部じゃ有名な話なんだ』

　まあ、あのオッサンじゃ、所構わず偉い人に直訴して歩きそうだし、ある程度目立つのは仕方がないだろう。

『だから、皆、〈超回復〉が使われたのではないかと疑いながらも、決定的な証拠は握れないでいたんだ。だが、やはりそうだと分かってスッキリしたよ』

　サイモンといい、ランスといい、どいつもこいつも油断のならないやつらばっかりだな……探索者のトップエンドって、こんなやつらばっかかなわけ？

『あー、その話は、あまり広めないでいただけると助かるんですが……』

『もちろん、アズサたちを敵に回したりはしないさ。だが――』

　彼は少しだけ言いよどんだが、結局その先を続けた。

『ここだけの話、その依頼は私のところにも来た。それでアーメッド氏と知り合ったわけだ』

　まあ、軍に振られたら一般の上位に話を持っていくのは必然だろう。藁《わら》にも縋《すが》るってやつだ。

『だが、両腕と片脚がなく、何年も車いすの上で過ごした人間に、独力でモンスターを倒させる？　誰がどう考えても不可能だ。少なくとも私には不可能に思えた――』

ランスは、突然真剣な顔で尋ねてきた。

『一体、どうやったんだ？』

まさかストローと足の裏でと正直に言うわけにもいかず、『それは企業秘密です』と答えるしかなかった。

『まあ、そうだろうな』

つまらないことを訊いて悪かったなと、ランスは俺たちに謝った。

その時、三代さんが声を掛けてきた。

「芳村さん。焦げちゃいますよー」

『あー、食事中だったんですけど、よかったらランスも一緒にいかがです？』

『おお。それはありがたい』

ランスは、ちょっとビールを取ってくると、一旦自分のキャンプへと戻っていった。

って、ダンジョン内に酒を持ち込むとは……

「うちもドリーの中にありますよ」

「いや、うちと違って、ビールのパックとか、重いだろ？」

「あの体格ですし、今の十八層なら誰かの依頼でしょうから、ポーターもいると思いますよ」

三好が去っていく彼の背中を目で追いながらそう言った。それにしても、いつの間にか、三代さんが調理役をやってくれていたのか。

「渋チーが来たと思ったら、今度はキングサーモンさんですよ？　もう展開について行けなくって。料理でもしてたほうが落ち着くので任せてください！」

「そう？　じゃあ、よろしくね」

そう言って、俺は、肉と焼きそばを増量した。

「だけど、なんでキングサーモンなんだ？　どっちかというと、グリズリーだよな」

「確かにぎりぎり棲息《せいそく》域ですね、バンクーバー」

そう言って、三好が笑った。

「彼が初めて有名になったとき、Lansom Malson の姓と名を見て、どちらもアナグラムで、salmon になるって気がついた人がいたんですよ。で、ダブルサーモンとかミスターサーモンとか呼ばれ始めたわけです」

「本当だ。面白いな」

「その後は、みんなが知っている通り、めきめきとランクを上げて、一般の探索者の中では首位になったため、キングと言われるようになったんです。それまでの呼び名と、バンクーバー周辺の出身だったことも手伝って、自然とキングサーモンと呼ばれるようになったそうです」

「へぇ、そうだったのか」

そう言ったのは、さっきまで呆然としていたチャラ男君だった。ええっと——

「林田だ。林田康生《こうせい》。渋チーのリーダーをやってる」

そう言えば、鳴瀬さんが、テンコーさんと並んで市ヶ谷の管理課で必ず覚えられる探索者の双璧だとか言ってたな。彼がそうなのか。

「どうも。芳村です。って、なんで、まだ、ここにいるんです？」

「いいだろ。せっかく世界のトップエクスプローラーが来てるんだぞ。ここで帰れるかよ」

「でも、言葉は？」

「こいつがいるから平気だ」

林田は、さっきの日本人離れした顔の男をヘッドロックしながら言った。

「ちーす。半分リトアニア人の、デニス＝タカオカっす。以後お見知りおきを」

デニス＝タカオカは、渋チーの斥候らしい。お母さんがリトアニア人で、スタートアップの現場で恋愛して結婚、今は日本の支社にいるとかなんとか。

そういや、バルト三国は、今やＩＴ先進国だよな。だけど——

「それって、ソ連崩壊してすぐの頃じゃないの？」

彼がいくつか知らないが、二十歳は過ぎているだろう。だとしたら確実にソ連が崩壊して十年以内だ。

「まあ、そっすね。うちの親父も独立を回復したばっかの国によく行ったもんですよ」

「バルト三国の美人に惹かれたとか？」

「あー、多いって言いますけど、普通ですよ、普通。日本だっておしゃれな場所に行けば、美人っぽい人一杯いるでしょ。あんな感じです」

「そういうわけで、こいつはうちのチームの外国語担当なんだ」

「へー……って、バルト三国って、英語じゃないよね？」

「それぞれの国の言葉ですけど、リトアニアじゃ若い世代は英語も話しますよ」

彼の話によると、バルト三国では、英語を学ぶ者が増えた分、ロシア語を学ぶ者が減っているそうだ。特に、北側のエストニアとラトビアは、ロシア語が母語のロシア系住民の数が多いにもかかわらず、それぞれの母国語話者がロシア語を学ばなくなったため、住民間のコミュニケーションに支障が出始めているらしい。それが、一種の社会問題になっているそうだ。

どの国にもいろいろあるんだな。

「ソ連時代の外国語っていうとドイツ語だったらしくって、上の世代は英語がだめでドイツ語を話す人が多い感じですね」

そこで三代さんが、肉や焼きそばを載せた皿を持ってきた。

「焼けましたよ、どうぞ」

「あー、俺たちも食って？」

ダンジョン内の食料は貴重だ。深層では特に。

だから当たり前のようにそれを受け取ったりはしない。遠慮のなさそうな渋チーですら、一応確認してくるくらいだ。

「貸しですよ」

俺は笑いながらそう言った。

「悪いな。ミリ飯はちょっと飽きたところだったんだ」

「残してきた連中が文句を言いそうっすね」

二人は嬉しそうに三代さんから皿を受け取ると、早速それにかぶりついた。

『いや、お待たせ、お待たせ』

丁度その時、ランスが六缶一パックのビールを二パック持ってやって来た。

『夜は長いよ。一緒に楽しもう！』

そう言って彼は、三百五十ミリ缶を皆に配りながら、料理の皿を受け取り、当たり前のようにプルタブを引いた。

何度も言うが、ここは十八層だ。世界って広いんだなぁ……

§

俺たちは、三代さんと六条さんを、うちの契約探索者だとランスに紹介してから、彼の語る探索譚を聞かせてもらった。

もちろん多少は盛っているだろうが、探索歴が長く、世界中のいろんなダンジョンに潜ってきた彼の話は面白かった。

『だけど、どうしてアメリカに貢献してるんです？　バンクーバーってカナダですよね？』

『ああ、私は、ザ・ポイントの出身だから。国籍はアメリカなんだよ』

ザ・ポイント？

どこなんだそれって感じのまぬけな顔をしている俺に向かって、彼は詳しく説明してくれた。

『ザ・ポイントっていうのは、その昔、ステイツとイギリスが国境を決めたときのいい加減さで生まれた飛び地なんだ』

その昔、北アメリカ大陸でイギリスが北から南へ、アメリカが東から西へと開発を進めていた頃、いずれぶつかる国境をどこで区切るのかという問題が持ち上がった。

その時、アメリカは北緯四九度線を境界線にしようと提案したが、バンクーバー島がとても重要だったイギリスは、バンクーバー島を横切るその案には賛成できず物別れに終わった。

とにかくバンクーバー島に固執していたイギリスは、その後しばらくして、んじゃバンクーバー島を全部くれるなら、大陸は四九度線でいいよという話をまとめてしまう。

その時は、まさかその線が、デルタの南側にある半島を微かに横切るなんてことを、誰も想像すらしていなかったのだ。

かくして、両国のバンクーバー島を巡る綱引きに隠されたうっかりで、ザ・ポイント——正式名称ポイント・ロバーツ——は誕生した。

『しかも、全然重要じゃない土地なんだな、これが』

ランスが笑いながらそう言った。

『いや、本当に何もないんだ。エレメンタリースクールの三年生までは学校があるんだが、四年生からは近くのステイツの街までスクールバスで通うんだよ？』

きっと私は世界で一番国境を越えた男の一人だね、と彼は笑った。

何しろ学校へ通うのに、一度カナダに入国してから、アメリカに出国するのだ。都合、毎日四回国境を越えることになる。

カナダに税金を払っていない彼らは、カナダの公共サービスを受けることができない。公立の学校もその一つに当たるわけだ。

『そういえばランスさんは、故郷に病院を建てたとかニュースを見たような……それが、ザ・ポイントだったんですね』

三好が思い出すようにそう言うと、彼はよく知っているなと驚いたような顔をした。

『ああ、せめてそのくらいはね』

彼が子供の頃、ポイント・ロバーツには病院がなかったそうだ。

ま、一応故郷だから、と笑った顔が赤かったのは、テレのせいかビールのせいかは分からなかった。

『しかし、各国のトップチームはともかく、キングサーモンさんが来日しているとは知りませんでした。やはり〈マイニング〉が目的で？』と、デニスが訊いた。

それは俺も興味があるな。

『そうだよ。詳しいことは言えないが、短期の契約で〈マイニング〉の採掘を依頼されたんだ』

『トップエクスプローラーが期間契約するのは珍しいですね』

雇用主や、雇用主が指定したものに同行するタイプの探索行を、最高ランクの冒険者はあまり引き受けない。勝手に冒険した方が高収入を得られるというのもあるが、一般人なのに高ランクという人間は、大抵自由なタイプが多く、何かに縛られるのを嫌うのだ。

高額を支払う雇用主には、何かと偉そうな人も多く、合わないという単純な理由もあるようだった。

『丁度代々木に来ようと思っていたからね。言ってみれば、川を渡ろうとしたときに船を見つけたようなものだよ』

『なぜ、代々木に？』

アメリカ、特に西海岸には、有名なダンジョンがいくつかある。

わざわざ極東の島国までやって来なくても、探索ダンジョンには事欠かないはずだ。

『そりゃ、興味深い事件がいくつも起こっているからさ。しかも完全にパブリック。これで来ないやつは探索者じゃないね』

『ってことは、他にも来てる一般探索者がいるんですか？』

軍関連は、ランキング上位を占めている主要国家のほぼすべてが、何らかのチームを派遣していると聞いた。きっと、あっちのキャンプのどこかに、ベースがあるんだろう。

キャンプの間を散策すれば、世界中の言葉が聞こえるはずだ。なんてインターナショナル。

『一般の探索者？　そうだな……こないだエラに会ったぞ。政府の依頼だとか言ってたな』

『エラ？』

『エラ＝アルコット。キャンベルの魔女さんですよ』と三好が補足した。

「エラがどうしたって？」と林田がデニスに聞いた。

「キャンベルの魔女も代々木に来てるってよ」

「マジか?!　東が喜びそうだな」

喜びそうって、ファンか何かなのだろうか。

ここから、ほかのベースキャンプまでは二十メートル以上離れている。念話の範囲外だから東とやらには伝わっていないんだろう。

『元は、キャンベルタウンの魔女だったんだが、いつの間にか縮んだんだ』

ランスが笑って、そう教えてくれた。

『キャンベルタウンって、クーをくれた六条さんの友人の？』

『あれはイギリスのキャンベルタウン。こっちはオーストラリアのキャンベルタウンですよ』

『ややこしいな』

北海道に、広島だの伊達だのがあるのと同じようなものか。

『愛妻家の総督のせいで、オーストラリアにはキャンベルタウンがあふれてるんだよ』

ランスが、口の中の肉をビールで流し込みながら笑った。

昔の総督が、妻の姓だったキャンベルを街の名前に付けたことは有名なエピソードらしい。

「某メイド漫画の子爵家とは関係ありませんよ」

「あのな……」

全部が全部、その影響なのかどうかは分からないが、オーストラリアにはキャンベルタウンと名前の付いた場所がいくつもあるのだそうだ。

『彼女のは、アデレードのカウンシルだ。住んでる場所、というか出身地だな』

まあ、どんな人か知らないので、すれ違っても分からないだろう。

俺がそう言うと、戦闘中にピカピカ光ってる女がいたら彼女だと、ランスが教えてくれた。

なんだそれ？

『いずれにしろ代々木はとても面白い。君たちのブートキャンプにも興味があるしね。エラもそうなんじゃないかな？』

『光栄です』

三好が少しテレながらそう言った。

実態を知っている俺たちとしちゃ、あれを積極的に語るのはちょっと抵抗があるのだ。

その内容をデニスから聞いた林田が、思わず声を上げていた。

「は？　お前ら、Ｄパワーズの関係者なの!?」

今頃何を言ってんだ、こいつ。

って、アーシャの話をしていたときは、近くにデニスがいなかったのか。

「まあ、そうだけど……」

「なら、訊きたいんだけどさ、ブートキャンプってどのくらい効果があるんだ？」

「効果には個人差があります、としか」

「なんだその、ＴＶ通販の健康食品みたいな台詞《せりふ》は」

しかし、他に言いようがないのだ。

「じゃあ、俺たちも申し込んで……って、おい？　デニス？」

ふと見ると、眠そうに通訳をしていたデニスがひっくり返っていびきをかいていた。

「あちゃー、こいつ二本目を飲んだのか……」

デニスはアルコールに弱い体質で、ビールを二缶も飲むとすぐに寝てしまうらしい。

「ちっ、通訳が先に潰れてどうするんだよ。仕方ねぇ、撤収するか。あー、まあ、今日は悪かったな。飯の借りはいずれ。それじゃまたな」

「明日も気を付けて」

「お互いにな」

そう言って、林田はデニスを抱えて自分のキャンプへと戻っていった。

ああ見えてさすがに時々トリプルのケツにいるだけのことはある。軽々とデニスを抱えているのを見ると、結構力もありそうだった。

彼らを見送った後、ランスは少し真剣な顔つきになった。

『まあ、私の話はこれくらいにして、今度は私の方で訊きたいことがあるんだが』

『なんです？　俺たちはキャリアが浅いので、話せることはあまりないと思いますけど』

『〈異界言語理解〉は、何からドロップしたんだ？』

いきなりの質問に、俺と三好は顔を見あわせた。

『あー、申し訳ないですけど、そういう話はＪＤＡにでも訊いていただかないと。俺たちからは、なんとも言えませんね』

『……ふむ。まあ、そうかもな』

こういう情報が、完全にオープンにされないことはままある。

特にプロ探索者は、個々の探索で様々な契約に縛られるから余計にそうだ。そのことをよく知っている彼はそれ以上追求してこなかった。

『しかし、Ｄパワーズにはやられっぱなしだ』

彼はそう言って座り直すと、人差し指を立てた。

『アーメッドの件にしても、〈異界言語理解〉の件にしても――〈マイニング〉もどうせ君たちが関わっているんだろう？』

彼は、缶に最後に残った液体を、ぐっと呷《あお》って喉に流し込んだ。

『ここ二か月は、世界中のプロ探索者が、アズサ一人にやられていると言ってもいい状況だ。面白くないと思っているやつらも――』

それが不穏な発言だということに気がついた彼は、話を途中でやめて、おどけたように、それをフォローした。

『さすがに上位にいる連中に、そんな嫉妬をするようなやつはいないだろうけどね』

彼は、飲み終えた缶を、クシャッと潰してゴミの袋に入れると腰を上げた。

『いずれにしても、そんなアズサの活躍を支えている代々木には、みんな興味があるわけさ。さて、私もそろそろお暇するかな』

『そこまで送りますよ』

ここはキャンプからは少し離れている。十八層で飲酒した人を、そのまま返すのもなんだったから、俺たちは一緒に立ち上がった。

しばらく前を歩いていた彼が、ふと歩みを止めて振り返った。

『ああ、そうだ。最後に一つだけお願いをしてもいいかな』

そう言って彼は、ポケットから布に包まれた何かを取り出した。

『アズサは〈鑑定〉持ちだと聞いた。料金がいくらなのかは知らないが、このアイテムを見てほしいんだ』

三好がそれを受け取って、慎重に布を開くと、中からは鉄のように見える素材で作られた、装飾のない鈍い銀色のリングが現れた。

『致死の指輪、ですか』

触れもせずにそう言った三好を見て、ランスは驚いたように目を開いた。

『〈鑑定〉持ちだというのは本当だったのか……そうだ、一年ほど前に手に入れたときの名称は、確かに致死の指輪だった。あまりの名称に自分で付けるわけにも、他人でテストするわけにもいかなかったんだ』

『そういうことならいいですよ』

そう言った三好は、俺から受け取った筆記用具で、紙の上に鑑定結果を書き出した。

致死の指輪

Deadly Ring

Damage +10%

Max (user SP / target SP)% chance to kill on hit.

VIT -3

研鑽を怠らぬものには、底知れぬ穴を開く鍵が与えられる。

呪われたものは、獣の皮を縫い合わせた小舟で、永遠の闇へと渡されるだろう。


『下の2行はフレーバーテキストです。鑑定は、基本的に持ち主がネイティブに使っている言葉で表示されるので日本語です。あくまでも雰囲気だと思うのですが、気になりますか？』

「一応訳してもらっても？」

『研鑽《けんさん》を怠らぬものには、底知れぬ穴を開く鍵が与えられる。呪われたものは獣の皮を縫い合わせた小舟で、永遠の闇へと渡されるだろう。です』

「……渡し賃は一オボルスかな？」

獣の皮を縫い合わせた小舟は、アケローンの渡し守、カローンが乗る船だ。冥界へと渡るその船に乗るためには、一オボルス（ギリシャの銀貨）を支払う必要があるとされている。

『一オボルスじゃなくて、少しの体力ですね。それで相手に与えるダメージが一〇％増えます』

『このＳＰというのは？』

『私たちはそれをステータスポイントと呼んでいます。言ってみれば経験値みたいなものです』

『なるほど。同じくらいの相手に対してなら、最大一パーセントの確率で即死効果ってことか』

『そうですね。なかなかの逸品ですよ』

圧倒的な強者と闘って絶体絶命に陥ったとしても、ごくわずかとはいえ、相手を即死させることができるかもしれないのだ。それに賭けるのはバカのやることだろうが、最後の希望としては悪くない。

『ありがとう、とても助かったよ。代金は？』

『私たちは今のところ〈鑑定〉を商売にしていません。きりがないので』

『まあ、そうだろうな』

『ただ、今回のように、利用者に取り返しのつかない効果を与えるかもしれない可能性があるものだけは引き受けるようにしています。ま、義務みたいなものですね』

『ノブレス・オブリージュというわけか。それで？』

『だから料金は不要です。あえて言うなら——貸しですかね？』

三好が笑うと、ランスは『そりゃ、高くつきそうだ』と目を回しながらおどけて見せた。

『ランスさんは、しばらく代々木に？』

『契約が終わってもしばらくはね。また会うこともあるだろうから、よろしく頼むよ』

『こちらこそ』

そう言って俺たちは、彼と別れの握手をした。

『機会があったら、うちの事務所にも遊びに来てくださいね』

『サイモンに聞いてるよ。是非寄らせてもらおう』

三好の誘いを快諾した彼は、俺たちが見送る中、大股で自分のキャンプへと帰っていった。

「さすがはトップ探索者。面白い人だったな」

「それより先輩。あの指輪、ヤバくないですか？」

「ヤバい？」

「意味的に考えて、あのＳＰって、ステータス値の合計だと思うんですよね」

まだ割り振られていないポイントがモンスターにあるとは思えない。つまり比較できるのは、すでに割り振られているポイントだけだろう。

「そうだな」

「なら、もしもあれを先輩が使えば――」

彼女は、意味深な目つきで俺を見上げた。

もしもあれを、バカみたいなＳＰの俺が使ったとしたら、大抵のモンスターは即死するのではないかってことだろう。

「なるほどなぁ……」

だがあくまでも最大値だ。つまり確率はそれ以下でランダムの可能性がある。それに——

「だが、さすがに百倍は無理だろ」

ゴブリン級相手なら可能かもしれないが、そもそも普通に殴れば結果は同じだ。

即死が必要な強敵相手なら、仮に倍のＳＰがあったところで、可能性は最大二パーセント。期待するには低すぎる。

「そこは圧倒的ＡＧＩでオラオラすれば——」

三好が両手でパンチを繰り出す真似をした。

「——五十回くらいすぐに殴れません？」

「あのな……」

それでうまく行くのは、全部最大値を引いた時だけだ。

「そもそも、どうやってリングを手に入れるんだよ。こんな話を真面目に検討しても、それこそ無駄無駄ってやつだろ」

「まあ、そうですねー」

三好が残念そうに、想定していた相手がいるはずのバティアンを見上げた。

§

その日の夜。みんなが寝静まった頃、俺はごそごそと起き出した。

「夜這いですか？　先輩」

「なんだ三好、起きてたのか」

「まだ二十三時過ぎですから。今日は歩いてただけで、ほとんど何もしてませんし」

三好はカバーを掛けて光が広がらないように調整したＬＥＤランタンを点けて身を起こした。

「ま、〈暗視〉も〈地魔法〉も使っちまったし、せっかくだからちょっと仕入れにな」

下二桁は99だし。

「そういや夜のエンカイ様ってどうなってるんですかね？　ひょっとしてオラパに入れ替わってるとか？」

「そんな場所に行くわけないだろ」

「ちぇっ」

オラパの椅子があったら、コンプリートなのに、なんてぶつぶつ言っているの、ちゃんと聞こえてるからな。それにオラパの椅子なら銀だろうから、価値は大して高くないはずだ。

「さすがに十八層にまで見張りがくっついて来てるとは思えませんけど、向こうのキャンプには当然夜番が大勢いるでしょうし、ばれないように気を付けてくださいよ」

「分かってるって。少し先までドゥルトウィンに送ってもらうよ。せっかく〈暗視〉を使ったことだしちょっと活用するだけさ。それに明日は早くから二十一層だろ？　すぐに戻って来るって」

三十一層で使った〈暗視〉は、暗闇でも見えるスキルだが、ほとんど出番はなさそうだった。普通は暗い中探索などしないからだ。

「そうだ。明日からのこともあるし、ついでにこいつを使っておこうぜ」

そう言って、俺は二つのオーブを取り出した。〈魔法耐性（1）〉だ。

「いいですけど、それを使ったら九種類目ですよ。どこまで使えるんですかね、オーブって」

以前から不安視されていたペナルティだが、結構使っているはずの〈鑑定〉でも、いまだにそんな情報は表示されなかった。

「さあな。俺は九種類で十個だ。Ｄカードの表示ってスクロールするのかな？」

Ｄカードのスキル表示欄は、ちょうど裏面のパーティメンバー表示欄と対になっていて、八個も並べば一杯だ。九種類目を使った時にどうなるのかは気になるところだった。因みに二つ使った〈生命探知〉は『生命探知２』と一行に表示されていた。

「いきなり一つ目が消えたりしたら、大変ですよ」

俺の一つ目は〈メイキング〉だし、三好の一つ目は〈収納庫〉だ。いきなり消えたりしないとは思うが、もしも消えて、中身がぶちまけられたりしたら、目も当てられないことになるだろう。

「〈収納庫〉は、〈メイキング〉が消えるよりましですから、先に私が使います！」

三好は情報が集積されているＰＣやデバイスの類いを取り出して、テントの隅に置いた。

〈収納庫〉が消えても大変なことに変わりはないが、それ自体は〈メイキング〉があれば二か月に一個取得できるから、リカバリーは可能だ。

「一つ目じゃなくても〈保管庫〉が消えたら大事ですからね」

「〈保管庫〉は、オーブの預かりとかがあるもんな」

「それもありますけど、集めてある食べ物が十八層でなくなるのはちょっと……」

「そこかよ……」

三好は笑いながら、〈魔法耐性（1）〉を掲げた。

「俺は人間をやめそうだぞ」

それを聞いた俺は、思わず吹き出して「まったくだな」と同意した。

いつものように、オーブは光の粒に還元されて、三好の体に浸透していった。彼女は自分の体のあちこちを確認して「どうやら今回も、頭バーンは避けられましたね」と笑った。

「もしもそうなっていたら、どう見ても俺が犯人だろ、この状況」

もっとも、オーブを使わせたのは確かに俺だから、あながち間違いでもないのか。

「で、どうなってる？」

三好が後ろを振り返って、取り出してあったデバイスに手をかざすと、それは一瞬で消えてなくなった。

「〈収納庫〉が失われたりはしていないみたいですね」

そう言って、Dカードを確認してみると、今しがた取得したはずの〈魔法耐性（1）〉が表示されていなかった。

「あれ？」

スクロールするのかと、上下にスワイプしても何も起こらない。

「もしかして、パーティ同様、八個がスキルの取得制限――ん？」

そこには俺のDカードにはない表示があった。スキル表示欄の下部に、小さなドットが二つ表示されていて、左側が少し大きかったのだ。

「これって――」

俺がその部分を指差すと、三好が表示欄を左へとフリックした。すると右側のドットが少し大きくなり、次のページが現れて、そこに〈魔法耐性（1）〉が表示されていた。

「――ページの切り替え表示なんですね」

「これ、好きな場所にスキル表示を配置できれば、スキル欄が擬装できるんじゃないか？」

「ドットがある時点で、九個以上の所持は確定じゃないですか」

「そこはほら、スリーブで隠しておくとか」

そう言いながら、その場で俺も〈魔法耐性（1）〉を使用した。

「二ページ目を表示させておけば、まるで〈魔法耐性（1）〉だけを持っているように見えるぞ。これはこれでいいかもしれないな」

「私もそうしておきましょうか」

「お前、〈鑑定〉が知られてるじゃん」

「そこはこれを見せて、『人違いです』って言い張るんですよ！」

「気合いで？」

「気合いで」

無駄だとは思うが、まあいいか。

明日は、六条さんたちに〈マイニング〉を使わせる予定だが、ついでに在庫の多い〈物理耐性〉も使わせておこう。あいつらＶＩＴがないから、少し怖いのだ。

「で、先輩」

「なんだ？」

「今夜の狩りは、ファントム様で？」

それか……確かに派手な狩りを誰かに見られる可能性があるなら、そうするのもありだが……

「俺たちが十八層に来た日に登場するなんて、怪しすぎないか？」

「しかも、去ったとたんにいなくなりますからね」

「最初は自前で行って、誰かに見つかりそうになったらファントム化するか」

「それって最初からファントム様でも、結果は同じじゃないですか」

「そう言われればそうか」

誰も見ていないのなら、素だろうがファントムだろうが関係ない。

「ま、どっちでもいいですけど、一応、スペアが三着増えてますから渡しておきますね」

「もう量産してんの⁉」

ファントムコスの量産の話が出たのは、横浜騒動の前日だから十七日だ。

それがすでに三着って……

「だって、あれ本来は運動するような服じゃないですからね。ちょっと派手に活動したら、すぐに汚れたり傷んだりしちゃいますよ。予備を作っておくのは当然でしょ」

「そう言われればそうだな」

クリーニングに出すのもはばかられるし、洗濯して物干しに干すわけにもいかないだろう。裏には怖い人たちが大勢巣に控えているのだ。

差し出されたそれをありがたく受け取った俺は、そろそろ行くかと膝を立てた。

「んじゃ、行ってくる。ドゥルトウィンを連れて行くけど、こっちは大丈夫か？」

「アヌビスたちもいますから過剰なくらいです。そっちは、ほら、オウヴァに必要でしょ」

三好がクスクスと笑いながらそう言った。

「あれなぁ……なんというか、設定をちゃんとやっておかないと、キャラがブレブレになりそうっていうか」

「先輩はどうしたいんです？」

「できれば無口キャラだな。きざったらしく喋るのって照れるし」

「ええ？　斎藤さんのときも、伊織さんのときも、ノリノリでしたよ？」

「え、ホントに？」

そう言われれば、やってる最中、妙に楽しかったような気も……もしかしてストレス溜まってんのか？

会社を辞めてこっち、ほとんどストレスフリーだったはず――いや待て、本当にそうか？

〈異界言語理解〉の件じゃ命まで狙われた。

　アーシャの件や、六条さんの件でもそれなりに大変だった……そして先週は横浜騒動だ。それがたった四か月に満たない間に起こった事件？

　どう控えめに見ても怒濤《どとう》の日々だろ！

「どうしました？」

「いや、運命に翻弄《ほんろう》される自分に気が付いたと言うか、なんと言うか……」

「何をいまさら。そうですねぇ……とりあえず上から目線は鉄板だと思うんですけど、それでいて嫌みでないキャラクターってことになると」

「そりゃ、難しそうだ」

「今度ヅカ見て研究しておきます」

「そこへ行くか⁉」

　思わず目の前が真っ暗になったが、それはどうやらドゥルトウィンのシャドウピットに落ちたからのようだった。

　闇に包まれていた視界は、すぐに晴れて、壮大な風景を映し出した。

「はー、ダンジョンの中だってのにな」

　星降る夜空とは、まさにこのことだ。

　ふと、この夜空がどこの空なのかが気になった。もしかしたら、星の位置と時間で、今いる場所が分かるんじゃないだろうか？　ただの思いつきだったが、スマホで何枚かに分けて空全体の写真を撮影しておいた。

俺は灯りもつけずに、ほとんど真っ暗な世界を、散歩するように気軽な足取りで歩き始めた。〈暗視〉は、光量増幅などではなく、まったく光がなくても視界が確保されているが、彩度は低く立体感には乏しかった。

そして、完全な闇でなければ、可視光の世界と〈暗視〉で認識できる世界が重なって見えた。それはとても不思議な感覚だった。

星灯りの下、まるで幽霊のごとく歩く俺は、誰の目にも触れることなく、以前訪れた小さな洞窟の入り口から地下の世界へと足を踏み入れた。

ここを選んだのは、単にここ以外の場所をよく知らなかったことと、ここが立ち入り禁止区域に指定されていることを聞かされたからだ。実際、〈生命探知〉に反応はないし、おそらく誰もいないだろう。

しかし、まさかＪＤＡの地図にあった立ち入り禁止の領域が、山頂だけでなくその下まで含んでいたとは盲点だった。考えてみれば地図は平面だし、そこは、バティアンのほぼ真下に当たるのだから含まれていてもおかしくはないのだが。

この勘違いのせいで、ＪＤＡにあった十八層の地図は、立ち入り禁止領域が地下にまで広がっていることを明示するように描き替えられたらしい。

そうして再び訪れた地下神殿は、以前と変わらず荘厳な姿でそこにあった。いくつかのぼんやりと輝く地衣類の光も健在で、表よりもよほど明るく感じられた。

俺は、時間を確認すると、大きく息を吸い込んで神殿前の広場へと進み出た。

頭の中で、オーケストラのティンパニーが鳴り響き、合唱が「怒りの日、その日は」と歌い始めた。ヴェルディのレクイエムが、大音量で響き渡る。

ダビデとシビラの預言の通り世界が灰燼《かいじん》に帰す日ですと歌われる頃、前回と同様、神殿の向こうから数多くのゲノーモスたちが現れた。

そうしてその夜、神殿前の広場は、まさに、審判者が現れてすべてが厳しく裁かれる場所となったのだ。

前回の探索で、ゲノーモスで館は発生しないことがはっきりしている。広大な神殿前にいる探索者は俺一人。どこにもまったく遠慮する必要がなかった。

ゲノーモスたちが使う、ストーンレインとも言うべき石つぶては、そもそも動いていればそれほど大きな脅威にはならない。以前はそれに誘導されたあげく、数で囲まれてやばかったが、今回はシリウス・ノヴァの大安売りだ。群れは溶けるように消えていった。

集団で現れる雑魚敵に、範囲魔法はとても効果的だった。

シリウス・ノヴァの欠点は下二桁が分からなくなることだが、ここにはゲノーモスしかいないのだ。ひたすら殲滅《せんめつ》し続け、時折現れるメイキングのオーブ選択画面で取得したいオーブを選ぶだけの簡単なお仕事だった。

最初の二発で〈マイニング〉と〈地魔法〉を手に入れた俺は、次の二発で〈暗視〉もゲット。俺はあまりの効率と、自分の魔法の威力に酔っていた。力を使えば使うほど、何かが体に馴染んでいくような気がした。

誰かが遠くで狂気じみた笑い声を上げている。

それが、解放される力の快感に酔いしれた自分の声だと気付いたとき、もしかして、俺、ヤベーやつなんじゃないの？と、笑う自分を客観的に見つめる自分を感じながら、それでも快楽じみた開放感には抗《あらが》えなかった。

その洞窟には細かい隙間が外まで続いている場所が無数にあった。

俺が放つ派手な魔法の光が外からどう見えているのか、俺の上げる笑い声や魔法の音がどう聞こえているのかなんて、そんなことは露程も気にならなかった。

§

「お、おい。あれ……」

始まりは、最初の夜番をしていた男が、バティアンを指差しながら呟いた一言だった。

そこでは、満天の星の光を塗り潰すことで存在を主張していた暗黒の山に、激しく点滅する無数の光のヒビが走っていた。

それはまるで山の内部に閉じこめられた何かが、大きな怒りを顕わにしているように見えた。

「な……おい、全員を叩き起こせ！　何かがあってからじゃ遅い！」

各国のトップチームは、すぐに臨時の斥候チームを編成した。決死隊のような覚悟でバティアンに近付いていった彼らは、等しく英雄と言えた。

　最初にバティアンの麓まで来たのは、アラン＝ボージェ——ラバーネックの異名で知られる、フランス最高の斥候——だった。

　まるで荒れ狂う落雷に襲われたかのようなオゾン臭が漂う中、時折聞こえる爆発音とともに光が漏れ出す怒れる山を見上げながら、アランは不意に立ち止まった。

『何か……聞こえないか？』

『何か？』

　後ろを歩いていた男たちは、そう言われて耳を澄ませた。

　すると、何かが爆発するような音と音の合間に——

『……笑い声？』

『嘘だろ……』

　それは確かに笑い声だった。

　洞窟内で反響を繰り返したようなその声は、まるで山が狂気に冒されて笑っているかのようにすら思えた。

『何かあったのか？』

　不自然に立ち止まっている彼らに、日本の斥候チームが追いついて尋ねた。

　フランスチームの最後方にいた男が、日本のチームを振り返ると、口元に人差し指をあてた後、耳の後ろに手を当てて音を聞けとサインを送ってきた。

「おい、これ……」

そこで日本の二人も、その異様な声に気がついた。

「……バティアンの地下と言えば、あれだろ?」

「ああ、立ち入り禁止の……確かこの先に小さな入り口があったはずだ」

「最初の部隊が、『二度とだれも立ち入るな』と、封印したって噂のあるやつか」

「まさか……こいつが原因じゃないだろうな?」

二人が山を見上げていると、アランが下がってきて彼らに尋ねた。

『何か知っているのか?』

『俺たち自衛隊が初めてここを調査した時、大きな被害を出して、立ち入りを禁止した場所があるんだ』

『ああ、それは聞いている』

そのこと自体は、ＪＤＡから得た資料に書いてあった。

『――こいつはたぶん、そこから聞こえてるんだよ』

アランは山を振り返った。

微かに聞こえ続ける笑い声は、そこに何かがいることを雄弁に物語っていた。そして、それと出会うことがすなわち死を意味することは、ＪＤＡから提供された資料を読むまでもなく、今ここで肌に感じる空気から明らかに思えた。

そこにドイツとアメリカから派遣されたチームが合流した。

『一体、この声はなんだ？』

『分からん』

『分からん？』

『分からんが……たぶん恐ろしい何かだ』

アランがそう言うと、ドイツの男が、暗黒のシルエットで描かれた山を見上げた。

『どうする？』

『どうするって、確認しに行くかってことか？』

彼がドイツの男にそう訊き返した瞬間、青白い光が、まるで世界を破壊するかのように、闇に無数のひびを走らせると、山が上げる悲鳴のような轟音がとどろいた。

『あれを？　俺には無理だ』

彼はそれから目をそらして頭を振った。

『安全マージンをゼロにしても、あそこに行って、生きて帰ってくる自信がない』

口にこそしなかったが、それに反対する者は誰もいなかった。

探索者は自己責任だ。行くというやつを止めもしないが、行かないというやつを無理に連れて行くこともない。しかし軍は違う。行けと言われれば、どんなに嫌でも行かざるを得ない。

状況不明の中、適切な装備もなしに、そんな馬鹿な命令を下す上官がいなかったことを、彼らは神に感謝した。

『だが、こいつをどう報告する？』

アメリカチームの男が、いまだに爆発音が続き、笑い声が途絶えない山を見上げて言った。

『そりゃ――』

そう言って、彼のバディが肩をすくめた。

『――見たままを報告するしかないだろ？』

§

何かを放出してやれば、いずれは賢者タイムが訪れる。

「ん？」

ふと気がつくと、出口から少し離れた探知範囲ぎりぎりの場所に、何人かの反応を感じた。

「何かあったのかな？　どっちみち、そろそろ切り上げないとマズいか」

最後のつもりで、シリウス・ノヴァを発動すると、そのまま入り口付近へと撤退して、布団バリアを使ったウォーターランスの攻撃に切り替えた。下二桁合わせだ。

程なくオーブを取得した俺は、すぐに撤退を開始した。これで下二桁は00のはずだ。

洞窟の入り口付近まで引き上げると、少し離れた場所にあった十近い気配が動き始めていた。

ここからドゥルトウィンに運んでもらうこともできるが、キャンプまではやや距離がある。

外は暗いし、ま、少しくらいなら平気だろう。

俺はそう考えて入り口を出ると、ヒョイと向こう側にある岩の上に飛び乗って、気配のある方を一瞥《いちべつ》すると、それを迂回《うかい》するように走り出した。

途中、いくつかモンスターの気配を感じたが、キャンプ付近のモンスターの密度は低い。すべてを迂回して遭遇を避け続け、テントの傍でドゥルトウィンに頼んで寝床まで運んでもらった。

俺の知らない方法で、誰かに付けられていたとしても、これで回避できるだろう。

早替えで元の姿に戻った俺は、マットに倒れ込むと、そのまま朝まで目覚めなかった。

§

『待て。静かになったぞ』

引き上げようとしていた各国の斥候チームは、アメリカの男が発したその言葉に、思わず山を振り仰いだ。そこには、狂気をはらんだ笑い声はおろか、音も光もすべてが消えうせて、星の灯りを遮る闇だけが静かに鎮座していた。耳を澄ませたところで、風が辺りの草を揺らす微かな音以外、何も聞こえてはこなかった。

慎重に周囲を窺いながら、問題の洞窟への入り口があると思われる方向に〈生命探知〉を発動し続けていたアランが、一瞬だけそこに何かを捉えた。ラバーネックと呼ばれる彼でなければ気付けない距離だ。

その方向にある岩の上に、星の光を遮って浮かび上がる人の形をした何かを見た彼は、腰のナイトビジョン双眼鏡で、それを確認した。

『あれは……』

アランはそのシルエットに見覚えがあった。

こんな場所で中折れ帽を被っているようなやつは、そうはいない。

『ファントムか！』

彼は先週味わった屈辱を忘れていなかった。斥候としては一流だと信じていた自分をあざ笑うかのように、突然現れ、突然消えた男のことを。

ブーランジェ中佐に渡した音声の解析結果は、九割以上の確率で、それがＤＡＤのサイモンだと告げていた。どんな手品で現れて、どんな手品で消えたのか、彼にはさっぱり分からなかったが、アメリカ軍ならどんな秘密兵器を隠し持っていても不思議はないということになっていた。

そして、世界ランク一位に君臨している謎の男と、サイモン＝ガーシュウィンが同一人物である可能性はゼロだ。なぜならランクリストには別々に掲載されているからだ。

だが、直接そいつを見たアランには、あれがサイモンだとはどうしても思えなかった。

そして、彼は、あの男が、世界ランク一位のファントムだと感じていた。サイモンになら届きそうな手が、あの男にはまるで届きそうにない。それが彼なりの根拠だった。

『ファントムだと？』

すぐ傍にいた、ドイツ語訛《なま》りの英語を話す男が、アランの様子を見て、彼と同様その異様とも思えるシルエットを確認した。

『なんだ、あれは。あんた、あいつのことを知っているのか？』

異様な状況の中、そこに現れた男が、この件に無関係であるはずがない。

タイミング的には、まるであの男が、魔王の活動を妨げたようにすら思えた。

『あ、いや……』

そうして再びアランがそこに目を向けたとき、その場所にはすでに何もなかった。

そこにいたはずの男は、あのときと同様、まるで空気に溶けて消えてしまったかのようにいなくなっていた。もちろん〈生命探知〉にも反応はない。

いまこの場には、世界最高の斥候が集まっているが、おそらく誰もあの男を捕まえることはできないだろう。

『ファントムって……まさか、ザ・ファントムか？』

いきなり現れて、いきなり消えた、中折れ帽にマントのシルエットを見た男は、アランのつぶやきを思い出して、振り返った。

『あんた、ファントムを知っているのか？』

『ファントム？　謎の一位の？』

自衛隊の男が、その話に割り込んだ。

『いや、以前、それらしい男と十層で出会ったことがあるだけだ。確信はないよ』

アランは簡単に、イカれた格好をした男に出会った話をした。もちろん事実の大部分は伏せたままで。

『その時見た男によく似た影が、あの岩の上にいたような気がしただけだ』

§

その後、キャンプ地へ戻った斥候たちは質問の嵐にさらされたが、誰も山中で何があったのか、そこにいたのが何者なのかを説明することはできなかった。

『それが何だったのか俺たちには確認できなかった。それはおそらく立ち入り禁止エリアにいて、とても生きたまま近づけるとは思えなかったんだ。だが、強いて言うなら――』

やむを得ず、一人の男が言いよどんだ後にこぼした台詞が、その後、大きな波紋を呼んだ。

『――まるで魔王のようだった』

SECTION :
代々木ダンジョン　十八層

翌朝目覚めると、三好はすでに起きていて、荷物の整理を始めていた。

「んあー。おはよ」

寝ぼけ眼を擦《こす》りながら上半身を起こすと、彼女は、呆れているのか面白がっているのかよく分からない微妙な口調で言った。

「おはようございます。って、先輩。昨夜はやらかしたそうじゃないですか」

「昨夜？」

「向こうのキャンプじゃ魔王の噂で持ちきりですよ」

「まおー？」

要領を得ない会話に、クエスチョンマークを浮かべた俺は、三好に詳細を聞いて青くなった。

どうやらあの洞窟は、隙間だらけのようだった。

「まぢかよ？」

「それはもう。魔王の話を聞いて、各国は、あのアンタッチャブルなエリアをどうするかで意見が分かれているみたいですよ」

「火中の栗を誰に拾わせるか、もめてるってこと？」

俺は苦笑しながらそう言った。確かに魔王なんてのがすぐそこにいるのだとしたら、安心してゲノーモスを狩ることもできないだろう。

「以前サイモンたちにも警告したし、それ以上俺たちにできることはないさ」

「あれ？　意外とドライですね。誰かが死ぬかもしれませんよ？」

サイモンたちの実力から判断するなら、エンカイとエンカウントして生き残れる探索者はいないだろう。よほど運に恵まれでもしなければ、逃げることすらかなわないはずだ。

「ＪＤＡや自衛隊の資料を提供された上で、それでも各国がそれを望むのなら、一介の探索者にできることはないだろ」

「それはそうですけど」

それに俺たちは正義の味方ってわけじゃない。自分の手の届く範囲をどうにかするだけで精一杯の凡人だ。

「見ず知らずの誰かを助けるために、自分や知り合いの命を危険にさらすなんて英雄的行為は、俺には無理」

それを聞いた三好が、ニヤニヤしながら言った。

「そう言いながら先輩は、時々やらかしますからねぇ」

「うっせ」

「それで首尾はどうでした？」

マットを小さく丸め終わった三好が、それを袋に詰めながら聞いた。

「一応、〈マイニング〉を三つと、あとは〈地魔法〉〈暗視〉〈器用〉を一個ずつだ」

「おー、フルセットですね。一体、何体倒したんです？」

「最後に下二桁を調整したから、全部で五百一だな」

「凄いですね！　あんな短時間に」

「範囲魔法は凄く使えるぞ。まあ、こういう場合限定だけどな」

「十層でも使えそうですけど、ろくなオーブがないですからね、あそこ」

「そうだな。ただなぁ……」

「なんです？」

「なんかちょっとヤバかったんだよ」

「ヤバかった？」

俺は三好に、力を全力で解放すると、どうなるのかを説明した。

「何かが体に馴染んでいくような感覚に襲われて、力の解放が快感になる？」

「まあ、そうだ」

三好はマットを詰めた袋の上に、ポスンと腰掛けた。

「圧倒的な力をふるう快感ってのは、それが物理的な力であれ、権力のようなものであれ、多かれ少なかれあるとは思いますけど」

「もっとこう……物理的というか強制的というか」

「脳内麻薬どっぱどぱ投薬されたみたいな？」

「そんな感じだ。だが、それに囚《とら》われちゃヤバいだろ」

「先輩は結構内省的だから、大丈夫じゃないですか？」

「うーん……」

人間は生命活動そのものが化学物質に依存して行われているから、それらの物質の前には、意思の力なんて無力だからなぁ……

「それに、あんまり調子こいてたら、私が後頭部をぶん殴ってあげますよ。鉄球で」

三好は、掌の上に八センチの鉄球を取り出すと、ぐっとそれを突き出した。

「それで殴られたら死んじゃうだろ……だが意外と悪くないな、ちょっと頼んどこうかな」

「任せてください」

俺は、少し気分が晴れたような気がした。

「で、みんなはもう起きてるのか？」

「です。朝食どうします？」

「面倒くさいからサンドイッチでごまかそうぜ。まだ二日目の朝だし、生鮮食料品が出てきても、そんなもんかと思うくらいだろ」

「了解。じゃ、ここでドレッセして運びましょう」

俺は昨日の鉄板にホイルを敷くと、サンドイッチとフルーツを綺麗に並べた。

「コーヒーも淹れたことにするか？」

「いえ、そっちは真面目に淹れます。先輩、お湯下さい」

「ＯＫ、外でな」

俺は、鉄板を持ってテントを出た。

七時になるところだが、向こうのキャンプではすでに出発したチームもいるようで、やや閑散としているようだった。もっとも、キャンプを維持するための人員も多く、入り口のタルチョも、どうやらそういった人たちが交代で監視しているようだった。

合理性を問えば馬鹿みたいな気もするが、社会空間の形成にシンボルは重要なのだろう。

「「おはようございます」」

「テントはまとめておきましたから」

小麦さんと三代さんはすでに準備を済ませているようで、きれいに分解されたテントが、丸められたマットと並べて置いてあった。

「ありがとう。じゃ、これ朝食ね。先に食べてていいから」

石の上に置かれた鉄板を見た三代さんが、呆れたように腰に手を当てた。

「Ｄパワーズさんって、ダンジョン飯に命懸けてますよね……」

「美味しそうですー」

六条さんは早速フォークで苺《イチゴ》を突き刺して頬張っている。

三代さんは誤解している。食べ物に命を懸けているのはＤパワーズじゃなくて、三好だから。

彼女たちが食事をしている間に、テントをたたんだ三好が、俺たちの荷物も持ってきたので、まとめられていた荷物と共に、バックパックに仕舞うふりをした。

代わりに、一・五リットルのケトルを取り出した俺は、それを一〇〇度のお湯で満たして、三好に渡した。カップを並べてそれに直接ドリップを始めると、香ばしいコーヒーの香りがあたりに漂い始めた。

「優雅なもんだな」

「林田さん？」

そこには渋チーの林田が、フル装備で立っていた。さすがに初心者装備とはオーラが違う。

「向こうじゃ昨夜の事件で大騒ぎだってのに、ここはまるで別世界だ」

「ああ、魔王がどうとかいう？」

「そうだ。知ってるにしちゃ、やたら落ち着いてんな、お前ら」

「どうせ俺たちじゃ何もできませんし。それにすぐ十八層から出ますから」

「出る？〈マイニング〉を採りに来たんじゃなかったのか？」

「まさか。それは皆さんにお任せしますよ」

林田は眉をひそめて訝しんだ。こいつら一体、何をしにここまで来たんだ、なんて思っていそうだな。

「それで、御用は？」

「あ、いや。昨夜の騒ぎがあったら、大丈夫かなと思って」

「ああ、心配してくれたんですね。大丈夫ですよ。ありがとうございます」

「い、いや、そんならいいんだよ」

少し照れたような林田に、少し先から仲間が声をかけた。

「林田！」

「お。今行く！」

「じゃあ、どこへ行くのか知らないが、気を付けてな」

「そちらこそ。魔王に踏み潰されないでくださいよ」

「言ってろ」

そうして林田は、振り返りもせず、手を振って去っていった。

コーヒーのカップを両手に持った三好が、そのうちの一つを渡してくれた。

「意外といい人なのかもしれませんね」

「そうだな。チャラいけど」

一応あれでも、代々木のトップ民間チームの一角だ。また会うこともあるだろう。

俺は、颯爽と歩いていく渋チーを見送りながら、カップを口にした。

§

十八層から下りる階段に向かって歩を進めていると、キャンプの端で、異様な緊張感をまとった男が、バティアンを凄い目で睨み付けていた。

「なんだかあそこだけ空気が違うぞ」

「あれはたぶん……ドミトリーさんですね」

「どっかで聞いたな……」

「先輩……」

　疑問を口にした俺を、三好が残念な子を見るような目で見ながら、小さく囁いた。

「ドミトリー＝ネルニコフ。世界ランク二位の人ですよ。ロシアの」

「ああ、彼が。しかし、あいつやばくないか。なんだか求道者っぽいぞ。今にもエンカイに向かって突撃しそうな雰囲気が……」

「魔王が出たって聞いたからですかね。確かにそんな感じがします」

「ここは〈鑑定〉持ちのワイズマンっぽく止めてやれよ。今のあなたじゃ無駄死にですよ、みたいな感じで」

　それを聞いた三代さんが思わず割り込んできた。

「ええ？　それって煽ってません？」

　まあ、そう言われればそうかもしれないが……

「放っておいたら、そのままあそこへ突撃しそうだぞ？　サイモンたちにも釘を刺したんだ。見殺しにしたら夢見が悪いだろ。俺じゃネームバリューが足りないから、な、三好！」

　三好はワイズマンなメイクじゃないけれど、どうせドミトリーなんかと会うのはこれが最初で最後だろう。多分大丈夫なはずだ。

「はぁー、先輩ったらこれだから」

三好は今朝のやりとりを思い出したのか、仕方なさそうな顔をすると、ドミトリーに近付いて、すれ違いざまに声をかけた。

「ガスパージン ネルニコフ」

三好の古臭くかしこまった問いかけを、ドミトリーは聞こえているのかいないのか、振り返りもせずにスルーした。

『ワイズマンから忠告しておきます。今のあなたでは死にに行くだけですよ』

それを聞いたドミトリーは、まったくの無表情で振り向くと、三好の目を見つめた。

『ステータスがまるで足りていません。おそらく死んだことにも気が付かないでしょう。肘は近くにあっても噛めないものですよ』

なんだかものすごく煽っているようにも聞こえたが、彼の表情は、風のないバイカル湖の水面のように波ひとつ立たなかった。

まさか英語が分からないなんてオチは――

『行ったのか？』

――あるわけないよな。

三好は彼の問いに答えず、小さく肩をすくめただけだった。

『忠告はしました。私はただ、こんなところで、あなたに死んでほしくないだけですから』

ドミトリーは、下層への階段へと向かう三好から、いつまでも目を離さなかった。

SECTION :

代々木ダンジョン　十九層

「なんだか、映画みたいでしたね！」

十九層への階段を下りながら、三代さんが興奮していた。

「それに、ドミトリーさんって、なんと言うか、こう、硬質な感じがするイケメンで、サイモンさんとはまた違った趣が……」

代々木で再開した時も感じたけれど、三代さんは結構ミーハーだ。しかも趣？

そのうち、ドミトリー×サイモンとか言い出しそうな気がして、ちょっとヤバい。アーシャや三好の友人とは会わせないようにしよう。

「うわぁ！」

階段を下りたところで、六条さんが感嘆の声を上げた。

十九層は氷雪層だ。

荒涼とした十八層から、突然真っ白な世界が現れるのは、なかなか見ごたえがあるだろう。

「十九層へと続く階段を下りると、夜の底が白くなったって感じですね！」

君は川端康成か。まあ、朝だけどな。

階段の下にいた自衛隊の横を抜け、指定されたルートに従って歩いていくと、六条さんが首を傾げた。

「ずいぶんくねくねと曲がるんですね」

ほとんどが白一面の場所にもかかわらず、直線的に進まないのには訳がある。

十九層と二十層は、雪の降るエリアと降らないエリアに分かれていて、積雪深さはエリアごとに決まっているのだ。

「直線で結ぶと、途中に二・八メートルの新雪エリアがあるらしいですよ」

「そりゃ、ツボ足じゃ無理だな」

ツボ足は、ワカンやスノーシューなしで雪の上を歩く時、ぐりぐりと踏み込んで、足元に壺のような場所を作るテクニックだ。

「いやいや先輩、二・八メートルの新雪ですよ。スノーシューでもヤバいですって」

そう言って三好は次のポイントを確認していた。

階段から階段へのルートは、なるべく積雪が浅いエリアをつないで作られているが、そのルートには次のポイントを示す雪山が作られていた。

「こんな雪山、すぐに埋まって分からなくなりそうですよね」

三代さんが不安そうにそう言った。

もちろんそうならないことを知識としては知っているだろうが、この場にいると、確かに不安になるだろう。

このフロアの雪は、いくら降り続いても、エリアごとの積雪量に変化は起こらない。降っている雪は、言ってみればただのエフェクトで、積雪に影響はしないのだ。

頭の上には積もるくせに、だ。

「不思議ですねぇ……」

「不思議はいいけど、ルートから外れるなよ」

雪山装備は重いものも多い。わずか二層のためにそんなものを持ち込む探索者がいるはずもなく、ここも知られているルート以外は、ほぼ無視されることが多い層だ。

つまりルートの外がどうなっているのかは、まるで分かっていない場所も多いのだ。

突然足元がなくなって、数メートルほど雪に埋もれたりすれば、下手をすると命に関わる。ダンジョン内に人為的な罠は見つかっていないが、こういった自然の罠は存在しているのだ。

その時六条さんが、浅く雪が積もっている平原のような場所に、時折、ぽこんとできている小山を指差して言った。

「あれはなんです?」

「モンスターらしいよ」

下調べしてきたらしい三代さんが答えた。

ルートポイントを表す目印は、三角錐をしているが、その小山は半球だ。

「モンスター?　あれが?」

「スノーアルミラージね。普段はああやって雪に埋もれてじっとしているんだけど、探索者が不用意に近づくと――」

その一つにガルムが近付いていて、クンクンと小山を嗅ごうとした瞬間、中から八十センチ近いウサギが飛び出して、その角でガルムに突撃した。

「――ああなるんだって」

「ほへー」

ガルムはその攻撃を軽やかにかわすと、逆にアルミラージの首筋に噛みついた。

やはり、ただのヘルハウンドよりもずっと強いよな、こいつら。

氷雪層で登場するモンスターのうち、階段間のルートで登場するのは、ほぼスノーアルミラージだけだった。人型のイエティやアボミナブルは、激しく雪の降る視界の悪いエリアに、アイスクロウラーは、一メートル以上の積雪エリアに登場するらしい。

俺たちは、大した障害もなく、氷雪層を通過した。

SECTION：

代々木ダンジョン　二十層

「さて、マイトレーヤの諸君」

二十一層へ下りる階段まで後少しのところで、俺は彼女たちを集めた。階段付近には、おそらく自衛隊の通信部隊がいるはずだからだ。

「なんです、芳村さん。改まって」

三代さんが不思議そうな顔をして尋ねた。

「今回の探索はここからが本番です」

「え？　私たちに攻撃用のオーブを使用させるのが目的で、後は小麦さんにちょっと鉱物を見せるだけだったんじゃ？」

「最初はそうだったんだけど、ちょっと状況がね」

「状況？」

俺は、温かい飲み物を魔法瓶っぽい入れ物から注いで全員に渡すと、鉱石ドロップの決定に意識がかかわる可能性を説明した。

「え、それって本当なんですか？」

六条さんが、小さく震えながらそう訊いた。

「え？　まあ、今のところ、そうとしか考えられない現象が――」

「きゃっほー！　それって、好きな石を選び放題ってことですよね！」

俺の台詞は、彼女の爆発した喜びで遮られた。彼女は、クーと一緒に雪の上を、まるでウサギのようにぴょんぴょんと飛び跳ねながら喜んでいる。

「ま、まあそうなんだけど……全フロア宝石というのはちょっと……ね、聞いてる？」

「先輩、私たちもしかして人選を誤ったんじゃ」

「いや、俺もちょっとそんな気が……まあ、喜び方は三好と似てるけどな」

「ええー？」

こいつのは、更にくるくる回るドリルダンスが付いてくる。

俺は仕方なく、バックパックから、二つのオーブケースを取り出した。

それを見た三代さんが、まさかと顔を引きつらせた。

「というわけで、はいこれ」

「……なんですこれ？」

「これがないと、鉱石はドロップしないんだよ」

「まさか、〈マイニング〉……ええ⁉　何、この時間⁉」

オーブに触れて、オーブカウントを確認した三代さんが驚きの声を上げた。

カウントを信じるなら、それは今朝方ドロップしたばかりだった。採れたてのほやほやだ。

「マイトレーヤはこれからしばらく鉱物の探索が主要業務になるから……」

「ええ？　二十層以降で活動するってことですか？」

彼女は不安そうに言った。

今回十分通用しているとはいえ、つい最近までは一桁層で活動していたパーティの一員だ。不安になるのも仕方がない。

その点、三層以降は初体験の六条さんのほうが落ち着いていた。

「さすがにテント生活は二人じゃ厳しいだろうし、ちゃんと安全な拠点は用意するから」

先日三好が、完成したとか言っていたアレだ。間に合わせで用意したドリーと違って、ちゃんと拠点として設計されたアイテムで、その名もイグルー一号《ワン》。またの名をＤＰハウスだ。

ダンジョンパワーズハウスとは単純だなと言ったら、『どこでもプロバイドハウス』なんですと主張しやがった。どう考えても、絶対後付けのこじつけに違いない。

ともあれ一軒二億五千万円もする逸品だ。今は〈収納庫〉の中に二軒が収納されていた。

ちょっと重さに不安があったのだが、〈収納庫〉の限界はいまだに分からない。

六条さんは、「段々、人間をやめるのが楽しくなってきました！」と嬉々として〈マイニング〉を使った。

三代さんは、「私は、人間をやめるのは嫌です」と恐る恐る〈マイニング〉を使った。

それが落ち着いた頃合いを見て、俺は、さらに二つのオーブケースを取り出した。

「まだ、何か使うんですか⁉」

それを見た三代さんは、驚き疲れたかのように、げっそりしていた。

「そうは言っても、二人ともＶＩＴが普通の人並みで危ないんだよ」

取り出したオーブは、〈物理耐性〉だ。

「実は芳村さん、スキルオーブを自由に作れるスキルを持ってるとか？」

彼女は胡散臭いものを見るような目つきで、オーブを受け取った。

「いや、そんな便利な能力があるんなら、もっと派手なスキルを作るだろ」

「それはそうかもしれませんが……何か制限があるとか」

ぶつぶつ言っている彼女を尻目に、六条さんは早速新しいオーブを使うポーズを決めていた。

そうして俺たちは、ついに二十一層へと下り立った。

SECTION：
代々木ダンジョン　二十一層

二十一層は湿地帯だ。

とは言え、足を踏み入れると地面から水がにじんでくるような場所ばかりではない。

二十一層に出た場所は、いわゆるボグ(注25)のような場所にある急な斜面の中腹で、足下は貧弱な草やシダ類に覆われていた。

そそくさと自衛隊の通信拠点から離れた俺たちは、なるべく足下が開けている場所を選びながら、モンスターに出遭わないようなルートを選んで移動していた。

「二十一層の湿地部分に出る主なモンスターは、ラブドフィスパイソンと、ウォーターリーパーと、ウィッチニードルですね」

ラブドフィスパイソンは最大で五メートルにもなる水辺の蛇だ。分かりやすく言えば、巨大なヤマカガシだ。

ウォーターリーパーは五十センチほどのヒキガエルだが、手足がなくて代わりに羽根のようなひれと尖った尾を持っている。見方を変えれば蛙の顔をした小さなドラゴンだ。

「パイソンとリーパーは、蛇と蛙だって分かるけど、ウィッチニードルってなんだ？」

「一言で言うと五十センチくらいあるトンボですね」

「トンボ？」

「羽根はカミソリのように鋭いそうですし、顎は人間の指くらいなら食いちぎるらしいですよ」

「うぇ……」

そんな俺たちのやりとりを、全然聞いていない六条さんは、ぶつぶつと何かを呟いていた。

「どうしよう、どうしよう……ああ、どうしよう⁉　コランダム系かな？　でも石英シリーズはコンプリートしたいし、クリソベリルもガーネット系も要るよね。ああ、決められません！」

彼女は、頭を抱えて目をぐるぐると回していた。

これが、ここまで来た最大の目的を目前にして、モンスターに絡まれないようなルートを歩いている理由だった。

どんな不都合が起こったのかと驚いたが、まさかあれだけ喜んでいた彼女が、何をドロップさせるのか悩んだあげく、目をぐるぐるさせているなどと、誰が想像するだろうか。

「先輩。これ、ちょっとまずくありません？」

三好が焦ったように言った。

〈生命探知〉は、モンスターの位置を捉えることはできても、周囲の環境までは分からない。

どうやら俺たちは、後ろから来るモンスターから逃げているうちに、水に囲まれた細い一本道のような場所に迷い込んだらしい。折悪しく、正面の少し離れた位置に大きめの反応が現れた。二十

（注25）ボグ
泥炭が蓄積している湿原のこと。酸性で栄養に乏しく、草やシダが中心の植生になる。

一層でこのサイズはパイソンだろう。

両側は沼地、後ろにはモンスター。これを躱すのは無理だ。

「えーっと、六条さん？　そろそろエンカウントしちゃうみたいなんだけど……」

「ああー、待って、待って、待って！　んんー、あー、そうだ！」

「おお、決まった？」

「ダイアなんかは単元素だった！　ああ、また候補が……オパールみたいなアモルファス系も忘れちゃいけないし……」

決まったのかと思ったら、単に候補が増えただけだった。

「お、おい、雄。そろそろなんとかしなければ、まずいぞ」

攻撃のお預けを食らっているアヌビスが、珍しく焦っている。

「分かってる！」

いざとなったらガードだけでもと、三好に目配せして、二人でポリカーボネート製の盾を取り出すと、それを見ていた三代さんが目を丸くした。だがそれどころじゃないのだ。

「あうう……」

ピット器官にこちらを捉えたのか、正面のパイソンが、がっくりと肩を落とす六条さんに、体をくねらせながら素早く近付いて来る。

「くっ、主！」

アヌビスの周りで、いくつもの闇が螺旋《らせん》を描き始める。

それが最終防衛ラインともいうべき距離を踏み越えた瞬間、それまでじっと我慢していたライラプスが、突然その首筋を踏みつけると――

「おい！」

――アヌビスの驚きを尻目に、そのままラブドフィスパイソンの頭を噛み潰した。

「ああっ！」

その瞬間、六条さんの足下に、光を反射する何かがドロップした。

「水晶クラスタ、ですね……」

彼女は、水晶の結晶がいくつかくっついた塊を、そっと拾い上げて掌の上に載せた。

「マグメルのお父さんみたい」

「マグメル？」

「私が小さい頃、初めて買った石の名前です。父に連れて行かれたミネラルフェアで迷子になったときに見つけた小さな水晶クラスタで、鉱物商のおじさんに五百円で譲ってもらったんです」

彼女はそれに、ケルト神話の喜びがあふれる島の名前をつけた。「マイクロマウントに乗っかった様子が島みたいに見えたので」と彼女は言った。

そうして、「もちろん今でも、一番仲良しなんですよ」と、嬉しそうに笑った。

「先輩。もしかして彼女のＬＵＣ（運）が異常に高かったのって……」

「いや、パワーストーンなんて発想はなぁ……」

二酸化ケイ素の結晶に、運を左右する力があるなんてのは、いくらなんでも抵抗がある。

「そうは言っても、運なんて曖昧なものを、科学なんかで説明できると思います？」

「無理だな」

運なんてものは、あくまでも人の受け取り方次第だ。事象自体は偶然にすぎない。

同じ事柄が起こったとしても、ある人は運が良いと感じ、ある人は運が悪いと感じるだろう。実際その程度のもののはずだ。

はずなのだが——

「ＬＵＣなんてステータスが厳然とあるしなぁ……」

ダンジョン内の各種ドロップ率は、明らかにＬＵＣの影響を受けているように見える。

だが、もしもそれが、ダンジョン内での計算式に与えるパラメータの一つにすぎないのであれば、ダンジョンの外の現実には作用しないはずだ。

宝くじに当たったり、雷に打たれたりしたとしても、それが単なる偶然であることを否定することはできないし、ＬＵＣの力だと証明することもできないだろう。

六条さんは、拾った水晶クラスタをそっとリュックに入れながら、申し訳なさそうにしょんぼりと肩を落とした。

「期待してもらったのにすみません。水晶は安いんです。あんまり価値はありませんでしたね」

「そんなに気にすることはないですよ」

もしも俺たちが漠然と収束させていれば、鉄をドロップさせる自信がある。もしかしたら高価なものかもしれないという疑いはあるが、それでも鉄ばかりでは困るのだ。

その時後方で、草むらを揺らす音がした。

すでに鉱物は水晶で決したのだから遠慮は不要だ。三好がその音に反応して、二・五センチの鉄球をばらまいた。草むらから跳び上がったリーパーは、それを食らって、ゴムのような表皮を削られながら仰《の》け反り、甲高い声を上げた。

「おお！」

さすがは二十一層の打撃耐性だと驚いたところへ、高炭素鋼のアローヘッドが、糸を引くように皮の薄い腹側に突き立った。そのまま落下していくリーパーに、もう一矢が追い打ちをかけた。

振り返れば、耳たぶを人差し指で指すようなフォロースルーを残した三代さんがいた。良く言えば天衣無縫、悪く言えば型が滅茶苦茶な斎藤さんと違って、きちんと基礎を身に付けている彼女の射形は常に安定していた。

ほどなく彼女の足元に、小さな何かが転がった気配がした。彼女はそれを拾い上げると、不思議そうな顔をした。

「えーっと、こんなの出ましたけど、これも水晶なんですか？」

それは、一センチにも満たない、等軸晶系正八面体の結晶だった。ちなみに水晶は通常六角柱に近い形をしている。それを見た小麦さんは、驚いたような声を上げた。

「え？　それって、ソーヤブルですよ⁉」

「ソーヤブル？」

「正八面体をしたダイアの原石です。のこぎり（saw）で切るだけで（able）形が整うので、ソーヤブル（sawable）って言うんです」

「ダイア？」

俺は三好と顔を見合わせた。ここは水晶クラスタがドロップする層じゃなかったのか？

この層を収束させた六条さんは、最後まで何をドロップさせるべきなのか、悩みに悩んで結局決められなかった。

「まさか……」

俺は、〈生命探知〉で最も近くにいたウィッチニードルを見つけると、それを水魔法で打ち落とした。そうして手元にドロップしたのは――

「宝石の……原石？」

アイテムに触れるとその名称が分かるにもかかわらず、三代さんは拾い上げても、それが水晶なのかどうか分からなかった。おかしいとは思っていたが、それも当然だったのだ。

なぜなら、ドロップしたアイテムの名称には『宝石の原石』と表示されていたのだ。

呆然としている俺にとことこと近付いて来た六条さんは、俺がつまんでいる石を興味深そうに覗き込んだ。

「青紫で多色性、しかも脆《もろ》そう……たぶんタンザナイトの原石ですね」

六条さんが悩みまくって、どれにも絞れなかったせいで、それらを包括した『宝石の原石』がドロップするようになったってことか？　いや、しかし……

「一層一種類じゃなかったのかよ！　こんなことってありなのか？」

「ありもなしもありませんよ。実際にドロップしてるんですから。『宝石の原石』も一種類としてカウントされるってことなんでしょうね」

「それって、『金属』がドロップする層だって作れるってことじゃないか」

「小麦さんの宝石並みに、全金属を愛してやまない人なら可能かもしれません」

「そりゃ、無理そうだな……」

仮にできたとしても、何がドロップするのか分からない層は、鉱山としての魅力が低い。対象の種類が多ければ多いほど、何かを探したい人にとって、その価値は減じると言っていいだろう。何しろ狙って採るのが難しいからだ。プロの採掘者にガチャは邪魔だ。

少し前まで落ち込んでいた六条さんは、次々とウストゥーラがドロップさせる原石を興奮しながら拾っていた。今も濃いピンクの菱形の結晶を、嬉しそうに見ている。

「ものすごく素敵な層ですよ！」

まあ、六条さんにとっては天国だろう。

「ドロップ率は相当高いです。大体八割弱くらいありそうですね、彼女」

「なら、鉱石はＬＵＣ50くらいで一〇〇パーセントドロップになる計算なのか」

「もうちょっと上だと思いますが、概ねそんな感じです」

三好の鉱石ドロップは三分の一くらいだ。

それを、以前の計算式に当てはめると、ＢＤＲ＋（ＬＵＣ／80）(注26)くらいだろうか。なおＢＤＲは、BaseDropRateの略で、今のところ〇・二五程度であることが分かっている。

原石はカット済みの宝石に比べればそれなりに重いとはいえ、金属に比べればはるかに軽い。モンスターの数が倒せるなら、二十一層は、結構な稼ぎ場所になるだろう。

ただ、ドロップするものの価値のばらつきは、もの凄く大きいようだった。

「鉱山としては微妙かもしれないが、娯楽としては一級品だな」

問題は二十一層まで来られるのかってことだが、ここがモチベーションになって深層まで来る人の数は増えるかもしれない。なんと言っても楽しいし――

そう考えたとき、三好の足下に、緑色の原石がドロップした。アルスルズも狩ってたのか。

「エメラルド？」

緑の石といえば、それくらいしか知らない俺が、それを拾い上げた。

その声を聞いた六条さんが、俺の手元を覗き込んで言った。

「クロムやバナジウムで緑色になるところは同じですけど、これはツァボライトですね。グリーンのガーネットです」

へー。緑にも色々あるんだな。

「エメラルドの原石にはブルーが入りますから、比べれば色だけでも見分けが付くようになりますけど、ガーネットは単屈折でエメラルドは複屈折ですから、そこで区別できます。あと、大抵ツァボライトの方がギラギラしてますね。あー、でもこのツァボライトはカワイイですね」

「カワイイ？　価値があるの？」(注27)

「お値段ですか？　うーん。デマントイドじゃないガーネットは、なんというか、少しお求めやすい価格になってます。でもでも、ほらこの右側」

彼女は、その部分を見ろと、ルーペを取り出して俺に渡した。

「ガーネットには比較的インクルージョンは少ないんですけど、それが、なんだか顔みたいでカワイイですよね！」

俺は不慣れな手つきで、ルーペの方を動かしてピントを合わせた。そこにあったインクルージョンは、確かにとぼけたミッフィーの顔のように見えた。

天然の原石は一つ一つに色々な顔があって楽しいのだそうだ。それを生かすか切り捨てるかは、デザイナーやカッター次第。

俺が横浜で収束させたダイアは、すべてイデアルな形をしていた。インゴットも画一的なドロップだ。だが、彼女が収束させた原石は、それぞれに個性があるようだ。

この層の原石は、彼女が求めていた通りになったのだろう。

（注26）分かっている
二巻参照。

（注27）デマントイド
オランダ語のダイアモンドから来た名称。

最初に見つかったこのガーネットが、まるでグリーンダイアのように見えたことから付けられた。

SECTION :

代々木ダンジョン　二十二層

二十二層も、二十一層に続いて湿地帯だが、二十三層からはジャングル寄りの森林地帯になる関係からか、二十一層よりもやや木々が多い層だ。

この層に下りた後も、六条さんはその実力をいかんなく発揮した。

「イメージの力って、凄いですねぇ……」

「まったくだな」

俺は呆れたように、ドロップしたインゴットを拾い上げた。

「プラチナですね」

六条さんにレクチャーしてもらったところによると、反射率の関係から銀が最も白く、プラチナは少し暗く感じるらしい。

そう言われたところで、白金族インゴットの区別など俺たちにつくはずがない。当然、ザ・ワイズマン先生の〈鑑定〉が大活躍していたわけだ。

なぜ区別が付かないのか？　バナジウムのインゴットはバナジウムと表示されるのに？

そう、『宝石の原石』に次いで、二十二層でドロップする鉱石は『貴金属』だったのだ。

一時間ほどの探索でドロップしたのは、銀、銅、プラチナ、パラジウム、ロジウム、ルテニウム、そしてイリジウムだった。

因みに〈鑑定〉は、『宝石の原石』の前に無力であることも多かった。単元素ならともかく、普通の原石には色々交じったり、混じったりしていて、下手をすると単に「石」扱いだったのだ。

「ロジウムやルテニウムのインゴットなんて、初めて見ました」

「ハードディスクのプラッタ（ディスク本体）なら見たことがあるけどな」

ルテニウムはハードディスクに使われていて、主にプラッタ表面の磁性体に利用されている。

「金がドロップしないのはダンジョンクオリティですかね？」

「意地でも五十層限定にしちゃる的な？」

「そうそう」

「それは分からないでもないが、白金族って六種類なかったか？」

結構な数がドロップしているにもかかわらず、今のところ五種類しかドロップしていない。

「ドロップしていないのは、オスミウムです。これはきっと小麦さんクオリティですね」

「何だそれ？」

「宝飾に使われないんですよ、オスミウム」

「あー」

目茶苦茶納得した。

「しかし、こううまくいくのなら、狙った鉱物群のドロップもいけそうな気がしてきたな」

「それを可能にする人材がいれば、でしょう？」

一人の天才に頼るプロジェクトは、いずれ必ず破綻する。そこをそれなりの訓練で誰にでもある程度のレベルを維持できるようにするのがマニュアル化だが……

「日本に必要な鉱物ってなんだ？」

「石油天然ガス・金属鉱物資源機構が備蓄しているのは、バナジウム、クロム、マンガン、コバルト、ニッケル、モリブデン、タングステンの七元素ですね」

「うまく括《くく》れそうにないな」

それらは需要の大きいレアメタルだが、七元素をまとめる概念的な括りはなさそうだ。『ぼくのひつようなきんぞく』じゃ、一人の天才に依存することを言い換えただけだしな。

「重要な資源だけれど必要量が少なくて、かつ、ひとまとめにできそうなものと言えば——」

「ランタノイドとかどうです？」

いわゆるレアアースってやつだ。

「十五もある元素をどうやってイメージする？」

ランタノイドは、名前の通りランタンみたいな物質だ。そうは言っても、ランタンを具体的にイメージするのは難しい。

「ランタンってなんに使われてるんだ？」

「プリウスに一杯使われてそうですね」

「車の？」

プリウスには、ニッケル水素バッテリーが使われているモデルも多い。その電池の負極材にランタンが使われているそうだ。

「知ったところで、あんまりランタンをイメージする役には立ちませんね」

ネオジムあたりなら磁石をイメージすれば――いや、磁石をイメージしたりしたら、やっぱり鉄を引きそうだ。

「ランタノイドか……確か、４ｆ軌道に電子が順番に増えていく元素群――」

４ｆ軌道？

「――なあ、三好」

「なんか思いつきました？」

「いっそのこと物理量や原子構造で、模式的にイメージするってのはどうだ？」

「はい？」

「重要なことは、ドロップするアイテムを実現する何かに明確なイメージを伝えることだろ？」

「そうですね」

「今までは、そのデミウルゴスだかなんだかが、俺たちの抱くイメージを、どうやってだかは分からないが、都合よく読み取ってくれていたわけだ。お手軽な反面、曖昧なイメージでは雑音が酷くてうまくいかなかった」

「はい」

「必要なのは正確な情報だが、一般的な事象でそんなものを用意するのは難しい。ところが、今回の対象はドロップさせる鉱物だ。それなら、イメージみたいな曖昧なものじゃなく、それを再構成するための明確な情報を伝達すればいいんだよ」

「それが、物理量や原子構造？」

「そうだ。曖昧なところはゼロだぞ」

　単に伝えることだけが目的だというのなら、そこらのイメージなんかよりもずっと正確に伝わるはずだ。アレシボ・メッセージ（注28）にだって、ＤＮＡの構成元素を記述するのに、原子番号が使われたのだ。よほどのことがない限り、それは宇宙共通の概念だと考えていいだろう。

「ほら、ランタンそのものをイメージしろといっても俺たちには難しいだろ？　だが、陽子数が五十七個の原子なら模式的に明確なイメージができあがる」

「ダンジョンが物理量や原子構造を理解するってのは斬新な考えだと思いますけど……そう言われてみれば曖昧なイメージよりもマシな気がしてきました」

「な」

「陽子数が五十七から七十一までのそれぞれで構成される原子を、ランタノイドとしてイメージする……まあ、一度だけやってみますか。ダメ元ですし」

　うまくいけば、積極的にダンジョンに情報を伝える手法の嚆矢《こうし》になるかもしれない。

「あの、芳村さん」

「ん？」

　二十三層へと下りる階段が近付いてきたところで、六条さんが振り返った。お腹のリュックはパンパンだ。

「私、今回はこのあたりで、やめておこうと思うんです」

「どうして？」

まさかリュックがパンパンだから？

「今のイメージだと、少しジュエリーに偏りすぎてるかなと思いますし」

六条さんがドロップさせたのは、二十一層の『宝石の原石』と、二十二層の『貴金属』だ。このまま二十三層に下りたら、何が起こるのか興味は尽きないが、たった二層でも非常に偏っていることだけはよく分かる。

「それに、ウストゥーラも、この下ではどうなるか分かりませんし」

二十三層から二十五層は、ジャングルめいた森が広がっている層だ。

登場するモンスターの種類から、一部ではジュラシックパークと呼ばれていた。ラプトルみたいなやつもいるし、まさにああいう雰囲気だからだ。

そして、二十四層からはトロルが登場する。

二十二層の森で稀《まれ》に出会うレッサートロルは、トロルの能力劣化版だが、その再生能力のために、ウストゥーラたちは二頭がかりでも、結構もたついているようだった。そこから察するに、より強力な再生力を持ったトロルを倒すためにはさらに時間がかかるだろう。そのとき、他の個体が参戦

（注28）　アレシボ・メッセージ　Arecibo message

一九七四年のアレシボ電波望遠鏡の改装記念式典で、宇宙（M13）に向けて送信された電波によるメッセージ。

してきたりしたら厄介だ。

尊大なアヌビスがまったく口を挟んでこないのは、自分たちでもよく分かっていたからだろう。彼らにとって最も重要なのは、プライドではなく主の安全だからだ。

「分かりました。で、どうでした？　実際に来てみて」

「夢のようでした！」

六条さんは、目をきらきらさせてまるで子供のように喜んでいた。

「本当にあんな凄い石《こ》たちが、ころころドロップするなんて！」

「では、弊社のキャンプは、ご満足いただけましたか？」

「もちろんです！」

その返事をもって、六条さんのブートキャンプは終了した。思ったよりも大変だったが、思ったよりも楽しかったな。

何かの区切りが付いた雰囲気を感じて、三代さんが心配そうに言った。

「あのー。そしたらマイトレーヤはどうなるんです？　解散ですか？」

「え？　絵里ちゃん、やめちゃうんですか？」

それを聞いた六条さんが、不思議そうに首を傾げた。

「ええ？　小麦さんがやめちゃうから、どうしようかって話ですよね？」

「私ですか？　やめませんよ？」

六条さんは、当たり前のようにそう答えた。

「確かにブートキャンプは終わりましたけど、私の育成に、たぶん何十億円もかかってますよ？　どう考えてもそんなの払えっこありません」

「いや、それは――」

別に気にしなくても、と言いかけた俺は、三好に服の裾を引っ張られた。

「それに、絵里ちゃんとの探索も、仕事と同じくらい楽しかったですし、今度は必要な金属の打ち合わせをしてから下層に挑みます！」

まあ、やる気になってるのなら問題ないか。一応ブートキャンプ受講者は、一年間代々木の探索に力を貸す義務があるということになっているしな。

「それまではもうちょっと、自分やウストゥーラの実力も上げなきゃですけど、もし絵里ちゃんが嫌なら――」

「嫌じゃないから！」

そう言って三代さんは、六条さんの手を取った。

「よかったー。小麦さんがやめちゃったら、一人でどうしようかと困ってたんだ」

二人はお互いに笑って親交を深めていた。さすが『友情ある』パーティだ。

「じゃ、ちゃんとした探索者契約もしなきゃいけませんね」

「そうだな」

だとすると、次は拠点の問題だな。毎回俺たちが一緒に付いてくるわけにはいかないからな。

俺は、今後もこの辺へ来るはずの三代さんに訊いてみた。

「ダンジョンの移動はどうだった？　一日でどの辺まで下りられそう？」

「そうですねぇ……十八層に到達した時間と、氷雪層の感じからみて、本当に移動だけに集中すれば、一日で二十一層まで来られそうに思えました」

　通常のペースなら十層を越えると二日がかりになるのが普通だが、サイモンたちも十八層まで一日どころか九時間で行ったり来たりしていた。現在の彼女たちのステータスだって、キャンプ前の彼らにならそう劣ったものでもないから、確かに可能だろう。

「んじゃ、うちの拠点は二十一層に作ろうか？」

「え？　二十一層？　お休みの日に、原石取り放題ですか？」

　六条さんが嬉しそうに声を上げた。いや、さすがに三連休じゃないと無理じゃないかな……

「でも先輩、二十一層って、基本的に湿地帯ですよ？」

「湿地帯とはいっても、湖沼部分もあるみたいだし、ちょっとした湖の畔にある丘っぽい場所とか、別荘地としてはなかなか良さそうだろ？」

　二十一層以降の代々木は、下り階段発見までの調査しか行われていないため、完全なマップが作られていない。

　最深到達層だった時の二十一層は、入り口を下りたところで引き返していたため、その周辺の調査しか行われていないし、前回のチームＩの探索は、〈水魔法〉の有用性とモンスターの強さの確認が目的だったことから、下層への探索を優先して、やはり詳細な調査は行われていなかった。

　従来なら他のチームが探索を受け持つのだろうが、今回は十八層に人員が割かれていた上に、下層へ進む速度が速く、探索範囲が広がりすぎたことが原因で、それも行われていなかった。

そして後付けで行おうとした矢先にセーフエリアだ。いくら何でもリソースが足りない。

というわけで、未踏部分に、そんな場所が見つかったとしてもおかしくはないのだ。

「ちょ、ちょっと待ってください……」

大喜びしている六条さんの隣で、三代さんが困惑した様子で手を挙げた。

「拠点？　ってなんですか？」

「活動の足場にする場所」

「いえ、そうじゃなくて」

「三好」

「仕方ありません、百聞は一見に如《し》かず、お見せしましょう。本邦初公開！　これがイグルー一号《ワン》です！」

「「イグルー？」」

そう言って、眉根を寄せた三代さんと、首を傾げた六条さんの前に、ガルムが顔を出して犬のように吠えた。

「ワン！」

すると突然大きな円柱状の建物が姿を現して、ズンッと低い音を立てて地面の上に置かれた。

「はあ!?」

目と口を大きく開けて固まった三代さんの向こうで、グラスがトンボを追いかけていた。

SECTION :

代々木ダンジョン二十一層

二十一層へと戻ってきた俺たちは、マップが作られていないエリアに向かった。

「なんだか昔行った、ピーク・ディストリクトみたいです」

六条さんは、クーと一緒に、いい感じの木の枝を振りながら少し先を元気に歩いていた。

ピーク・ディストリクトは、イギリスで最初に指定された国立公園で、ロンドンから車で数時間の距離にある人気の観光地だ。

Ｇｅｍ－Ａ（英国宝石学協会）のフェロー資格を取った時、ロンドンで行われた授与式のついでに、足を延ばしたらしい。

「三代さん、大丈夫？」

「盾が出てきた時、おかしいと思ったんですよ。非常識だ非常識だと思ってはいたけど、ここまで酷いとは……」

三代さんは、うつむき加減でぶつぶつと何かを呟いていた。

「ちょっとショックが大きかったかな？」

俺が三好にそう話しかけると、三代さんが、ガバッと顔を上げて力説した。

「ちょっとじゃありませんよ！　世の中にはジョーシキってものがあるんです！」

「常識って重要だよな。俺たちも大事にしてる」

「芳村さんたちのそれは、ダイジじゃなくてオオゴトでしょ！」

いや、誰がうまいこと言えと……

「うわーっ！」

クーと一緒に低い丘を駆け上がった六条さんが、そのてっぺんから丘の向こう側の景色を見て、感嘆の声を上げた。

「なんだ？」

慌てて彼女の後を追いかけた俺たちが、なだらかな丘を登ったところで見たものは――

「おお⁉」

二十一層の階段ルートから一キロほど外れた、まだ誰にも知られていないはずの場所では、オレンジのような木が、丘の下にある湖までの小径を彩っていた。それほど高くない木の枝の隙間から木漏れ日が降り注ぎ、その日差しの結晶のような実がたわわにぶら下がっていた。

そうして丘の下には、周囲の風景がきれいに映り込んだ鏡のような水面が広がり、静謐《せいひつ》をたたえていた。

「ダンジョンの中で、食べられそうな実が生《な》ってるのって、初めて見るな」

三好がその実を一つもぎ取った。

さすがにもいだ瞬間、同じ場所にリポップしたりはしなかった。

「先輩、これ、無限作物収穫の実証実験に使えそうじゃないですか？」

「せめて一桁層ならな」

何かを実験するにしても、さすがに二十一層は遠い。

いくつかの実をもぎながら、三好は、もいだ場所に、マジックで何かを書き込んだリボンを括り付けた。多分今の時間だろう。しばらくすれば消えてなくなるだろうが、それまでにリポップすれば儲けものだ。

三好が持ってきた実は、何というか、オレンジというより――

「せとか？」

「っぽいですよね」

早速三好が剝いた実を半分貰った。

普通なら食べられるのかどうかを気にするところだが、〈鑑定〉によると名称はオレンジで食用だそうだ。口に入れると、バランスの良い酸と高い糖度が爆発的な香りとともに広がった。

「まんま、せとかだ……」

ファンタジー世界でせとか？　今更だけど、何かこう微妙な違和感が……

せとかは、清見タンゴールとアンコールを掛け合わせたものに、さらにマーコットを掛け合わせて作られた比較的新しい品種だ。

市場に初めて出てきた時は一個百円くらいだったが、翌年から値段がぐんぐん上がり、今では三百円くらいなら普通。高価なものは五百円を軽く超えてくる。

それでも売れてしまうくらいには美味しいのだが……ただ、大トロに例えるというのは、ちょっとどうかと思う。

「いい香りですよね」

「アンコールに使われている、キングマンダリン由来の香りって言われてるけど、俺、キングマンダリン食べたことがないんだよ」

「売ってるの見たことないですもんね。カラマンダリンと違うんですかね？」

「あれは片親が温州ミカンだからなぁ……しかし、これ、今なら採り放題だぞ」

俺は小径の周りを見回して言った。

「リポップ時間にもよりますけど、先にアルスルズたちにモンスターを排除してもらえば、年中せとか三昧ですね」

「試しに収穫して収納しておこうぜ。正体も調べてみたいし」

三好は頭の上で両手で丸を作ると、〈収納庫〉から、ごつい料理用のハサミを取り出して、せっせと低い場所から収穫をはじめた。

ふと見ると、いつの間にかリボンを付けた場所の実が復活していた。リポップ時間は一分もかからないようだ。

俺はせとかを口に入れて、思いついたように言った。

「だけどさ、これをバレンシアオレンジが大好きな人間に食べさせて、そいつがバレンシアオレンジだって言ったら怖いよな」

「どういう意味です？」

「ほら、こいつってたぶんDファクターの塊だろ？　しかも名称はオレンジ」

俺が言いたいことに気が付いたのか、三好は、収穫する手を止めてこちらを振り返り、少し憮然としながら腰に手を当てた。

「ダンジョンが俺たちにＤファクターを摂取させるために、食べたやつが美味しいと感じる記憶に作用してその味になってる、なんてことになってたら怖くないか？」

直接記憶に作用する何か。うん怖いな。

最後にはすべての感覚がＤファクターに支配されている、なんて話になったら、マトリックスも真っ青だ。

「先輩。私たち、ダンジョン産の小麦を育てようとしてるんですから、その手の怖い冗談はやめてくださいよ」

そう言って一睨みすると、再び収穫に戻った。

「それに、もしもそうだとしたら、収穫時点で収穫者が美味しいと感じている味に収束している方が、ダンジョンっぽくないですか？　むしろ発見時かもしれませんけど」

「鉱石と同じように？」

「大切なのがイメージなんだとしたら、もしかしたら環境のディテールそのものさえ、最初にその風景を見た人が収束させているのかもしれませんよ」

「つまり丘の下にある湖が美しいのは、六条さんがピーク・ディストリクトの記憶を基に、それを再現したから？」

「ほら、代々木の環境って、もの凄く多様性があるじゃないですか」

「まあ、そうだな」

「それって、探索に関わった人間が、もの凄く多かったから、なんてのはどうです？」

それは仮説と言うよりも、ただの思いつきだ。だが――

「バティアンとかを見ていると、実にありそうな話だ。だが、そうだとしたら、十層をイメージしたやつは何を考えていたんだ？」

永遠かと思われるほどに続く洋風の墓地を彷徨《さまよ》うアンデッド。

「ペットセマタリー(注29)でも読んだ後だったんじゃないですか？」

「何かを埋めたらよみがえってくるのか」

「ダンジョンの地面だけに、固くて掘れないんですよ」

「……十層ってマップ完成してたよな？」

「どうしてです？」

「いや、このまま十層の未知の領域へ行ったら、なんだか本当にミクマク族の秘密の墓地を発見してしまいそうな気がしたんだが……完全に知られているなら安心だ」

「初期に探索した誰かが、今の私たちと同じことを考えていないといいですね」

「やめろよ」

ただでさえリアルとフィクションの境界が曖昧になっている今、それは、ちょっと嫌な汗が出そうな話題だった。十層でゾンビドッグやゾンビキャットが見つかったら気を付けよう。

丘の上は、二十メートル四方くらいの開けた空間で、キャンプをするにはちょうど良さそうな場所だった。

オレンジの林の向こうに広がる湖は、とても澄んでいるように見えた。

「モンスターさえいなければ、ちょっと泳ぎたくなるような場所ですね」

非常識のインパクトから立ち直った三代さんが、湖面を見下ろしながら言った。

「そうだな。実際にやったら、ウォーターリーパーにたかられそうな気がするけど」

「見た目はいい感じの湖なんですけどね。パイクやマスのたぐいがたくさんいそうな――」

そう彼女が言った時、湖面で何かが跳ねて映り込んだ風景を揺らした。

「ほら、何かがライズしてますよ」

ライズは、魚が、主に水面近くにいる餌を捕食するためにやる行為で、口で水面を吸い込んだり、勢い余って飛び出したりすることを言う。

そろそろ夕方が近い。普通の湖なら、羽虫の類を捕食するためにライズが起こったとしても、まるで不思議はなかっただろう。だが――

（注29）　ペットセマタリー
スティーブン・キング（著）『ペット・セマタリー（Pet Sematary）』より。

"The soil of a man's heart is stonier." という、だからなんだよと言いたくなるような一節が執拗《しつよう》に繰り返される、キングの著作の中で、たぶん一番怖い話。

墓地そのものは広大なのかどうか分からない場所だったが、固い墓の土のイメージは強烈だ。

映画？　そのことは忘れろ。

「今のところ代々木ダンジョン内に明確な生態系は存在していません。魔物ではない虫もいないし、食物連鎖も存在しないことになっています。そこでライズ？」

三好が俺たちの傍までやって来て、不思議そうに眼下の湖を眺めた。

実際アルスルズの連中は、嗜好品としてしかものを食べない。

だが、それらは単に、環境を収束させた誰かが、そこにいる生き物について考えていなかったからだとしたら？

もしかしたら世界中のダンジョンの中には、コオロギが鳴いていたり、魚が棲息したりする湖があるダンジョンがあるのかもしれない。俺たちが知らないだけで。

「六条さん、丘を登ったとき、何を考えてました？」

「え？　ええっと、ピーク・ディストリクト国立公園のホープバレーや、スコットランドのロッホみたいだなーと。あと、昔好きだったビアンキ動物記の水の新聞のことを少し」

「三好、どう思う？」

普通の探索者は、突然現れるかもしれないモンスターや危険な何かに注意しながら探索を行っているはずだ。

風光明媚な風景や、そこに住んでいるはずの生物に思いをはせるのは、安全が確保されていると分かっている時に限るだろう。

つまり未知の領域で先頭を切って歩いている探索者に、そんな余裕は普通ないのだ。ウストゥーラたちに守られてでもいない限り。

「さっきの思いつきの通りだとしたら、その湖、魚がいるはずですよね。しかも北欧周辺の」

動物文学で知られるヴィタリー＝ビアンキは、イタリア風の姓だがロシア人だ。彼が生まれたサンクトペテルブルクは、フィンランドにほど近い位置にある。

「ま、その確認も次回だな。釣り竿なんて持ってないし」

「ダンジョン内に普通の魚なんていませんでしたからね……」

魚だって立派な資源だ。

もしも海の層なんてものがあるとしたら、最初の探索者のイメージ次第で、そこのオレンジのごとく、取り放題の漁業ができるかもしれないのだ。

もっとも、オレンジは収穫できたが、魚も収穫できるとは限らない。もしかしたら、死ぬと同時にモンスターと同様、Ｄファクターに還元されて消えてしまうかもしれないからだ。

「ダンジョン漁業ってのは、なかなか斬新ですね」

「まったくだ、普通は考えない」

「浅層に養殖池を作って、受精させてやればダンジョンマスとかできちゃうんでしょうか」

「五層の小川あたりか……」

しかし、仮にそれが可能だったとしても、そいつらが、お互いのひれをつつき合ったりしたら、そこから成長しなくなるんだろうか？　生み出せたとしても、成長させるのは植物以上に難易度が高そうだ。

「できれば失敗してほしいな」

「なぜです?」

「セーフエリアに宿屋ができたとき、不安になるだろ」

もしそれが成功してしまったりしたら、セーフエリアにおける人間の営みに不安が生まれることは間違いない。そこで受精した子供は一体どうなるんだ?

「あー……」

「少しは警鐘をならしたほうがいいかもな」

「先輩が何を考えているかは分かりますけど……たぶん最終的には宇宙ステーションと同じような扱いになるんじゃないかと思いますよ」

「宇宙空間での妊娠も色々言われてるもんな。だがダンジョンは、リポップと非成長の問題があるから余計に複雑だぞ」

「まあ、ここで私たちが気を揉んでいても、何も解決しないことは確かですね」

そう言って三好は、丘の上の平たい場所にイグルー一号を取り出した。

「何度見ても信じられないんですけど……」

三代さんが呆れ顔でそれを見上げている。

そこで三好が俺に耳打ちした。

「先輩。冷蔵庫の中身がないんですよ。〈収納庫〉って時間が止まりませんから。先に入って詰めといてもらえませんか?」

「了解」

三好が、鍵や扉やヘルハウンドたちによるガードについて説明している間に、ロックをはずして先に室内へ入った俺は、電源を入れた冷蔵庫の中にたっぷりと食料を詰め込んだ。

保存食と水の類いはストッカーに入ってるし、生活用水も……あ、そう言えば〈水魔法〉所有者がいないのか。

「もうここまでやったら、何を追加しても同じだよな」

俺はオーブケースを取り出して、〈水魔法〉を入れた。クリエイトウォーターならすぐに使えるようになるだろう。二人のうちどちらが使うのかは、彼女たちが決めるだろう。

外に出ると、三好がマニュアルの入ったタブレットを渡していた。外部モニタや銃眼の使い方を始めとする、各種設備の使い方が書かれたものだ。

イグルー一号は、中央に居間のような空間があり、その周囲にリング状に、シャワーやトイレや台所が並んでいる。

外壁はモンスターの攻撃を想定しているため、そこそこ頑丈に作られているし、内壁にはぐるりと外の様子を映し出すモニタが並んでいて、好きな部分を手元のモニタに表示させることができるらしい。寝室は二階で、その上に、上からの攻撃スペースがあるようだ。ドリーのバンクベッド部分のようなものだろう。屋根の上に出ることもできるらしい。

六条さんが一緒なら中にいたまま宝石が出る度に、シャドウピットへ落ちることで、三好の十層然とした、効果的な経験値稼ぎもできるだろう。

「じゃあ、今回はここでお別れだ。今夜は二人でこいつの使い勝手を確認しておいて」

「ええ!?　いきなりですか？」

三代さんが不安そうに声を上げた。

「どうせ次回は二人で来るんだし、昨日今日で確認した感じじゃ、危険なことはなさそうだろ」

「まあそうですけど……」

「大丈夫ですよ！　私、もう、原石をゲットしまくりです！」

六条さんが、喜びにあふれた様子で手を挙げている間にも、新しい石が時々現れていた。

どうやらガルムとライラプスが表で活動しているらしい。

「仕方ありませんね。ダンジョンを出たら連絡します」

「よろしくね。あと、これ」

最後に俺はオーブケースを出して三代さんに渡した。

「ええ……またですか？」

「イグルー一号の生活用水は十分に補充してあるけど、足りなくなったらクリエイトウォーターで追加して。方法はマニュアルを見て。二人のうちどちらが使うのかは、話し合って決めて」

「分かりました」

「アヌビス」

「なんだ、雄」

基本遊撃のアヌビスは、平常時は大抵六条さんの影にいて、呼べば出てくる。

「二人のことをよろしくな」

「任せておけ。下層に下りたり、あの忌々しい山に近付いたりしなければ何も問題ないだろう」

「そういやお前ら、入れ替わりの影渡りはマスターしたのか？」

「ぬうっ、あれは難しいぞ。まだしばらくはかかるだろう」

「そうか。仕方がないな」

さっさとマスターしないと、戻るときに誰か一頭がここの留守番で犠牲になる。

アルスルズは割と簡単に使っていたようだが、あいつらクローンみたいにそっくりだったからな。

こいつらは一頭一頭がサイズも違うし、余計に難しいのかもしれなかった。

「とにかく明日二人がダンジョンから出るまで、お前たちで二人を守るんだ」

「くどい。さっさと行け」

しっしと俺を追い払うように、尻尾を振ったアヌビスに苦笑すると、俺たちは二人に手を振ってイグルー一号を出た。

「で、先輩。ランタノイドを試しに？」

「失敗しても一層くらいなら許して——くれるかな？」

「大丈夫じゃないですか。ほら、鉄も高価かもしれませんし」

「買い手がいないんじゃ意味がないだろ……」

日が沈むまでは、まだ時間がありそうだったが、すぐに夜になるだろう。俺たちは駆け足で二十三層へと向かった。

二〇一九年　一月二十六日（土）

SECTION：代々木ダンジョン　エントランス

その日の代々木は、いつもよりも少し騒がしかった。

これから入ダンしようとした中堅めいた装備に身を包んだ男は、辺りにたむろしているマスコミ然としたいくつかのグループを見て首を傾げた。

「なんだ？　今日は妙にカメラを担いだやつらが多いな？　何かあるのか？」

そのパーティメンバーらしい小柄な男が、ブーツの紐を結び直しながらそれに答えた。

「ほら、例のブートキャンプとかいうの。今日がプレオープンらしいぜ」

「は？　じゃ、こいつら全員、その取材に来てるってことか？」

「斎藤涼子の件で名が売れちゃったからな。誰か有名人が来てるのかもよ」

「え、誰が？」

「いや、知らんよ。かもだっつーの」

「そういうことなら、俺も覗きに――」

そんな話をしながらゲートをくぐっていく探索者たちを横目に、取材陣は、ゲートの外をうろうろしていた。

「八尾《やお》ちゃーん。さっさと使える画撮らないとまずいんじゃない？　さっきから、『すみませーん。ブートキャンプの参加者さんですか？』『いえ、違います』の繰り返しじゃん」

カメラマンの声に、八尾と呼ばれたリポーターの女性は憤慨したように言った。

「だって、どれが参加者で、どれが違うのかなんて、分かりませんよ！」

探索者は大勢いるが、ブートキャンプに参加できるのは、一回わずか六名だ。

今日、プレブートキャンプが行われることは、サイトの募集要項で明らかだったが、詳細は場所が代々木であることくらいしか書かれていなかった。どうやら当選者に直接通知されるらしい。

裁判の傍聴席方式で、マスコミも相当数のバイトを動員していたのだが、残念ながら一人も当選しなかった。

「会場が分かれば突撃するのに！　もう、会場ってどこなのよっ！」

二週間前にサイモンたちが出入りしていた場所を知っている探索者は、多少なりとも存在したが、それがブートキャンプを行っている部屋だとは誰も認識していなかった。だから、その部屋のことを知っているのは、開催者か管理者か、そうでなければ当選者だけだった。

仕方なく彼らは、入ダンしようとしている探索者に、片っ端から声を掛けていたのだ。

ゲートの傍では、中年の男性が、ＪＤＡの職員に食って掛かっていた。

「ＷＤＡカードがないとゲートの内側に入れないって、取材だぞ？」

「申し訳ありませんが、ダンジョンは危険な場所です。誰であっても例外はありません」

これが話題になった最大の原因は、斎藤涼子の騒ぎだ。

当然、スポーツ畑や芸能畑の連中が押し寄せてきたが、新卒ならともかく、そんな畑の十年選手がＷＤＡカードを所有しているはずがなかった。

八尾はそれを見て呆れたように言った。

「何言ってるんですかね。取材だからってパスポートなしで入国させてくれるわけないのに」

どうもマスコミ関係者は、知る権利というやつを、必要以上に便利に使いすぎる傾向があるわね、と彼女は内心眉をひそめた。ダンジョンでの取材なのだ、当然入ダンできる態勢は——

「あー、八尾、すまん。俺、持ってないんだ、ＷＤＡカード」

「へ？」

まさかのカメラマンの告白に、彼女は目が点になった。

ダンジョンブートキャンプなのだ。それが行われる正確な場所は不明だとしても、ダンジョンの中であることは間違いない。彼女は急遽ＷＤＡカードを取得して今日に臨んでいたのだ。

「いや、ほら、俺ら急に駆り出されたからさ」

本来はスポーツ畑のカメラマンである彼は、困ったなといった様子で頭を掻いた。

「そ、それでどうやって、画を撮るんですかぁ……」

「いざとなったら、お前、これ担いでいくか？」

「嘘でしょ……」

ここまで出張ってきて撮れ高ゼロなんて減俸ものだ。

がっくりと肩を落とした八尾を困った様子で見ていたカメラマンが、突然鋭い声を上げた。

「おい、あれ！」

彼が見ている方を振り向いた八尾だったが、そこに知った顔がなかったため、なんだろうと首を傾げた。

「高田瀬里奈《たかだせりな》じゃないか。しかも隣は不破《ふわ》か？　二人で代々木って……デートか？」

「誰ですそれ？」

「青菱《せいりょう》大の陸上競技部期待のホープだよ、長距離の」

「はあ」

さすがはスポーツ畑のカメラマン。大学の選手の顔など、陸上に携わっているか、知人でもない限り知っていることは稀だろう。

「高田？　いやちょっと待て。なんでこんな所にいるんだ？」

「いちゃダメなんですか？」

「明日の大阪国際に出るはずだが……まだ大阪入りしていないなんておかしいだろ⁉」

とっくに大阪入りしていなければならないアスリートが代々木を歩いている……

「もしかして――」

彼女は慌てて、カメラマンを引っ張ると彼女たちの前まで駆けて行った。

二〇一九年　一月二十八日（月）

SECTION :

代々木八幡　事務所

この日の朝のワイドショーは、とある話題一色だった。

特にその番組では、キャスターの女性が興奮したように勢い込んで話をしていた。何しろ話題の主がその場にいたからだ。

「スタジオには、昨日行われた第三十八回大阪国際女子マラソンを、驚異的な記録で優勝された高田瀬里奈さんをお招きしております。瀬里奈さん優勝おめでとうございます」

「ありがとうございます」

「瀬里奈さんは、まだ二十一歳の大学生です。しかし、信じられないようなタイムでしたね」

「大阪国際はフラットで走りやすい、世界でも屈指の高速コースですけど、ちょっとできすぎでしたね」

瀬里奈は少しお茶目に、小さく舌を出して言った。

キャスターがそれに頷きながら、フリップを取り出した。

「それではテレビをご覧の皆さんに、現在の女子マラソンの記録をご紹介しましょう」

そうして、十位から順次簡単な説明付きで紹介されたあと、めくりが付けられた三位から上を順にキャスターが剥がしていった。

「そうして、二位！　つまり昨日までの世界記録ですね。二時間十五分二十五秒！　この記録は、それまでの二位を一分三十秒以上引き離し、高速化した現代のマラソン事情の中、なんと一五年間も破られなかった大記録だったんです」

スタジオから、おお～と感嘆の声が漏れる。

「そうして、一位はもちろん、昨日瀬里奈さんが作られた記録です。なんと、二時間十四分十八秒。いいですかみなさん、この大記録をなんと一分以上縮めたんですよ！」

「いやあ、驚きましたね」

瀬里奈がそう言うと、キャスターが、あなたが言うなと突っ込みを入れて笑いを誘っていた。

「いや、ホント、自分でも驚いているんです」

「それまでの瀬里奈さんの自己ベストは二時間二十二分三十一秒ですので、ほとんど八分以上短縮されています。失礼ながらドーピングなども随分疑われたようですが――」

「それは仕方ありません。けど、一気に記録を八分も縮める薬はないと思いますよ」

「あったら逆に凄いですよね。なお、もちろん瀬里奈さんはシロでしたよ」

スタジオに笑い声が巻き起こる。

「八分というと大したことないみたいに聞こえますが、四二・一九五キロの道のりで四百八十秒ということは、百メートルを走る毎に一秒以上縮める必要があるんです」

再びスタジオが感嘆の声に包まれた。

「普通ありえません。一体何が原因だったんです？」

「浦沢《うらさわ》先生の描かれたメインビジュアルの選手と同じゼッケン(注30)38だったからですかね？」

「それ、三十八回だからじゃないですか」

「あ、そうか」

今気付いたんですかと、キャスターが突っ込んだ。

「だけど、もしも前日予定通りに大阪に入っていたとしたら、たぶん二十三分台かせいぜい二十二分台だったと思います」

奇妙なことを言い出した瀬里奈に、一瞬面食らったキャスターだったが、すぐに態勢を立て直すと、疑問を口にした。

「え？　どういう意味です？　そう言えば瀬里奈さんは、第一次点呼を欠席されていて、大阪に入られたのが夜遅くだったとお聞きしました。皆さん随分心配されていたと伺っていますが」

「はい。どうしても外せない用事が東京であったんです。それで陸連にお伺いを立てていたのですが、認めていただけて幸いでした。認められなければ出場を諦めていたところです」

「それは、陸連も幸いでしたね。なにしろぶっちぎりの世界記録ですから」

キャスターがおどけて言うと、再びスタジオに笑い声が起こった。

「しかし、国際大会と天秤に掛けるような重要な用件って——気になりますね」

ちらりとカメラの向こうを見ると、ＡＤが「突っ込め」と書かれたフリップを掲げていた。

「前日、不破正人《まさと》さんと歩いていたという情報もあるようですが、まさか彼氏とデートとか⁉」

不破正人は、高田瀬里奈と同じ大学に所属する、二十歳の新鋭長距離ランナーだ。

「ははは、まさかそんな理由で大会を棒に振ったりしませんよ。第一、不破君は彼氏じゃありませんし。当日は、たまたま用事が同じだっただけで――」

「え？　不破さんと一緒にいらっしゃったのは本当なんですか？」

「ええ。同じ用事で東京にいたんです」

「ええ？　それってどんな――」

代々木で、自分たちの顔を知っていた、TVのスタッフからマイクを向けられた彼女たちだったが、不破のレースが終わるまでは放映しないという約束でインタビューを受けていた。それはブートキャンプを受講するための条件でもあったからだ。

「それは、今週末の別府大分毎日マラソンで、彼の活躍を待ってからにしましょう」

別府大分毎日マラソン大会は、「新人の登竜門」と称されることも多いレースで、大阪国際と同様、MGC（マラソングランドチャンピオンシップ。東京オリンピックの選考会）への出場資格を得ることのできるレースだ。

キャスターもそう躱されては、突っ込みようがなかった。

「では、週末を楽しみにしておきます。いいですかみなさん、別府大分毎日マラソンの不破正人、注目です！」

（注30）　ゼッケン

本来のゼッケン38は、関西外国語大の中島みなみ選手でした。残念ながら二十五キロを過ぎたところでリタイアされました。現在はデサントにお勤めのようです。なお、もう一度言っておきますが、これはフィクションですからね！

キャスターは仕切り直すと、次の話題へと水を向けた。

「とにかくこれで、東京オリンピック選考会の、グランドチャンピオンシップへの出場権を手に入れたわけです。同時期にはドーハもありますが……」

「昨日の今日ですので、そのあたりはゆっくり考えたいと思います」

「そうですか。本日はどうもありがとうございました」

「こちらこそ、また応援よろしくお願いします」

映像がＣＭに切り替わったところで、三好がＴＶの電源を落とした。

「なんだか凄いですね。もしかして彼女が？」

ちょうど報告に来ていた鳴瀬さんが、感心したように言った。

「そうです。真っ先に結果が目に見えそうってことで当選した方ですよ」

青菱大陸上競技部の高田瀬里奈と不破正人は、ホープと言われながらも少し記録が伸び悩んでいたこともあって、一年以上前からダンジョントレーニングを取り入れていた変わり種だ。

近々大きな大会に出るということで、三好が恣意的に当選させたメンバーだった。

もちろん付け加えたステータスは、ＡＧＩとＶＩＴだ。どうやらＶＩＴはスタミナにもかかわりがあるようだ。

「凄い効果じゃないですか。しかもたった一回で」

宣伝のために目に見える効果が欲しいということだったから、自重せずに割り振ったのが原因だが、そもそも学生が一年間ダンジョントレーニングを頑張った程度で稼げるのは、せいぜい十数ポイントだろう。それでもフィフスの終わりには食い付いていたから、かなり真面目に取り組んでいたことは間違いなかった。

「この分だと、来月の不破選手も、期待できますね！」

三好が嬉しそうにそう言った。高田選手よりも不破選手の方が元のステータスが高かったからだが、男子選手の方が平均レベルも高そうだから、そこは走ってみなければ分からないだろう。

「やりすぎだろ。今でさえさばききれない申込数なのに、どうすんだよ」

「選べる幅が広がるってことですからいいじゃないですか、定員割れするよりマシですよ」

「探索者じゃない連中が大挙して押し寄せるだけだろ」

「そりゃ、厳正なる抽選の結果、当選しないから大丈夫です」

他人には聞かせられないセリフを堂々と発言する三好に苦笑していた鳴瀬さんが、おずおずと切り出した。

「それで、あの件ですが……」

「ＪＤＡ枠ですか？　うーん、どうするよ三好」

鳴瀬さんのお願いだけに、できるなら受け入れてあげたいのだが——

「小麦さんみたいな人を推薦されても困りますからね」

ブートキャンプの実態は、余剰ポイントの割り振りだ。そのため、Ｄカードを取得したてのアスリートなどをよこされたところで、何もできないのだ。

「何人か推薦して、あとは三好さんたちで抽選していただくというのは——」

「全員が小麦さんの可能性があるでしょう？」

三好が苦笑しながらそう言った。

誰が推薦するのか知らないが、瑞穂常務あたりが出てくれれば、どんな無理難題が飛び出してくるか分からない。

「例えば、操縦士免許のように、最低ダンジョン探索時間を決めておくとか」

入退ダンをＪＤＡが完全に管理している以上、個々の探索者が入ダンしている時間はデータとして残されている。プライバシー情報の一環だが、ダンジョン探索と健康等の相関関係を調べるという名目で保存されているのだ。

「それだと、入ダンして、ただ座っているだけでもクリアしちゃいますよ」

もちろん余剰ポイントはゼロだ。

「そうだ、先輩。翠さんのところの工場のリフォームがそろそろ終わるんですよ」

「なんだ突然？」

「量産試作機のテストをしなけりゃいけませんよね？」

「お前、まさかＪＤＡで……」

「どうです？　代々木で探索者向けのステータス計測サービスとか？」

「え？　それは願ってもないことですが……さすがに私に即答する権限は……」

「まあ、それは後ほど相談してみてください。そこでですね。ＪＤＡ推薦枠の人は、最低ダンジョン探索時間と、最低ステータス値をクリアする必要があることにすれば――」

「ちゃんと探索しているかどうかは、そこそこ分かるな」

「――ってことです。どうですか？　それなら月に二枠程度ならご用意できますけど」

「ぜひお願いします。計測サービスについてはすぐに上と相談してご返事差し上げます」

懸案が一つ解決したところで、鳴瀬さんはバッグから資料らしきものを取り出した。

「それで、ご質問のあった、例のインゴットの純度なんですが――」

「あ、分かりましたか」

鉄は鉄でもあり得ないほどの超純鉄なら、多少は意味が変わってくる。もちろんスライムに捕食されないかもしれないという点で十分に特別なのだが。

「バナジウムの純度は九十九・九パーセント、鉄の純度は九十九・九九パーセントでした。いわゆる高純度金属と呼ばれる水準だそうです」

それを聞いた三好が、残念そうに、ぼすんと音を立ててソファに腰掛けた。

「４Ｎかぁ……意外と普通でしたね」

「いや、どっちも十分高純度だろ」

「そりゃそうですが、ちょっと期待外れと言いますか」

「問題は、レアアース――というよりランタノイドですね」

「え？　もう検査されたんですか？」

ランタノイドを持ち帰ったのは土曜日のことだ。

二十三層で、集中しながら注意深く例の手法を試したところ、見事にそれをドロップさせることに成功した。驚き興奮した俺たちは、とりあえずプロメチウムを除くひと通りの金属をドロップさせると、急いで地上へと引き返したのだ。

　プロメチウムをドロップさせなかったのは、天然物はほぼ存在せず、安定同位体のない人工放射性元素のインゴットなんて危なくて仕方がないからだが、任意の金属をグループから取り除く実験でもあった。もっとも数をドロップさせていないから、今後も絶対ドロップしないかどうかは分からない。

「現在のＩＣＰ（高周波誘導結合プラズマ）発光分析や質量分析による、貴金属やレアアースの検出限界は十ｐｐｂ以下だそうですが――」

　鳴瀬さんは、何かを諦めたような顔で、言葉を続けた。

「お預かりした十四種類のインゴット内の不純物は、すべてが測定限界値以下でした」

「え？」

　ｐｐｂは、parts per billion の略で、十億分率のことだ。つまりその精度でも検出できないということは、最低でも８Ｎは確実だということだ。

「一体何をどうやったんです？」

　その検出を行った研究者は、何かの間違いであるかのように何度も測定を繰り返したらしい。

　レアアースは、特に存在がレアというわけではないが、単独の元素を混合酸化物から分離精製することが難しいためレアアースと呼ばれている。分離・精製技術が進んだ現在では、それなりの純度のものが得られているが、それでも通常は４Ｎがせいぜいだそうだ。

「先輩、これって……」

「原子構造方式のせい……か？」

バナジウムや鉄は、単なるイメージによるドロップだ。そのせいかどうかは分からないが、高純度とはいえ、あくまでも常識的な範囲に収まっていた。だが、ランタノイドは、純粋に模式的な情報のみからドロップさせた鉱物だ。つまり雑念が含まれていないのだ。その結果が――

「非常識な純度になったのか」

「何かやったんですね？」

俺たちは、二十三層でやった実験の詳細を鳴瀬さんに話した。

「つまり、漠然としたイメージを用いず、ダンジョンに情報を伝える手段を模索したんですよ」

「そんなことが……」

おそらく彼女は、可能なのかと呟こうとしたのだろうが、何しろ実例が目の前にあるのだ。

「対象が鉱物のように単純なものだったからこそできたんでしょうけど」

「いずれはもっと複雑な事象も、数学や物理学の言葉でダンジョンに伝えられるようになるかもしれないと？」

俺はしばらく考えた後「分かりません」とだけ彼女に伝えた。

ダンジョンが、おそらくは数多《あまた》の探索者の意識や記憶から作られた巨大なデータベースのようなものにアクセスしていることは、ほぼ間違いない(注31)。

そこから汲み上げるイデアのごとき何かをアナムネーシスするのと、数学や物理学などの、曖昧なところはほとんどないにもかかわらず、それでも不自由な言語でそれを伝えられることの、どちらが優れているのかなどということは、ダンジョンならぬ身としては判断のしようがなかった。

「今はただ、そういう手法もあるとしか」

「分かりました。今日はありがとうございました」

そう言って鳴瀬さんは立ち上がって、少し難しい顔をしながら市ヶ谷へと帰っていった。

「科学の言葉でダンジョンとコミュニケーションを取る、か」

なんとも完全そうで不完全そうな手法だし、考えてみれば恐ろしく危険な気すらする。

「なあ三好」

「なんです？」

「俺たちはプロメチウムを避けたが、これって、原理的には、ウラン２３５やプルトニウム２３９をドロップさせることも可能じゃないか？」

中にはイメージだけでそれを可能にする人間がいるかもしれないが、通常なら、ウラン２３８がドロップするだけだろう。それが自然だからだ。

簡単にウラン２３５やプルトニウム２３９が手に入る世界？　もしもそんなことになったとしたら、核の脅威は一瞬で高まることだろう。核爆弾自体は大学生だって作ろうと思えば作れるのだ。材料さえ手に入るなら。

「公開するのは、ちょっと危険な気がしてきたぞ。一応鳴瀬さんに伝えておくか」

それを聞いた三好が、テーブルを拭きながら、こともなげに言った。

「じゃあ、ドロップしないよう禁止しておきます?」

「は?　どうやって?」

「そりゃあもう、コルヌコピアの祝福で、人類の集合的無意識たる巨大データベースにルールを書き込むんですよ。ドロップしちゃいけないものとして」

「ばっ、何、滅茶苦茶言ってんだ、お前」

「あの小麦さんが貴金属をドロップさせたにもかかわらず、金は含まれていませんでした。なぜだと思います?」

「……ルールだから?」

それは、五十層でしかドロップしないという縛りが働いたとしか思えなかった。

三好は意を得たりとばかりに頷いたが、仮にそれができたとしても、ルールになったかどうかをどうやって確かめればいいのだろう?　俺にはとても検証など不可能なことのように思えた。

(注31)　アナムネーシス

日本語だと「想起」と訳される。

プラトンによると、天上の世界にいたころ見ていたイデアを、すっかり忘れて地上へとやって来た我々は、地上にあるものを見て、忘れていたイデアを時々「想起」することがあり、それこそが、真の理解であり認識であるということらしい。

終章

エピローグ

It has been three years since the dungeon had been made.
I've decided to quit job and enjoy laid-back lifestyle
since I've ranked at number one in the world all of a sudden.

EPILOGUE

後日譚

SECTION :

ニューヨーク州　ニューヨーク　国際連合本部ビル

その日、出勤してネイサンの部屋のドアを開けた時、シルクリーは、バターと甘い香りが自分の鼻を刺激することに気が付いた。

『ミスター・アーガイル。一体これは何です?』

床にインディアンスタイルで座っているネイサンは、エレクトリックグリドルを前に、ボウルを持ってウィスクで何かをかき混ぜていた。鼻の頭に何かが付いているところまでがお約束だ。

『やあ、ミス・サブウェイ、いいところに。いや何、机の上が一杯でね』

彼の机の上には、書類の山が築かれていて、お世辞にも整理されているとは言い難かった。もちろんエレクトリックグリドルを置くスペースなど、あるはずがない。

『それで、何をしてらっしゃるんです?』

『昨日、例のダンジョニングの続報が送られてきてね。それにこいつが添えてあったのさ』

そう言って彼が見せたのは、数粒の麦だった。

『まさか……』

『ダンジョン産だよ』

それは「ダンジョン内作物のリポップと、現行作物のダンジョン内作物への変換」というレポートの実例だった。そうして当然のごとくリポップしたと綴られていた。

『ますます東京へ行かなければならなくなったわけだが――』

彼はかき混ぜていた種をグリドルの上に落とした。それは、ジュワーという音とともに、丸く広がっていった。

『――その前に食べてみようと思ってね』

『食べてって……自分の体で試そうなんて、一体いつの時代の科学者ですか⁉』

『いや、お墨付きもあったし、大丈夫なんじゃないか？』

分析した結果、有害な物質は検出されなかったし、成分も普通の麦のようだった。

細菌やウイルスも、今のところは検出されていないし、火も通す。

それより何より、ザ・ワイズマンの鑑定結果が添えてあったのだ。そこにはちゃんと「食用」と書かれていた。

『それを信じるのは結構ですが、無批判に受け入れるのは、当機関の存在意義が問われますよ』

ＷＤＡのＤＦＡ（食品管理局）は、ダンジョンから産出する食品の安全性を確認するのが大きな仕事だ。それを〈鑑定〉スキルが食用としただけで無批判に受け入れるのはどうだろう。

そもそも〈鑑定〉が食用と見なす基準も明らかではない。

彼女は日本人だから、日本の厚生労働省が出している、食品別の規格基準を満たしているということなのかもしれないが、単に食べてもすぐには死なないというだけなのかもしれないのだ。

『各種検査で問題が検出されなければ、結局食べてみるしかないだろう？』

『パンクにしたって酷すぎます！』

彼の性向を知っていたシルクリーは、そう言って天を仰いだ。せめて動物実験くらいはやってほしい。

『なに、所詮はポウザー(注32)さ。「真のパンク者は、勉強して働いて家庭を持って家を持って退職して死ぬなどというシナリオとは無縁だ」そうだからね』

勉強して働くのはともかく、退職して死ねるかどうかは難しい問題ねと、彼女は嘆息した。

『それで、ミス・サブウェイはどうするね？』

彼女は一瞬躊躇したが、すぐに『頂きます』と言って、彼の前に座り込んだ。彼女にとって、アシスタントは補佐する人間に殉じるものだからだ。

ネイサンは、グリドルの上で食べごろに焼けていたパンケーキを二つにカットすると、その片方を紙皿に載せて、ブール・アン・ポマード（室温でポマード状に柔らかくなったバター）をたっぷりと添えると、はちみつを回しかけて、フォークと共に彼女に差し出した。

彼女はなんて高カロリーなおやつだろうと思いながらも、それを最後まで平らげた。

『どうかね？』

『そうですね、普通のパンケーキよりも、少しもっちりとした――』

感想を言おうとした彼女の言葉は、突然目の前に現れた何かによって断ち切られた。それの向こう側では、ネイサンが驚愕に目を見開いているのが見えた。

それは、音の失われた空間を、ニュートンが『プリンキピア』に記した数式に従って、神の摂理を体現するように、アリストテレスの言うコスモスの中心へと引かれて行った。

やがて、それが硬い床に触れて小さな音を立てた時、世界に音が戻ってきた。

エアコンが暖かな空気を吐き出す小さな音と、パンケーキがグリドルの上で焼ける匂いが、これが夢ではないと主張していた。

『ミス・サブウェイ。君、もしかして、まだ……』

ネイサンは、突然現れた、くすんだ銀色の物体から目を離さずに、そう呟いた。

ＷＤＡには、職員の必要に応じてＤカードの取得をアシストするサービスがある。ネイサンもそれを利用してＤカードを取得していた。だが、最初から本部に配属され、現場に赴くことのなかったアシスタントたちの中には、いまだにＤカードを取得していない者も少なからずいた。そして、シルクリー＝サブウェイもその一人だったのだ。

つい今しがたまでは。

『まさか、これ……』

恐る恐る手を伸ばしたシルクリーが拾い上げたのは、紛れもなく彼女自身のＤカードだった。

『どうやら、ダンジョン産の小麦には、地上のそれにはない特別な副作用があるようだね』

それが、人類にとって福音なのか凶報なのか、彼には判断できなかった。

（注32）　**ポウザー（poseur）**

一言で言うと、ファッションでパンクをやっている人。パンクシーンにおいては蔑称。

NAME:
Silkrie Subway
AREA:
33
RANK:
TBD
SKILL:

巻末特集

It has been three years since the dungeon had been made.
I've decided to quit job and enjoy laid-back lifestyle
since I've ranked at number one in the world all of a sudden.

APPENDIX

NAME: 三代《みしろ》 絵里《えり》

DATA: woman / age 25 / 167cm

一つ屋根の下に住む兄弟というやつは、近づきすぎるとうっとおしく、離れすぎると寂しくなる、意外と面倒な存在だ。それが異性ともなれば、なおさら複雑な感情を抱くだろう。落ち着くのはずっと歳をとってからのお話。

ポーション代金の支払いのために専属にされるなんて、一歩間違えば現代の奴隷になりかねなかったのだから、もう少し警戒してほしい、元弓道部。

弟の治療費のために有り金をはたくその姿は、ミーハーな性格にもかかわらず、彼女の真面目な一面を浮き彫りにしている。

ところでミーハーって死語だろうか？

NAME: 六《ろく》条《じょう》　小《こ》麦《むぎ》

DATA: woman / age 28 / 155cm

いつの時代も趣味が高じて仕事になっちゃう人は一定数いるわけだが、それがさらに加速して、どこまでも行ってしまうとこうなるという見本みたいな人。なお、行った先に幸せが待っているかどうかは、行った者にしか分からない。ここはぜひ、永遠や究極を目指していただきたいものだ。小さな子供が、なけなしのお小遣いをはたいて手に入れた夢の欠片は、いつしかその名前の通り、喜びがあふれる島となった。Dカードを持ってもいない素人がＪＤＡのマイニング使用者に選定されるには理由があるのだ。

NAME: 吉《よし》田《だ》 陽《はる》生《き》

DATA: man / age 37 / 176cm

ダンジョン研究家？　ウィズやダンマスならばいざ知らず、本物が登場してから、たった3年でなんだその肩書はと憤る人たちに、研究家は専門家とは違いますよ、とうそぶく元タレントの彼は、胡散臭い肩書とは裏腹に、いたって普通の常識人だ。とはいえ、次があるかどうかが分からないこの世界。やっと訪れたチャンスには、釣り針の有無を確認しもせずダボハゼのごとく食らいつく。チャンスの神様には前髪しかないのだ。

Dパワーズの尻馬に乗って、涼子を巻き込んだまでは良かったが、行った先はまるっきりのトワイライトゾーン。果たして生きて帰れるのか？

彼の活躍に期待しよう。

NAME: 宮《く》内《ない》 典《のり》弘《ひろ》

DATA: man / age 31 / 175cm

似非関西弁を巧みに操るが、実はただのハマっ子で、インパクト欲しさにキャラを作っている濃い目の人。

リアルダンジョンヨコハマなんてブログや動画チャンネルを運営し、ガチャダンマスター・テンコーなんて名前を自分で広めちゃうくらいにセルフプロデュースに長けていたせいで、横浜に入ダンできなくなっても代々木に浮気できなかった可哀想、もとへ、実直な人でもある。

探検隊のお仕事という名目ができて、実は喜んでいるとかいないとか。まあ、元気出せ。

これがイグルー１号だ！

これを読んでいる君なら大丈夫かもしれないが、Ｄパワーズの二人には根性がない。
イグルー１号は、美味しいものが食べられなくても、お風呂に入れなくても、情報機器が使えなくても死んじゃう根性なしのために、無駄なコストとリソースをつぎ込んだスーパーテントだ。イグルーバスで汚れを落とし、イグルーキッチンでご飯を作ったら、イグルーベッドでぐっすり朝まで眠れるぞ。人に見られて困るより快適な日常が重要だ！

1F

イグルーバス

どんな汚れもさっぱりだ。

イグルーハートは、イグルー１号の頭脳であり心臓だ。大事なものはすべてここに無理矢理詰め込まれている。水素と酸素がぶつかり合って、熱く燃えたエナジーが、電子の心と体を駆け巡り、みんなの平和を守るんだ。

イグルーキッチン

美味しいものが作れるぞ。

イグルータンクは、きれいな水用と使用済みの汚水用が用意された８Ｐチーズ形状のカートリッジだ。汚水タンクの始末は、ダンジョンに放置しておくだけで、いつのまにかダンジョンがやってくれるぞ。

イグルーアイ

かっこいいぞ。

2F

イグルーム

安眠できるぞ。

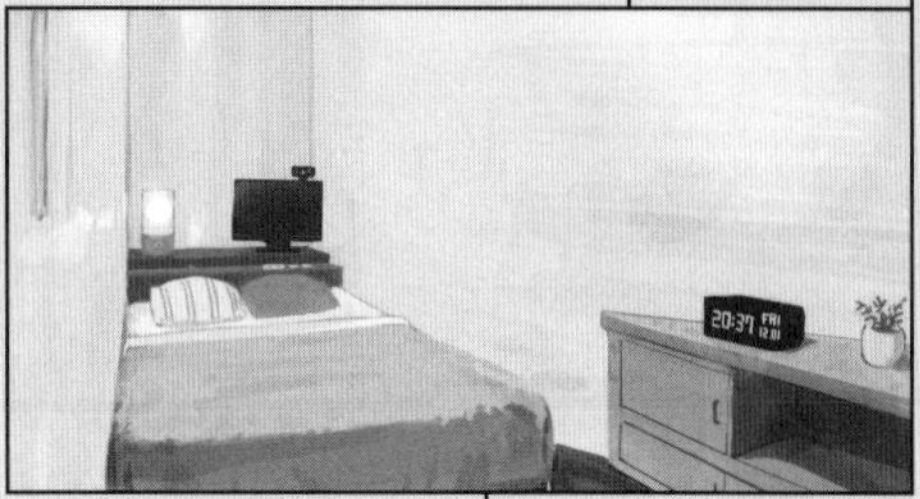

イグルーラダーはただの梯子だ。上ると、眼下の敵を攻撃するスペース完備のイグルニエ（屋根裏部屋）に上がれるぞ。イグルニエから屋根の上にも出られるから、星を見るのも悪くない。

イグルーウォールは、ヒグマに殴られてもびくともしないぞ。ダンジョンにヒグマはいないけどな。貼りついてくるスライムはベンゼトビームでイチコロだ！　見えないところ？　それはアルスルズが守っているから安心だ。

イグルーユニットは、８Ｐチーズ形状のカートリッジ型ユニットだ。

いろんな機能をユニットにまとめれば、天井を外してユニットを差し替えるだけで様々な要求に応えることができるんだ。

将来を予測して拡張性を確保しておこうとするのは、仕様変更が日常のコンピューターエンジニアの特徴だ。そこはかとなくブラックの香りが漂うのはお約束ってやつだ。

あとがき

こんにちは。今は昔、第七波の大波に翻弄された末、ついに（たぶん）コロナに感染してしまったけれども、今はすっかり元気な之です。読者の皆さまもご自愛ください。

さて、七巻は、ひっじょーーーーーに難産でした。後書きが。

何しろ人生で初めて（たぶん）〆切をぶっちしたあげく、ちょっとだらだらしていたら、あっというまにデッドエンドは目の前です。

光陰矢の如しとはまさにこのこと、人生とは白駒の隙を過ぐるが如しであるなあと空を見上げたところで荘子の域には達するも能《あた》わず、凝っては思案に余るとばかりに（いや、意味が違うだろそれ）他の先生方は一体何を書かれているのかと、あれこれ参考にした結果、やはりその巻の解説をしている方が多い。しかしDジェネだと、それは大抵注釈に書かれてしまっているのです。

七転八倒、焦心苦慮して体重は減らず（あれ？）、千辛万苦に焦心苦慮して頬もこけない（あれ？）。つまりは散々だったのです。

そうしてついに、禁断の目玉焼き方式でいこうと固く拳を握り締めたのであります。

目玉焼きをナイフとフォークで食べるのは大変に難しく、黄身を崩してソースにすると皿の上が汚れてしまうし、白身の部分だけを先に食べ、最後に黄身を一口で食べるのはどうにも格好がよろしくない。気になる異性と目玉焼きを食べなければならない羽目になったら、そういう話をしながら実演して食べてしまえばよろしいと、先人の本で読んだとおり、後書きを書く過程を後書きに書くわけです。

なお、最後に黄身をぺろりと食べて、君をぺろりと食べるに掛けるのも一興というもの（イケメン以外は強烈な副作用があります）ですが、大抵気付いてもらえません。しかしながら、後書きは見事に埋まったではありませんか！　八巻はどうしよう……

次巻はネミの森の物語と反ダンジョン派の台頭を描けたらなぁと思います。

そして、ウケモチ・システムに、国を挙げて探索者の数を増やしているが、探索者五億人を達成するのは遥か先だと思われていた中国が強い興味を示すのは当然で、ＦＡＯと穀物メジャーと中国（と中東）の間で静かに殴り合いが行われ、スポーツ界はダンジョンブートキャンプのせいで、ダンジョンの異常さに気が付き始めます。そして、セーフエリアの開発と、ステータス計測デバイスの発売で、世界に、ステータス至上主義が芽生えるでしょう。なんだかんだ言っても、人間は順位付けが好きなんだと思います。世界はランキングに溢れていますし。

最後になりましたが、ＦＡＯの歴史を辿るのに、政策研究大学院大学の鵜戸口昭彦さんが二〇一五年七月に発表された博士論文「戦後の世界食料・農業レジームとＦＡＯに対する米国の関与」と、その参考文献一覧が大変参考になりました。謹んでお礼申し上げます。

もちろん何らかの誤謬があった場合、作者の責任であることは言うまでもありません。

それではまた次巻でお会いしましょう。

二〇二三年　二月吉日　　之貫紀

著: 之 貫紀 / この つらのり

PROFILE:

局部銀河群天の川銀河オリオン渦状腕太陽系第 3 惑星生まれ。
東京付近在住。
椅子とベッドと台所に強いこだわりを見せる生き物。
趣味に人生をオールインした結果、いまから老後がちょっと心配な永遠の 21 歳。

DUNGEON POWERS 紹介サイト
https://d-powers.com

イラスト: ttl / とたる

PROFILE:

九つ目の惑星で
喉の奥のコーラを燃やして
絵を描いています。

『Dジェネシス ダンジョンが出来て3年』の最新情報をお届けする
公式Xとサイトが開設!!

Dジェネシス公式X

@Dgenesis_3years

Dジェネシス公式サイト

https://product.kadokawa.co.jp/d-genesis/

D GENESIS ジェネシス ダンジョンが出来て3年 07

2023年 2月28日 初版発行
2024年 10月20日 再版発行

著 之 貫紀
イラスト ttl

発行者 山下直久
編 集 ホビー書籍編集部
編集長 藤田明子
担 当 野浪由美恵
装 丁 騎馬啓人(BALCOLONY.)

発 行 株式会社KADOKAWA
〒102-8177 東京都千代田区富士見2-13-3
電話 0570-002-301(ナビダイヤル)

印刷・製本 TOPPAN クロレ株式会社

●お問い合わせ
https://www.kadokawa.co.jp/(「お問い合わせ」へお進みください)
※内容によっては、お答えできない場合があります。
※サポートは日本国内のみとさせていただきます。
※Japanese text only
JASRAC 出 2300119-402

定価はカバーに表示してあります。

ISBN:978-4-04-737302-0 C0093

NEXT VOLUME

しかし、小麦さんには驚いたな。

それもそうですけど、それを読み取って？実現したダンジョンのフレキシブルさって異常じゃないですか？　一体ダンジョンって何なんですかね？

それが明らかになっちゃったら、この話終わっちゃうだろ。

先輩……メタいのが嫌いな人も多いんですから、そういう発言には気を付けてください。

へいへい。

ところで、アメリカへの対応はあれでいいんですかね？

そうは言うが、そもそも証拠がないから、何を言っても言いがかりにされちゃうぞ。それに、日本の政治家には、波風立たせたくない人も――

さて、次巻では、ブートキャンプが芸能界とスポーツ業界を席巻しますよ！

なんだよ、急に。

先輩、政治とお客様のファッションの話はＮＧですよ。

お前はサービス業の人か。
しかしそれ、６巻でも言ってなかったか？

心配なのは、参加希望者がちゃんと
規約を読んでいるのかどうかってことですね。

YOSHIMURA
参加したら攻略に協力させられることになるのに、これから伸びるアスリートや俳優にダンジョンを攻略する暇なんかあるかな？

MIYOSHI
ですよねぇ……

YOSHIMURA
それよりウケモチ・システムの方が大騒ぎだぞ？

MIYOSHI
食料確保に、探索者５億人を目指していた国もありますし、バイオメジャーの反応は劇的ですよね。人工衛星を爆破して１３の流れ星が作り出される日も近いですよ！

YOSHIMURA
トラクターに比べて分かりにくすぎるぞ、それ。

MIYOSHI
次回、Dジェネシス8巻は！

YOSHIMURA
ダンジョン産食料を巡る駆け引きと！

MIYOSHI
スポーツや音楽業界の葛藤と！

YOSHIMURA
セーフエリアを巡る混乱と！

MIYOSHI
ついでにネミの森に王が生まれたりします！

YOSHIMURA
え……なにそれ!?

MIYOSHI
それでは次巻を

YOSHIMURA
お楽しみに！

Dジェネシス第8巻
2023年夏 発売予定!!

D GENESIS
ジェネシス
ダンジョンが出来て3年
漫画:平未夜　原作:之貫紀　キャラクター原案:ttl
毎月26日発売!!
メディアミックスコミックマガジン
コンプエース
にて
コミカライズ版
大好評発売中!!
コミックス①～③好評発売中!!
KADOKAWA
B6判／定価本体704円(税10%込)
Kadokawa Comics A